1996

Meinem Liebsten,

für ein schönes Wochenende

Jürgen

GISELA UND BETTINE VON ARNIM

DAS LEBEN DER HOCHGRÄFIN GRITTA VON RATTENZUHAUSBEIUNS

Mit Zeichnungen
von Gisela von Arnim
und Herman Grimm
Herausgegeben
und mit einem Nachwort
von Shawn C. Jarvis

Insel

Unter Mitwirkung von Roland Specht-Jarvis

Meiner Familie

Erste Auflage 1986
© 1986 Insel Verlag Frankfurt am Main
Alle Rechte vorbehalten
Druck: Nomos Verlagsgesellschaft, Baden-Baden
Printed in Germany

DAS LEBEN
DER HOCHGRÄFIN
GRITTA VON
RATTENZUHAUSBEIUNS

Es war einmal ein altes Schloß, umfaßt von hohen Bergen, das selber auf einem hohen Berg lag, etwas niederer als die ihn umgebenden. Wie ein Ring umschloß das Tal den Berg, und in einem Ring umschlossen die dunklen felseckigen Berge das Tal. Aus ihren Moosrinden wuchs hie und da spärliches Binsengras hervor; unten im Tale lief hie und da ein Bächlein durchs Grün an hie und dort einem Gebüsch vorüber, die Wurzeln spülend. Oben im Gezweig guckten junge Vogelköpf-chen aus den Halm- und Mutterfederflaum-Nestchen dem harmlosen Dahinrollen unten zu, und war der Bach artig, so erzählte er ihnen leise Märchen, und sie taten zuweilen einen Piep des Wohlgefallens dazwischen; kurz, es war ein schönes Leben in dem Gebüsch. – Bald flog eins in den Lüften oder sang lieblich; sie hatten sich hier ungestört und häuslich zufrieden niedergelassen. Es war ein Ausweg aus dem Tal, der ganz überbaut war von Felsen; manchmal sah man in Mitten der Berge in den Eingang einer engen dunklen Höhle, und an verschiednen Orten stürzten kleine Gießbäche heraus, grade hinab ins Tal, brausten dort heftig auf und verloren sich leise murmelnd. Die Grundmauern des Schlosses bauten sich dicht am Rande der Felskuppe schräg in die Höhe, in kahlen Wänden, zuweilen durch ein Fensterloch unterbrochen mit alten Eisenstäben verwahrt, mehr für Ratten als für ein Menschengesicht. So erschienen die Wände auch belebt, wenn in schönen Abendstunden die Welt hochrot gefärbt war und die dunkeln Berge von mattem Rosenschimmer bestrahlt; da regte sich die ganze Burg. Es war ein Getümmel von Begraurockten; da balanzierten die jungen Ratten auf der schrägen Wand, da kam eine Rattenmutter mit sieben Jungen, die sollten die Abendluft genießen, dort ein dicker Ratten-klausner oder gar ein vielköpfiger Rattenkönig; bis zuletzt ein graues Gewimmel die alten Mauern deckte. Dann sah es wohl von weitem aus, wenn sich die Abendsonne in einem Schloßfenster spiegelte, als leuchte sie den alten Steinen – denn dafür hielt man die Ratten in der Ferne – zum Abendtanz, und man hatte Angst, sie würden einmal ganz davon laufen und den Besitzer ohne Besitz lassen. Es waren auch Türme an den Ecken, aber zerfallen, außer einem, der noch zierlich an das alte Nest geklebt war; aber aus den gotischen Rosen und Linien der Verzierungen wuchs Gras und Moos.

Dies war das Schloß von einem alten Grafen Rattenzuhausbeiuns, der mit einem Töchterchen dort wohnte. Ein schmaler Steg, wie man ihn sonst über die Bächlein legt, führte von einem vorragenden Fels aus, grade über den Talabgrund, vor die kleine Holztür des Schlosses, der ein Holunderbaum mit seinen Blüten zur Seite nickte. Der Wurm hatte viele Löcher hinein gebohrt, und die Spinnen viele Decken darüber gewebt. – Heute tönte schon das fleißige Rädchen Grittas herab, wie es schnurrte. Es kam ein Steingang, spitz und dunkel zugewölbt, mit verschiednen Löchern für Ratten und Mäuse; dann ein gewundnes Treppchen hinauf. Hier saß die kleine Hochgräfin Gritta, der emsig das Rädchen den feinen Faden aus den Fingern zog, während sie träumerisch zuschaute, und hier war am Ende des Ganges eins der drei Fenster des Schlosses zu finden, das rund und halb voll grüner Scheiben, halb mit dem halben Leibe des Ritters St. Georg, im blauen und roten Gewand, und dem des Drachen gefüllt war; auf dem Fenster stand ein Krügelchen mit Nelkenschößlingen, und die Sonne fiel durch den blau und roten St. Georg auf den hochgräflichen Goldblondkopf und spielte in wundermilden Farbentönen auf dem Steinboden, ihn erwärmend, obwohl es noch ziemlich kalt im Gang war.

Es war eine zerfallne Tür, aus der jetzt der alte Mann Müffert, der Diener des Grafen, mit einer dampfenden Schüssel Hirse in Händen, auf das Kind blickte: »Ein Blümchen das blüht, ein

8

Herz das so gut ist! – Soll sie wie ihre arme Mutter hinter diesen Mauern verblühen? – Wenn der Graf noch so lange an seiner Maschine baut! – Was jung ist, braucht Junges, um mit ihm zusammen zu sein.« Dies war das halblaute Selbstgespräch Müfferts; er sah sich scheu um, als fürchte er, gehört zu werden, dann fuhr er lauter fort: »Da lauf, Kind, und trag schnell die Schüssel dem Vater hin!« – »Schon jetzt?« – fragte die kleine Hochgräfin langsam, aus den altdeutschen grauen Ritteraugen mit schwarzen Wimpern einen ziemlich hasenmäßigen Blick durch die von der Sonne durchschimmerte Dampfwolke der Hirse zu Müffert sendend. »Ei, ich wollt auch, es wären noch vierundzwanzig Stunden davon und blieben es ewig, denn heut muß ich dran.« Somit nahm die kleine Hochgräfin den Napf in Empfang; wer diesen genauer ansah, erkannte darin den Schild eines erprobten Rittersmanns; eine halb verrostete Rose zeigte noch Kampfspuren. Hätte der kühne Ritter je gedacht, daß sein Schild später zu so entsetzlichem Dienst gebraucht werde? – Sie ging langsam und leisen Schrittes einen Gang hinein, einen hinaus, bis sie sich einem brummenden Hämmern und Bohren immer mehr näherte; nun trat sie vor eine wunderliche, in Eichenholz mit kleinen Drachen und Gesichtsmasken geschnirkelte Tür. – Sie faßte sich ein Herz und zog an der schweren eisernen Klinke. Es öffnete sich die Stube, in der das zweite und vorletzte Glasfenster des Schlosses war; da hingen Hammer und Zangen und Zängchen und tausenderlei wunderliche Werkzeuge, teils an der grauen Wand, teils an langen Bindfäden von der Decke ins Zimmer herab; alte Folianten, altes Uhrwerk und Gerümpel, von Spinnweben überzogen, vom Holzwurm zernagt, lag an der Wand entlang. Das Hauptstück war ein weißseidner Bettschirm, mit dem Paradies darauf gestickt in greller Seide; die Äpfel lachten recht daraus hervor. Der Hochgraf hatte sie zum Ziel seiner Bolzen gemacht, und Adam und Eva waren dabei in höchst invaliden Zustand geraten. Der Graf, in Schweiß, heftigen Zorn im Gesicht, mit

einem Instrument in der Hand, stieß es hie und da in eine
sonderbare, fast wie ein alter Großvaterstuhl aussehende
Maschine, die davon sich dehnend zu bewegen und zu krüm-
men schien, bis zuletzt das Sitzkissen emporsprang – sprang,
sprang und wieder sprang, wobei der Graf allemal ein sehr
zufriedenes Gesicht machte. Er warf einen Seitenblick auf die
kleine Hochgräfin: »Kommt Müffert bald?« – »Vater, ich setze
Euch hier das Essen auf den Stuhl hin.« – Sie setzte den Napf
auf den einzigen im Zimmer befindlichen Stuhl und holte
einen alten Krug aus der Ecke, den sie dazu setzte. »Und«, fuhr
sie nachdem fort, »dürft' ich nicht heute für den alten Müffert
springen? – – Ich bin so leicht«, sagte sie, sich furchtsam ihm
und der Maschine nähernd. – »Nichts da!« sagte der alte Graf
zornig, indem er die Augenbrauen bis zur Spitze seiner Nase
herabzog. »Nichts da, Müffert springen! – Nichts da! dummes
Zeug!« – Es traf sie sein zorniger Blick. – »Dummes Zeug!« –
Sie flog zur Tür hinaus.

Der Graf hatte das Maschinenwerkwesen, als er jung war,
nicht aus Lust erlernt, aber es war eine alte Sitte in der Familie.
Er hatte nämlich einen Urururgroßvater, der, weil er viermal
Ur war, das Uhr- und Maschinenwerk von Grund auf verstand;
er wurde wegen einer Maschine, mit welcher er Peter dem
Vorersten einen Leibschaden heilte, zum Grafen zu Rattenweg
ernannt, welche Familie damals vom Hofkammerjäger verjagt
und ihres Standes oder ihrer Löcher entsetzt war wegen eines
majestätsverbrecherischen Komplotts oder vielmehr Zucker-
fressereiversammlung; als diese aber nach dem Aussterben der
Familie vom Hofkammerjäger sich wieder häuslich eingenistet
hatte, blieb dem Grafen, der von einer Belehrungsreise, zum
Beherrschen vieler Untertanen, die er vor seiner Abreise noch
gehabt hatte, zurückgekehrt war, nichts übrig als das alte
Schloß, belastet mit vielen Ansprüchen, welche die ausgebrei-
tete Rattenfamilie dort geltend machte, und darum nannte er
sich Graf zu Rattenzuhausbeiuns. Hier fällt ein Schleier über

seine öffentliche Geschichte. Er verheiratete sich mit einer jungen Gräfin Mauseöhrchen, wohnte mit ihr auf dem alten Schloß, und mit Leidenschaft trieb er dort bei verschlossenen Türen etwas, wovon selbst sein alter treuer Diener nichts wußte, denn es waren nur Bücher und Werkzeuge darin; bis eines Morgens Müffert vor der Türe erschien und meldete, der Hirsevorrat, von dem sie bisher gelebt hätten, sei alle geworden. Der Graf machte jetzt aus der Not eine Tugend und arbeitete fleißig an einer Haferschneidemaschine für einen reichen Bauern, der ihm den Bedarf an Erhaltungshirse darauf vorstreckte; er legte große Ehre mit dieser Maschine ein.

Um diese Zeit schrieb Seine Majestät der König an verschiedene Maschinenwesengesellschaften seines Reiches, sie möchten eine Rettungsmaschine anfertigen lassen, und wem es gelänge, dem werde der Maschinenwerkmäßigorden erster Klasse mit Eichenlaub erteilt. Der Graf hatte davon Nachricht erhalten und arbeitete viele Zeit, bis auf diese Stunde daran. Es hatte indes keiner vor ihm dies Kunstwerk zu Stande gebracht, und der Monarch zitterte noch auf seinem Thron. Während dieser Zeit war ihm ein Kind geboren, sein Weib gestorben, Gedanken gekommen und wieder gegangen, während der Winterwind um das alte Schloß tobte, und der Frühling knospete, und der Herbst seine Laubblätter abstreifte; während der Schnee die Türmchen und Zinnen des Schlosses schön verzierte, und die kleine Gritta das verfrorne Näschen nur selten aus der Fensterluke steckte. Er hatte sich nach einer durchforschten Nacht oft am frühen Morgen aus tief mystischen Büchern einen Gedanken ausgegraben und ihn den Tag bei seiner Maschine mit durchgearbeitet. Deswegen sei er wohl klüger wie andere Leute, meinte Müffert. –

Eben erschien Müffert mit einem kläglichen Gesicht; er hatte nun schon ein Jahr lang, einen Tag um den andern mit Gritta in der Rettungsmaschine Springversuche machen müssen. Sie war ein leichts Ding und flog so, daß sie gewöhnlich bloß mit vielen blauen Flecken und aufgestoßnem Ellbogen am Kümmeleckchen davon kam; aber Müffert erwartete jedesmal seinen Tod von der Rettungsmaschine, weil er jedesmal hart fiel beim Fliegen. – Jeden Tag wurde die Rettungsmaschine etwas höher geschraubt; sie bestand nämlich darin, daß sie einen im Augenblick der Gefahr von der gefährlichen Stelle durch einen leisen Druck wegschleuderte. Der Graf laborierte seit einem Jahr daran, daß die Maschine bei diesem Wegschleudern einem nicht wehe tue; dies sollte durch den wohlberechneten Bogenschwung bewerkstelligt werden. Alles was in die Nähe des gestrengen Herrn kam, mußte springen, Mensch und Tier. – Es stellte sich der Graf in einiger Entfernung; heute war die Maschine höher als je gespannt. Müffert setzte sich auf den Sessel, nahm Mut, wenn er welchen fand, drückte und sauste durch die Lüfte hoch – und blieb an einem weit aus der Wand ragenden Stock hängen, der, schön ausgeschnitzt und mit eingelegten Messingfiguren verziert, wahrscheinlich früher zum Halter einer Ampel gedient hatte. Jetzt hing ein langer Faden mit Fliegenleim daran herab, und Müffert hing in Gesellschaft der Summenden und Brummenden, ängstlich in die Tiefe schauend, über die er sonst in einem Bogen weg flog; aber jetzt war er in höchster Höhe hängen geblieben; so schwang er sich rittlings auf den Ampelhalter. Der Graf sah mit großen Augen zu, war zornig, und rief »Kuno Gebhardt Müffert, du gleichst schier einem Lämplein, daß du so hängen bleibst.« – »Jetzt komm einmal, Kleine, du bist von meinem Fleisch und Blut, spring ordentlich!« – Der Graf hob die kleine Gritta auf die Maschine: »Da«, sagte er, »ich will sie auch ein wenig niederer schrauben.« – »Vater«, rief Gritta, »sie ist doch heute so hoch.« – »Ach was«, sagte der Graf und brummte; fix griff die kleine Gritta zu dem Knopf, drückte und sprang; aber es ward ihr so angst, des armen Müffert Beine schwebten dicht über ihr, sie griff zu und blieb aus dem Schwung gebracht daran hängen. »Oh«, schrie der Vater zornig, »war das mein Bein, was da hängen bleibt, mein Bein und Fleisch?« – Während dieser Worte hatte Müffert die zitternde Gritta zu sich aufgehoben und setzte sie nun in ein kleines Mauernischchen neben an, zu einem uralten zerbrochenen Muttergottesbild. Da saß sie, – unten der erzürnte Vater; grad herab konnte sie nicht springen, ohne Hals und Beine zu brechen; das sah er ein. – Zürnend setzte er sich zur Hirse: – »Und wenn du herunterkommst«, fuhr er fort, »so schmeckst du die Rute, so viel Reiser werden doch wohl am hochgräflichen Rutenstammbaum draußen wachsen, um einer kleinen mutlosen Dirne das Blut etwas schneller zum Hasenherzen zu treiben.« – Ein Löffel Brei nach dem andern verschwand hinter den zürnenden Lippen des Grafen, indem er sich noch bedachte, wie er sie wieder herab kriegen solle. Nachdem die Hirse alle war, entfernte sich der Graf, einen Balken oder sonst etwas zu finden, um eine Leiter daraus zu machen. Ach, Müffert wußte wohl, daß im vorigen Winter alles, was sich nur von solchen Dingen im Schloß vorfand, wegen der großen Kälte, verbrannt worden war.

Der Mond schien durch die Fenster in den alten Saal; das Gerümpel warf sonderbare Schatten, und oben hob sich ein leises Geflüster, zwischen dem alten Müffert, der auf dem Ampelhalter ritt, und Gritta im Wandnischchen. Sie saßen noch so, weil sich nichts zum Heruntersteigen gefunden und ihnen noch bis jetzt nicht eingefallen war, wie sie herunter sollten kommen. »Kind, du bist wohl hungrig«, hob Müffert an, »ich hatte dir doch das Töpfchen zum Auskratzen hingestellt.« – »Nein, ich bin satt, aber, Vater Müffert, es wird dir wohl recht schwer auf deine alten Tage zu reiten, willst du nicht hier in das Loch kriechen?« – »Ich sitze hier zwar sehr schlecht, aber bei dir würde ich auch gar zu krumm sitzen.« – Sie schwiegen wieder eine Weile. – »Horch, mir ist, als läuft da was!« sagte Gritta. – Es huschte etwas durchs Zimmer! Alles war still. – Der Holzwurm pickte. – Es nagte am alten Gerümpel. – »Guten Abend, Ringelschwänzchen«, tönte eine

sonderbare kleine feine Kehlstimme; – da ging eine Wolke vor
dem Mond weg, eine dicke graue Ratte mit glänzenden kleinen
wunderschwarzen Augen, saß da im Mondlicht. – Gritta stand
das Herz still vor Angst und Staunen. Bald kam eine andere in
die Mitte des Saales dazugelaufen. »Guten Abend euch wieder,
was machst du, alte Muhm«, pfiff die zweite Ratte mit feiner
Stimme. – »Nur nicht zu laut! – Ich bin heute traurig. Weißt du
was? – Es sind jetzt gerade sieben Jahr, da lag eine kranke junge
Frau hier; das war die Frau des alten Grafen. Sie war krank und
schwach. Der Mond schien auch so durch die Fenster. Neben
ihr lag ein Kindchen, das war sechs Wochen alt, und sie schob
den Vorhang von ihrem Bette, obschon sie sehr schwach war,
und schaute das Kindchen an. Der Mond schien auf ihr
bleiches Gesicht, und sie sah voll tiefer Liebe auf das Kind.«
Eine kleine Zähre entfloß dem Rattenauge. »›Wer wird es
schützen, wenn ich gestorben bin? Keiner wird es erziehen und
führen auf der Bahn des Lebens, die oft so traurig ist‹, sagte sie
leise. Ich hüpfte auf des Bettes Rand«, – die Ratte trocknete
eine Träne mit ihrem Schwänzchen ab, und Gritta rührte sich
weinend voll stummen Staunens, – das mußte ihre Mutter
gewesen sein. – »Hörst du nichts, Kind?« sagte die alte Ratte.
»Ach nein, Muhme, – ich werde mit meinen jungen Ohren
doch wohl besser hören als Ihr mit Euren alten!« – »Nur nicht
zu vorschnell, Naseweis«, sagte die alte Ratte und erzählte
weiter: – »Ich legte meinen Schnautzbart dicht an und machte
ein so mildes Gesicht wie möglich. Sie erschrak zwar erst, aber
ich sprach: ›Liebe Fraue, hochgeehrte Frau und Hochgräfin,
liebe Erdenbürgerin: zwar ist eins von uns nur ein kleines
Geschöpf, aber zusammen vermögen wir viel. Wir sind auch
mit Weisheit, Spitzfindigkeit, Speckfindigkeit, Klugheit und
Bohrkraft von Gott begabt. Was wir Ratten thun können für
Euch und Euer Kind, das verspreche ich Euch in meinem und
meiner Brüder Namen; denn Ihr seid ein gar holdselig Geschöpf Gottes, unverdorben aufgewachsen, Eurer Natur nach

wie die Blume auf dem Feld, und die Ratte im Löchlein hat still gelitten von Eurem oft zornigen Gemahl.‹ Sie schaute mich freundlich an und sprach gar liebliche Worte, ich sollte für ihr Kindchen dort sorgen; sie vertraue auch zumeist auf Gott, und so weiter. Ich versprach's ihr heilig und teuer mit einem Rattenschwur; sie dankte so viel und strich freundlich über meinen Pelz ––– Ach, wie tat mir die sanfte Menschenliebe von ihr wohl! Ein paar Tage darauf trug man sie hinaus.« – Es war eine Pause, – während welcher Gritta Zeit hatte, sich leise auszuweinen. – »Das Kindlein schrie alleine, und der Graf ließ es auch und war halbe Tag lang hinweg; wie oft steckte ich meinen Schwanz in den Milchtopf und flößte ihm die Milch in den Mund oder bepuderte mein Bärtlein mit Zucker und ließ es davon genießen; wie oft schüttelte ich sein Kopfkißchen auf und brummte es halbe Nächte durch in Schlaf. – Du weißt, jetzt wuchs es und wurde größer; wir ließen es nun, denn es gedieh gut, höchstens lief ich hinter ihm her; und wenn es drohte zu stolpern, biß ich schnell in sein Röcklein und hielt es fest. Ich habe oft in alten Büchern nachgesucht, die Sonnen-stäubchen gefragt, die lang in alten Büchern gelebt und studierte Leute sind, über die kommenden Jahre; auch die alte Spinne dort in der Ecke hat mir geholfen. Es kommt ein schlimmes Jahr für uns und das kleine Burgfräulein, – und das andere Jahr um diese Zeit wird ein lustiges Fest, aber am Anfang – bst!« – Der alte Müffert drehte sich um auf seinem unbequemen Sitz und ritt nun wie eine Dame. – Augenblick-lich waren die beiden Ratten verschwunden. »Hast du ge-hört?« rief leise Gritta. – »Was? – Die beiden Ratten hab' ich gesehen; aber du weißt, ich höre schlecht, haben sie gepfif-fen?« – Gritta schwieg. – »Ach«, sagte Müffert, »es wird mir gewaltig schwer, hier zu reiten, und ohne Schlaf.« So verging die Nacht. Gritta schlief in ihrer Mauernische ein, trotz ihrer Aufmerksamkeit, etwas mehr zu hören. Am Morgen schien die Sonne durchs Fenster. Es war ihr wie ein dunkler Traum, der vor den Sonnenstrahlen nur noch mehr zerstiebte und sich ganz verlor, als sie den alten Müffert erblickte, der so jämmerlich hauste. Endlich erschien der Graf; er machte die Tür auf, lief auf seine Maschine zu und fing an zu hämmern; es summte und brummte, die beiden Gefangnen saßen oben, schon eine halbe Stunde hatte es gedauert. »Ach«, sagte Gritta, die den bleichen Müffert ansah, »der Vater erinnert sich nicht mehr an uns, soll ich etwas hinunter werfen, damit er aufsieht?« – »Ach, er wird sehr zanken, laß mich, ich will Lärm machen.« – »Nein!« sagte Gritta. Es erhob sich ein edler Wettstreit, endlich nahm Gritta den Fußschemel der Maria und ließ ihn herunter fallen, das einzige, was da war. Der Graf hörte nicht. »Hm, Hm!« räusperte sich Müffert; Gritta suchte um sich, nach etwas, das sie bewegen könne. »Miau!« machte Müffert »Miau!« sagte Gritta. Der Graf schaute um und auf – »Ach, ich hatte euch vergessen!« lachte er, halb grinsend vor Vergnügen, als er die mühsame Positur des Müffert sah. Nachdem er sich einige Zeit besonnen hatte, sagte er, daß er ins Tal gehen wolle und den Müllersknecht vor dem Durchgang holen. Er ging hinaus, öffnete die kleine Pforte, schaute sich um vom Fels aus in die Weite und wanderte dann den steingewundenen Pfad, der um den Berg führte, zum Tal hinab; unten im Tal lag noch der Nebel, die Vögel sangen oben drüber, und die Gräser blitzten vom Tau. Je tiefer er herab kam, je dichter war der Nebel, nur einzelne Sonnenstrahlen brachen hindurch, auch durch des Grafen Seele, durch alten Staub des Mißmutes, durch den Rost der. ––– Aber siehe da, seine Füße standen im Wasser, und gleich zornig wieder, rief er, »Potz alle Nebel nicht nochmal!« Darauf flogen noch mehrere sehr unglaubliche Reden aus seinem Munde. – »He! Herr! Hier!« rief eine frische Knabenstimme. Der Nebel zerteilte sich im Augenblick, und die Sonne erhellte das runde rote Gesicht eines Bauernknaben, in dem die dunklen Kohlenaugen gleich Wundersternen funkelten, welch ergötzliches Gesicht von einem weißen Zipfelmützchen nebst rotem Rand eingerahmt; er war mit einer blauen abgeschabten Jacke und von Tau und Schmutz bis an die Knie reichenden Hosen bekleidet. Kurz: Sonne, Regen und Wind hatten an dem Kleinen ihre weitberühmten chemischen Kunststücke und Prozesse vollführt.

Die Augen des Knaben ruhten auf dem Grafen, mit erstauntem Erstaunen über die seltsame Gestalt. – »Dummes, bauernhaftes Schafsgesicht«, rief der alte Graf, der jetzt auf einem Steine stand, »hilf fix!« Der Junge, wahrscheinlich nicht erwartend, in der Morgensonne ein so erzürntes Gesicht zu sehen, rief langsam seinen Hund zur Bewachung seiner Gänse und las Feldsteine, die er schrittweise in den Sumpf warf. »Kleiner Bauernflegel«, rief der Graf mit großer Herabschätzung, »eil' er sich, ich lasse nichts ohne Belohnung.« – Der Knabe war fertig, und der Graf setzte von Stein zu Stein herüber. Die Gänse kriegten einen so großen Schreck, daß sie schnatternd nach allen Seiten entflohen. Nachdem der um seine Gänse in große Angst geratne Knabe dem Grafen den Weg gezeigt, murmelte dieser ein paar ärgerliche Flüche, griff in die Tasche und wollte etwas herausholen, griff sehr tief und fand endlich etwas, was er dem sich sträubenden Bauernjungen in die Hand drückte, mit der nochmaligen Bedeutung, er nehme nichts ohne Belohnung an. Dieser fand in seiner Hand einen alten abgerissenen Knopf, den er dankbar einsteckte, aber lieber ein freundliches Wort als Lohn gehabt hätte, und seinen Gänsen nachlief. Der Graf war am Ende des Felsganges, als er meinte, deutlich das Stampfen von Roßhufen zu hören; er spitzte die Ohren, und bog um die Ecke. Die Sonne schien in aller Pracht vor den erstaunten Augen des Grafen auf einen glänzenden Reiterzug herab, vor dem Müllerhaus. Pagen mit runden, rosenrot angehauchten Wangen, blauen, braunen, schwarzen Augen, grün und rot wehenden glänzenden Federbüschen, saßen auf jungen frischen Gäulen, in der Mitte eine Dame, fröhlichen stolzen Mutes mit einem milchweißen zartgefärbten Angesicht, wiegte sich im grünen Kleide mit silberbesponnenen Knöpfen auf einem schönen Fuchspferd. Der erstaunte Graf knöpfte seinen Rock, der aus den schweinsledernen Einbänden der Schloßbibliothek bestand, über seiner Weste von Pergament zu, die in schöner Schrift mit Schnörkeln gemalt war, und näherte sich dem Zuge des jungen Fräuleins. Das Fräulein schnitt ein Gesicht; die Pagen schnitten es ihr nach, als der Graf ihr eine echt ritterliche, vielleicht etwas veraltete Verbeugung machte; sie streckte ihr Näschen in die Morgenluft, als wittere sie etwas was ihre Lachlust reizen könne. Unter den Pagen offenbarte sich ein fröhlicher Mut ihr nachzukommen; sie streckten alle die dünnen, dicken, kühnen, stumpfen und gebognen Nasen eben so in die Luft, aber mit dem Mund waren sie bereits schon im Lachen. Die Dame verwies dies mit einem derben Ellbogenstoß einem dicht neben ihr reitenden Pagen, der diesen weiter sendete, bis sie alle mit ernsten Gesichtern auf ihren Rossen saßen. Der alte Müller wendete sich jetzt an den Grafen und sagte, die Dame habe sich verirrt; sie wolle gern den Weg wissen; er habe aber noch nicht erfahren, wo sie her sei. – »Hochverehrtes und gnädiges Fräulein, wenn Ihr mir sagen wollt«, hob der Graf an, »von welchem Orte Ihr ausgeritten, so werde ich Euch einen — — meiner — — Diener zum Geleite geben. Wollt Ihr jedoch hier auf der Mühle erst ausruhen oder auf mein Schloß, welches sehr schön gelegen, kommen, so lade ich Euch aufs Dringendste ein. « – Er glaubte wohl, daß dies nicht geschehen konnte, weil sie, ein junges Fräulein doch, zu ihren Eltern zurück mußte; aber zu seinem großen Erstaunen sagte sie zu, sie wolle nur erst etwas Milch in der Mühle trinken, und legte ihre zarte weiße Hand auf des Grafen Schulter beim Herabsteigen. Der Graf, entzückt darüber, vergaß auf einmal eine Wegweisermaschine, die ihm die ganze während Zeit im Kopf rumorte, und sah mit ungewöhnlich sonnigen Blicken der jungen Dame ins Angesicht. »Erlaubt, Fräulein, daß ich erst jemand hinaufschicke,

Euren Empfang zu bereiten.« Nachdem er sie hinein gebracht, schickte er den Müllerknecht fort mit einem Strick für die Gefangensitzenden und mit der Weisung, die Diener sollten alles in Bereitschaft halten.

Oben saßen die Zwei noch im Saal und schauten von der Höhe, als der Müllerknecht mit lachendem Gesicht beiden verkündete, der Herr Graf von Rattenzuhausbeiuns lasse seinem getreuen Diener sagen, er möge alles in Bereitschaft halten zum Empfang einer jungen Gräfin; er möge nichts sparen und alles seinem Stande gemäß ordnen. »Ah!« sagte Müffert sehr ernst, »ich habe den Schlüssel zur Schatzkammer verloren.« – »Der Müller«, fuhr der Knecht fort, »läßt Euch hier ein paar Brote schicken, wenn man etwa der Gräfin etwas vorsetzen wolle; die Bezahlung ist nicht nötig«, setzte er treuherzig hinzu, und reichte ihnen an einer Stange den Strick hinauf. Müffert befestigte ihn an dem Ampelhalter und fuhr daran herab, Gritta ihm nach. – Er wurde neugierig gefragt, wie die Gräfin aussehe, die das Schloß besuchen wolle. Dann mußte er Wasser holen aus dem Schloßbrunnen, und die kleine Hochgräfin schwemmte damit recht tüchtig vom höchsten Gang bis an die Schloßpforte den Boden ab, so daß alles reinlich glänzte. In des Vaters Zimmer, wo sie nun endlich räumen durfte, fanden sich unter dem Gerümpel noch manche schöne Sachen, die stellte sie alle in Reih' und Glied auf. Es wurden Kränze gewunden und alles damit geschmückt. Aber nun, was sollte werden, wenn die Gräfin hier schlafen sollte! Gritta kannte nur Moosbetten, aber Müffert war verlegen! »Ei was«, sagte Gritta, »wir machen ihr ein recht schönes Moosbett mit Rosenblättern bestreut!« – Und so geschah es. Nachdem die kleine Brücke auch mit Blumengewinden verziert und der kleinen Hochgräfin ihr Röckchen von Bibliothekseinband frisch eingeölt war, stellten sie sich vor die Tür. Endlich kam der Zug durchs Tal, der Graf zeigte schon aus der Ferne der Dame an seiner Seite das Burgschloß; hinter ihnen die jungen Pagen fingen an zu zischeln, die junge Dame machte aber ein so ernstes Gesicht, daß es ihr bald alle nachmachten, obwohl sie zu glauben schienen, die Gräfin verstelle sich, der Hauptspaß komme erst, und sie habe irgend einen lustigen Streich im Sinn. So kamen sie an die Brücke; ein kleines Lächeln überflog die Züge der jungen Dame, als sie vom Grafen geleitet hinüberging und die kleine Gritta im Schweinslederröckchen erblickte. Die Pagen wollten das Lächeln in Lachen übersetzen, es wurde aber durch einen Ellbogenstoß verhindert; die Gräfin gab ihr einen fröhlichen Kuß und wendete sie hin und her. Das Wunderbare, was ihre Aufmerksamkeit erregte, war, daß aus den Falten hier und da gepreßte, oder goldne Schrift in bunten Schnirkeln hervorsah; auf der linken Seite guckte aus den Falten »Das Leben und die Taten des hochedlen Herrn Ritter Kunz von Schweinichen, ihm nacherzählt — —«; hier versteckte sich die Schrift in die Falten. Auf dem Magen stand »Christliches Paradiesgärtlein zum Herumspazieren für christliche Lämmer von Johannes«. – Nach hinten »Das Leben der christlichen Jungfrau Anna Maria Schweidnitzer« und links »Das Buch, was da handelt von den Hexen und denen, so aus ihnen gefahren«, ein ganzes gedrucktes Kapitel; indem sie das las, folgte sie dem Grafen ins Schloß, bis zu seinem Saal mit dem einen Stuhl. Der Graf behauptete, das geschehe aus Ehrfurcht, daß bloß ein Stuhl da sei, damit die Herren in der Dame Gegenwart sich nur knien und zu ihren Füßen setzen. Die Gräfin fand das sehr artig, die Leute zur Höflichkeit zu zwingen. »Und was ist denn das?« rief sie, vor dem aufgestellten Gerümpel stehend.

»Das sind fremde Merkwürdigkeiten; dies ist der Köcher eines Indianers«, sagte der Graf. Er sähe einem von Würmern zerfressenen Stuhlbein nicht unähnlich, behaupteten die Pagen; aber ein Wort der Gräfin machte es zum Köcher sogar mit Pfeilen, und der Graf erklärte noch bis zu Tische alle japanischen, hottentottischen Merkwürdigkeiten. Hier hieß es aber nicht zu Tische, sondern zu Boden; denn der Graf ließ die Tische durchaus nicht aus der Möbelkammer, weil es hier im Schlosse Sitte sei, daß man zur Verehrung der Dame auf dem Boden sitze beim Essen. Die Gräfin freute sich sehr darüber; die Pagen fragten, ob diese Sitte aus Paris wäre oder aus dem Paradies, wo bekanntlich Eva den Apfel angebissen, weil sie kein Messer gehabt. So aßen denn alle auf dem Boden; der Graf hielt der Gräfin den Teller vor. Das Geschirr war nicht sehr vollständig, darum aßen einige aus Töpfen, andere aus Helmen, einer gar aus der Mausefalle; auch waren die Speisen nicht sehr mannigfaltig, sie bestanden aus Hirsebreisuppe, Hirsebreiklößen, Hirsepudding u. s. w. Doch der Graf meinte, aus einfachem Geschirr schmecke alles am besten, und vielerlei Speisearten verderben den Magen. Und somit war's gut. Die kleine Hochgräfin half draußen kochen und wollte nicht unter die neckenden Knaben, die immer riefen: »Komm, klein Paradiesgärtlein! He, Herr Ritter Kunz von Schweinichen!« Am Abend ward den Pagen ein ganzer Gang voll Heu gestreut, wo sie wie ein Regiment neben einander Parade schliefen. Die Gräfin versteckte sich lachend in ihr Mooslager, und die goldne Ruh' kam dazu.— Am andern Tag sagte die Gräfin, die Leute brauchten nicht so großen Respekt vor ihr zu haben, wenn der Graf nur ein paar Bänke habe zum Sitzen; aber der Graf hatte den Schlüssel zur Möbelkammer verloren.

So war ein lustiges Leben in der alten Burg eingezogen, sie tanzte des Abends, sie sang dem Hochgrafen Lieder, lachte und machte Sprünge und – der Graf vergaß seine Maschine. Die Pagen liefen in allen Gängen und Plätzen umher, alles mit munterm Geschrei erfüllend. Gegen Abend wohl des dritten Tags stand die kleine tolle Gräfin an der Seite des Grafen vor dem großen Fenster und schaute in den Himmel, der mit sanftem Rosenrot glühete über den Bergen mit dunklen Tannenwäldern. Ihr kleines Herz schlug höher, und die zärtliche Hand lag auf des Grafen Arm; die Pagen spielten im Hintergrund mit den japanischen Merkwürdigkeiten Ball, eine röthliche Dämmerung erhellte alle, nur einige hatten sich in eine der dunklen Wandtiefen gesetzt und plauderten leise. Da auf einmal öffnete sich die Tür, Gritta steckte den Kopf herein, wollte etwas sagen, wurde aber gleich verdrängt. Ein kleiner dicker Herr, mit weißer Perücke, aufgepudert, mit stolzem Vorbau, stand schweißtriefend, wie vom Donner gerührt da, als er in die wilde Wirtschaft des Zimmers sah. – »Ziemt sich das?« – preßte er heraus, noch außer Atem. »Kaum läßt man Sie allein mit dem Gebot, recht artig zu sein, ja kaum läßt man Sie allein, so laufen Sie davon. Eine Gräfin vom altadeligen Geschlecht der Rattenwege davon. ––« Er mußte einen Augenblick verschnaufen. Die Pagen stellten sich ängstlich in eine Reihe hinter ihre Herrin auf, die den Mann auf seinen Bauch ansah, als könne sie sehen, was er heute gespeist. – Zürnend fuhr er fort. »Ich, Ihr Vormund, von der wohlweisen Ratsversammlung zu Prag dazu eingesetzt! – Ich! – Ich finde Sie nicht zu Hause auf dem Schloß und den Verwalter muß ich fragen! Ich! – Wo ist das Fräulein? Alle sagen, sie ist seit zwei Tagen fort, fort, fort!« – Er stampfte bei jedem »Fort« heftig auf den Boden. –– »Es waren schon Boten nachgeschickt, die aber bloß mit Nachrichten zurück kamen, was wir zu bezahlen hatten wo Sie durch die Saatfelder geritten, bis ein – ja, ein Bauer die Botschaft brachte, er habe Sie hier gesehen, – und bei einem Feinde Ihres Geschlechtes, Ihrer Familie!« »Kommen Sie einmal mit, Herr Vormund«, sagte sie, indem sie ihn zwischen den erschrocknen Pagen durch neben an in eine alte Rüstkammer führte. – Bald darauf ertönte das heftige »Ich will« ihrer Stimme und des Vormunds Geschrei: »Sind Sie toll?« – Alles stand gespannt! – Erzürnt zog nach einer Weile der Vormund sie ins Zimmer. »Und ich will und ich will den Grafen heiraten, und wenn Sie auch nicht wollen, so ist mir's einerlei!« – Der Graf faßte verlegen an seine Nase; ihr kleiner Mund erstickte fast vor »Ich will!« – »Aber Sie sollen jetzt

mit«, sagte der dicke Herr. – »Ja, jetzt, aber ich komme wieder, wenn ich mit den zwei andern Vormündern gesprochen habe, und wenn sie nicht wollen, so laufe ich davon.« Sie warf noch dem Grafen einen listigen Blick zu, dann bot ihr der Vormund den Arm und geleitete sie die Treppe hinunter, wobei sie mit zornigem Herabtrippeln mehrere Male den kleinen Herrn zum Stolpern brachte – »Aber bedenken Sie doch, meine Liebe, die Sie den Schönsten bekommen könnten, mit einem so schönen Schnurrbart, und so vielen Goldstücken in der Tasche, denken Sie doch, Kind, so ein Zuckermännchen! –« sagte er fast weinerlich. – »O was! Den kann ich mir von Zucker backen lassen. Ich will den Grafen.« Die Pagen folgten, der Zug ging den Berg hinab. Der Graf stand allein in seinem Saal; es kamen ihm wunderliche Gedanken von einer Maschine, womit man Vormünder durchprügeln konnte. Die kleine Gritta trat ein, die Sonne ging langsam unter, – leise das Zimmer färbend, – rötlich über die kühlen dunklen Berge hinabsinkend. – Sie kam zum Vater und legte zum ersten Mal ihr Haupt an sein Herz. – »Wo ist meine Maschine?« fragte er. – »Dort steht sie!« – »Rücke sie heran!« Sie zog sie herbei. »Die Pagen haben den kleinen Mops so viel darauf springen lassen; wenn sie nur nicht verdorben ist!« sagte Gritta. Der Graf holte sein Werkzeug und setzte sich an die Arbeit; bald hammerte und raspelte und rumpelte es wie früher im alten Schloß, und der Graf summte ein altes arabisches Lied von der Herrlichkeit des Paradieses. »Die wilde Gräfin wird wohl nie wieder kommen?« fragte Gritta den alten Müffert. »Nein, die Vormünder lassen die wohl so leicht nicht wieder fort«, sagte er. – So verstrich von da an die Zeit ruhig. Gritta ging so früh wie die Hühner zu Bett in ihr Ecktürmchen, das naseweis aus der alten Ruine hervorstand und weit in den Gau hinaussah, als das einzig erhaltene; und sie stand eben so früh, wie die Sonnenstrahlen das Türmchen begrüßten, wieder auf. – Und nach vierzehn Tagen, – da war alles vergessen.

Gritta und Müffert saßen eines Abends in der Küche, die ein kleines rußiges Gewölbe war. Ein Feuer brannte auf dem Herd, vier große Töpfe kochten, und die weißen Nebelwolken vermischten sich mit dem schwarzen Rauch, zogen hinauf und flogen mit ihm davon. Es war heut zum ersten Mal nach langer Zeit stürmisch, der Wind trieb manchmal den Rauch wieder hinab. Die kleine Gritta saß neben den Töpfen auf dem Herd. Sie schien an etwas zu denken, was sie ängstigte, denn sie sah von Zeit zu Zeit zu Müffert auf, der in Gedanken vertieft vor einer Speckseite stand, die im Schornstein neben einem paar nachbarlichen Würsten an einem Bindfaden bammelte; er schien sich zu besinnen, ob er sie anschneiden solle, denn das säbelförmige Messer guckte zwischen seinem Zeigefinger und seinem breiten Daumen wie ein angerufener Ratgeber hervor, mit einem entsetzlich begierigen Gesicht, in dem sich das Feuer spiegelte. – »Ach, Müffert«, hob Gritta an, »glaubst du wohl, daß der Vater noch an die Birkenrute denkt? Glaubst du wohl, daß noch Birkenreiser draußen am Birkenbaum sind?« – »Nein, Kind, ich glaube, der wird vertrocknen; das hat einmal seine sonderbare Bewandtnis mit dem Baume gehabt.« – »Ach, erzähle!« bat Gritta. – Müffert machte das Messer zu, und Gritta sah mit Vergnügen, wie ihre lieben blonden Würstchen heute noch vergnügt hängen blieben; er setzte sich auf den Herd neben sie, und Gritta schaute, während er erzählte, in die weißen Wolken der Töpfe, wie sie mit den schwarzen Rauchmassen davon wirbelten, in denen sich, was in der Geschichte vorkam, ihr bildete.

»Dein Ururururgroßvater hatte seine Kinder gar artig erzogen, bis er Graf wurde; da bekam er aber noch ein Mägdlein und meinte, weil er Graf geworden, dürfe eine kleine Gräfin doch nicht mehr die Rute kosten; so wurden denn die Rutenbäume hier um des Herrn Grafen Schloß gar nicht mehr gepflegt; die kleine Gräfin wuchs auf in aller Unart. Der Graf wußte kein Mittel, sie zu strafen, das nicht das Gräfliche in ihr verletzte. Er kannte noch nicht den Spruch, der jetzt in mehreren Familien gang und gäbe ist: »Heute kriegst du nichts zu essen!« – und dachte, es werde immer bei den kleinen Unarten bleiben. Aber das war Irrtum; sie entwuchs der Rutenzeit, ward wild, lief in den Wald, blieb Nächte lang aus, kam des Morgens mit wilden Dornenranken, Moos und Nachttau in den fliegenden Haaren stolz nach Haus. In der Frühsonne regte sich besonders ihre Lustigkeit, wenn sie den betauten Gräserfußpfad hinauflief, ihren stolzen Gliederbau dem Himmel entgegen hob und Frühluft trank, dann sang sie die im Walde selbst erfundenen Weisen. So kam sie eines Morgens auch mit einem jungen Bären bepackt, der sie im Walde angefallen und den sie mit ihren festen und starken Gliedern erwürgt, gerade als ihr Herr Papa mit einem jungen Manne sprach, den er ihr zum Bräutigam erwählt. Der Bär mit seinem dunklen Fell hing ihr über die weiße Schulter, und das Blut tröpfelte aus einer Wunde, die seine Tatze ihr geschlagen. Ihre Stimme, die wie die des Windes war, der um die Burg des Nachts sang, erschallte; der junge Graf mit seinem blassen Angesicht und schwarzen Bart schaute sie freundlich an. Sie hatte fast einen kalten Blick, weil alles Feuer ihrer Augen sich tief in sie zurückgedrängt hatte. Aber, meldet die Sage, als sie ihn angeschaut, brach es aus, das Feuer ihres Herzens, ihrer Seele; darum auch, meldet sie ferner, daß sie das Fräulein vom Feuerauge hieß. Jetzt liebte sie den Grafen mit Leidenschaft; sie war nicht seine Braut, das durfte man nicht sagen, sie war sein Geselle, – aber das konnte ihrem Herrn Papa keine Freude machen. Fröhlich eilten sie nebeneinander mit Wurfgeschossen über die Berge und durch Schluchten und auf moosigen Pfaden unter Gebüschen hinweg. Die rauschenden Waldeslüfte strömten ihnen voran, dem Wilde nach; sie sangen zusammen; studierte er, wozu er besondere Neigung hatte, so lernte sie mit ihm. Bis spät in die Nacht saßen sie oft vor den alten Folianten, die Arme in einander verschlungen, eins dem andern helfend. – Ach, der gute, alte Vater wußte gar nicht, wie er sich dabei anstellen solle; er hatte Sorge, daß dies einer jungen Hochgräfin böse Nachrede machen werde; auch bekümmerte ihn das sehr, daß sie so tief in frühere Zeiten sich bewanderten, wo die Welt noch auf der linken Seite mochte gelegen haben. Dies verdroß den Grafen sehr; er mochte nun einmal durchaus nicht leiden, daß sie in den alten Büchern herumsuchten, aus denen die Staubwolken beim Umwenden der Blätter aufstiegen und die alten Bilder mit grinsenden Gesichtern schnell herausguckten; kurz, er wurde immer unzufriedner. Besonders schrieb sich sein Unwille gegen dieses Bücherdurchsuchen daher, weil er einmal in Gemütsruhe im Keller unter dem offnen Kranen am Weinfasse liegend, während der Wein wie ein Bächlein durch die Gebirge und Wiesen seines Innern floß, es ihm vorkam, als ob die Bücher aus der Bibliothek dahergetrampelt kämen und knurrten ihn an und öffneten ihre Blätter und klappten wieder zu, worauf allemal große Staubwolken herausfuhren, die sich zu alten Mönchen und andern dergleichen wunderlichen Gestalten formten, dann umherspazierten und feine Liedchen auf seine Trunkenheit sangen. Diese Spottgesichte konnte er nicht vergessen, und oft schaute er nach dem Rutenstammbaum hinüber, der mit seinen Blättern säuselnd, ihn zu mahnen schien, daß er seinen Einspruch bei der Erziehung der Gräfin abgelehnt habe. – Es brach Krieg aus, der junge Graf zog mit einem Fähnlein Reiter fort. Jetzt glaubte der alte Herr die junge Gräfin unter seiner Regierung zu haben; er wollte, sie solle still zu Hause sitzen und einen Kaminschirm sticken. Ihr pochte es in allen Gliedern, und wenn sie durch die Schloßfenster hinausschaute auf die blauen Berge, die gleich einer Mauer vor einem tatenkräftigen Leben ihr lagen, wurde es ihr oft so eng, daß sie die Vorhänge ihres großen Himmelbettes aufriß und mit den Kissen zu bombardieren anfing, so daß die Federn stiebten; bald ließ sie diese wider die goldnen Engel fliegen, die die Federkro-

ne des Betthimmels trugen, bald in die und jene Ecke. Kam nun der alte Graf in solchem Augenblick, wo alles krachte und knarrte, in ihr Zimmer, so zog sie schnell die Gardinen ums Bett und steckte sich unter ein großes Federbett, was sie fest um sich wickelte. Da stand nun der Graf und predigte ihr Stunden lang vor. So kam er auch wieder eines Morgens, mit einem Arm voll Seide zu jenem Kaminschirm, den sie noch nicht angefangen hatte; da lag wieder das große Federbett; der Graf stellte sich davor und zankte, aber heut blieb das Federbett besonders ruhig liegen; – sonst hatte sie zuweilen ihren Kopf hervorgestreckt und ihn dann schnell wieder zurückgezogen. Endlich ward der Graf über ihren Mangel an Anteil zornig, daß er sich Mut faßte und das Federbett herunter riß. Aber siehe, der Fleck war leer und nichts dahinter. Während der Graf am Abend vorher in Gemütsruhe unter dem Kränchen eines uralten Fasses lag, öffnete sich das Tor des Schlosses und die Gräfin mit einem Bündelchen schritt heraus. Ganz still und für sich schaute sie umher auf die nachtenden Berge, und ihr lichtbraunes Haar floß leise im Abendwind daher; sie zog zur Armee. Als sie anlangte, empfing sie der junge Graf mit großen Freuden. An seiner Seite zog sie mit zu Felde, focht neben ihm und verfolgte ihn mit den Augen, dem entgegentretend, der das Schwert gegen ihn schwang. – Am Abend saßen sie an den Wachfeuern, die müden Glieder ausgestreckt auf ihren Mänteln; da wehte der kühle Nachtwind über die lustige Schar hin und kühlte die heißen Köpfe. – Die Soldaten rauchten, sie sang, erzählte alte Weisen, und alle waren fröhlich und gut in ihrer Gegenwart. Es verglimmten nach und nach die Kohlen, der Himmel breitete seinen Nachtmantel aus mit den unzähligen Sternen. Da wußte die junge Gräfin erst, wozu sie geboren war; sie erhob sich leise und betrachtete den schlummernden Grafen und vertiefte sich in die Ruhe seiner edlen Züge und las wie in einem Buch die schönsten Lieder an den Frühling, an die aufgehende Sonne oder den Mond, je nachdem das Antlitz des

Grafen oder auch ihr eignes Gemüt gestimmt war; sie schrieb dies alles mit ihrer Messerspitze in die Rinde der Bäume umher. Dann schlummerte sie ein Weilchen, während Göttinnen, man nennt sie Musen, ihrer sind Neune, voran ein schöner Musenjüngling, einen schwebenden Tanz über ihrem Haupte aufführten und allerlei Träume ihr zusendeten.

Eines Morgens zogen sie aus dem Quartier, die Trommel tönte; sie hatte die dem Tambur abgenommen und trommelte einen Marsch, zu dem sie sang von der Kriegslust. Die Soldaten hörten begeistert zu, sonderbar wirbelten die Trommeltöne wie ein Lied, aus ihrer Brust geschaffen, in den blauen Himmel empor. Da kam eilig des Weges ein Bote, der sagte, der alte Graf liege auf dem Todesbett; zwar habe er verboten sie zu rufen, aber der alte Schloßkaplan habe ihn ausgeschickt. – Schnell reichte Gräfin Bärwalda dem Grafen zum Abschied die Hand und ritt davon. Eine unnennbare Trauer erfaßte sie, als sie das Schloß, auf dem selbst die alten rostigen Wetterhähne die Flügel zu hängen schienen, erblickte. Es sagte ihr alles, ihr Herr Vater lebe nicht mehr. So war es auch, das ganze Schloß war leer; alle Diener und Hausleute waren furchtsam geflohen und hatten die alten Mauern allein stehen lassen. So zog sie in ihr Erbe ein, das einzige was ihr blieb; rasch sprang sie vom Pferde und klopfte leise seinen Hals, als wolle sie sagen: »Bald reiten wir wieder davon!« Dann warf sie ihm die Zügel auf den Bug, und es trabte mit lautem Hufschlag in den leeren Schloßhof. Der Schloßkaplan schlich in den leeren Gemächern herum, halb als wenn er sich vor ihr scheue, halb als wenn er sie bemitleide; ängstlich übergab er ihr die Schlüssel und ging eilig davon. Die Gräfin stellte sich an ein hohes Fenster und schaute hinaus auf die dunklen blauen Berge in der Ferne. Sie liebte ihr altes Erbe so, und doch war es ihr, als drücke ihr etwas schwer auf dem Herzen. Die Sonne ging unter, sie erhellte das Gemach und die braune Ledertapete mit einem leisen Schimmer. Da kam der alte Schloßkaplan herein, wich aber scheu zurück vor ihr; sie verlangte, er solle bleiben und alles sagen, was er auf dem Herzen habe. – Nach langem Zagen sagte er endlich, der Graf hätte immer zornig über sie geschwiegen; aber in der letzten Stunde habe er gesagt, es sei gesündigt, daß er nicht die Reiser vom Rutenbaum zu ihrer Erziehung gebraucht; darum habe er den Gram erleben müssen, daß sie davon und unter die Soldaten gegangen sei. Er verwünsche sie, daß sie selbst im Grabe keine Ruhe finde, bis der Rutenbaum vertrockne, und der solle nicht eher vertrocknen und mit frischer Kraft fortblühen, bis ein Mädchen aus ihrem Geschlecht so gut sei, daß es nie eine Rute verdiene. Der alte Mann hatte ausgesprochen; die junge Gräfin schwieg und schaute nach der sinkenden Sonne; ihr Glück sank mit ihr. Da tönten Schritte die öde Burgtreppe hinauf, der Bote trat ein mit einem Schreiben. Der junge Graf war in der Schlacht gefallen; sie schwieg und ging in ihr Turmzimmer, was auf die Gegend hinausschaute, von wannen der Bote gekommen war. Die alten Bücher, in denen sie studierte, lagen um sie her. So saß sie im Lehnstuhl, dem Fenster gegenüber, bis in ihr spätes Alter. Niemand traute sich in die Nähe dieses Gemachs. In den Wald ging sie noch oft, und fortgewirkt hat sie noch lange. Woher kommt es, daß jetzt jenseit der Berge blühende Wiesen und Felder liegen? Oft kam sie von den Bergen herunter geschritten, wenn die Bauern im Schweiße ihres Angesichts unten arbeiteten, mit traurigen Blicken die Stücke messend, deren widerspenstigen Boden sie glaubten nicht bearbeiten zu können. Sie lehrte ihnen diese fruchtbar machen; sie baute sogar ihnen einen eignen Pflug. Die Leute liebten und fürchteten sie. Und doch war es ihnen, wenn sie weg gegangen, als habe sie kein Wort mit ihnen gesprochen, keinen angesehen. Selbst als sie ganz alt war, kam sie an einem Stabe gebückt und schaute mit ihren wunderbaren Augen wie segnend alles an. Die Kinder hatten vor ihr keine Scheu; sie besuchte diese oft im Walde, aber wenn sie gegangen, war es ihnen wie ein schöner Traum, der wieder verschwand. Ich weiß nicht, auf welche Weise sie mag gestorben sein, aber«, sagte Müffert leise, »man will sie nachdem manchmal gesehen haben. Es ist noch kein Kind aus dem Geschlecht so gut gewesen, daß es nicht eine Rute verdient hätte. —— Ich glaube gar, daß der Rutenbaum vertrocknet! Ach, was für eine kleine artige Gritta wir haben!«

»Wo weißt du denn alles her?« fragte Gritta, deren Augen ganz groß vom vielen Erstaunen und Zuhören geworden. »Ja, Kind! Sieh, das kenne ich erst, seitdem ich Schneider geworden, und die großen Bände aus der Schloßbibliothek zum Zeug verbrauchte.«

Er schwieg ein Weilchen – dann sagte er nachdenklich: »Ich weiß eigentlich nicht, was Fräulein Bärwalda gesündigt hat; daß sie die Faulheit nicht liebte, gefällt mir, aber was den bösen Worten des Grafen Wirkung gab, war wohl, daß sie dem alten Herrn davon gelaufen war. Die Brüder des Fräuleins sahen sie nicht und hatten sie auf dem alten Schloß, ihrem Erbe, allein gelassen.« Gritta schüttelte sich, wie ein Vögelchen seine Federn schüttelt: »Horch, mir ist, als klopfe etwas!« Ein Windstoß fuhr durch den Schornstein hernieder, es pochte unten, und eine jugendliche Stimme schien hie und da durch den Sturm zu dringen, als suche sie ihn zu überbieten. »Ach, die Ahnfrau vom Rutenbaume!« sagte Gritta zu Müffert, erschrocken aufschauend; es war jedoch anders. Seit einer Viertelstunde ungefähr stürzte ein strömender Regen herab, als zwei Gestalten den Weg zum Schlosse emporstiegen. Eine Mädchengestalt mit einem Schleier von feinen Spitzen. Das Gewebe hing durchnäßt herab, sie lehnte sich auf die Schulter eines schlanken Knaben, dessen Atlasrock und Puffen vom Regen trieften; die Federn seines Huts hingen geknickt dem Wetter preis gegeben. »Ach, Eliór«, sagte sie leise vor Frost zitternd, »es ist doch ein zu böser Weg, ich patsche im herabrieselnden Wasser. Aber siehst du, oben auf des Grafen

Zimmer scheint Licht.« Sie hatten bald nur noch eine kleine Strecke zurückzulegen, da drehte sich die Mädchengestalt um und schaute wie eine kleine Regenfee ins Tal, das voller Nebel war. »Hier will ich wohnen!« sagte sie, dann schritten sie rüstig zu, bis zur Pforte des Schlosses. Sie klopften an, wieder und wieder, und riefen; endlich sahen sie durch eine Spalte der alten Türe Licht herabkommen. Es war Gritta. »Wer will herein?« fragte sie. Hätte es geantwortet: »Ein Dieb!« oder »Ein Mörder!«, sie hätte ihn auch eingelassen; denn ob man sich vor denen hüten müsse und sie weniger lieben wie andere, davon hatte sie noch keine Gedanken. – An dem »Ich will herein!« erkannte Gritta sogleich, wer draußen war. – Eine lange Wasserstraße lief von der Schleppe, als die Gräfin mit größter Schnelle die Treppe herauf gerade in des Grafen Gemach lief, wo dieser arbeitend bei einem kleinen Lämpchen saß. Seine spitze Nase sah aus der Dunkelheit hervor. Das Licht erhellte kaum die Gräfin und ihre goldnen Locken, die triefend herabhingen, während Perle für Perle über ihr gerötetes seelenvergnügtes Antlitz rann. Als der Graf zum großen Erstaunen Müfferts, der acht Tage hinter einander seinen Augen nicht traute, zu ihren Füßen lag, lachte sie mutwillig und schüttelte sich so, daß der Regen von ihren wilden Locken, gleich einem Regenschauer den Grafen überfiel. Dann kauerte sie sich an ein kleines Feuer, das der Graf in dem großen rußigen Kamin anmachte und anblies, so gut er konnte. Endlich sagte sie: »Ich habe meinem Herrn Vormund viel zu schaffen gemacht. Jetzt holt er sich die beiden andern zur Hülfe; derweile bin ich davon gelaufen!« Als der Graf mehr fragen wollte, wurde sie auf einmal ganz müde, schloß die Augen und schnarchte anmuthig, während der Graf vor ihr die Nacht durch auf- und abspazierte. Das lustige Leben im Schloß fing wieder an; auf des Grafen Fragen, wie sich die Gräfin los gemacht, gab sie nie Antwort, sondern lachte, war fröhlich und guter Dinge. Andern Tages kamen die kleinen Pagen mit bepackten Eseln.

Da wurden über die Steinboden viele bunte Teppiche gebreitet mit herrlichen Blumen, singenden Vögeln und springenden Hasen durchwebt, schöne Polster entlang den Wänden gelegt. Zierliche goldne Konsolen aufgestellt, mit Becken zum Weihrauch. Bald war die Wirtschaft im Gange. Der schöne Page Elior war in Ermangelung einer Kammerzofe zum Friseur ernannt; er kämmte der Gräfin ihr langes Haar; blieb er zufällig in den langen goldenen geringelten tausend Fäden hängen, so hatte er, klapps! eine Ohrfeige. Alle übrigen Pagen standen auch unter den fünf Zeptern ihrer feinen zarten Hand, die oft brannte auf ihren Wangen. Alles flog herbei und zerstieb wieder nach allen Ecken auf ihren Wink, mit Sendungen etwas zu holen, zu schaffen; alles lachte, trieb toll durch einander, bis es zur Stelle war, wie sie es wollte. Nur wenn sie übler Laune war, dann war's ein übles Ding; da hing der Pagenhimmel voll Regenwolken. – Ein Page war über den Wedel, einer über den Besen gesetzt, jeder hatte was zu fegen, zurechtzurücken, Blumen zu begießen, Staub abzufächeln. Der alte Müffert sah mit größtem Erstaunen den jungen rotbackigen Wirtschaftsführern zu, die den Mut hatten, eine Flinte loszudrücken, zogen auf die Jagd, wagten sich in die dunkeln Wälder und kamen des Abends müde voll Staub heim, luden in der Küche ihre Spatzen, nein, Hasel- oder Rebhühner ab und erzählten dem alten Müffert, der mit großen Augen drein sah, ihre Jagdabenteuer. – Die Gänge des Schlosses entlang wurden Reihen fremder Gewächse gepflegt. In goldnen Bauern hingen die Kanarienvögel dazwischen, die beim Sonnenschein aus Leibeskräften schmetterten. Das Schloß war voll Papageien, die lärmten, schrieen und riefen: »Ich will!«, – woraus man wohl sah, daß sie bei einem verzognen Kinde in der Schule gewesen. Der Graf sah allem zu, und – vergaß die Maschine. Des Abends saßen alle in seinem Saal, und die Gräfin sang und erzählte schauderliche Geschichten, daß sie eine Gänsehaut überlief vor Schauerplaisir. So schön konnte sie sein und singen, wenn sie wollte. Die kleine Gritta kroch aber immer wie sonst so früh wie die Hühner ins Bett oder Heu. Heute ging sie erst an das kleine Fenster, als sie in den Turm trat, es war zwischen beiden dicken Mauern des Türmchens eingeengt, das gleich einem Erker hinausschaute ins Tal. In einem Fensterflügel war das Bild des kleinen Johannes im blauen Kleidchen mit Hirtenstab, wie er ein Paar Lämmer hütete. Der Mond schien bunt durch und malte das stille Bild des Knaben mit den Lämmern gelb, blau und rot auf ein Gärtchen von Heideblümchen für Marienkäferchen im Loch einer fehlenden Steinplatte. Der andere Fensterflügel war geöffnet, und die Luft ganz monddurchflossen davor. Ging man näher, so konnte man herunter schauen in das zauberumnebelte Tal. Bloß die Spitzen der Tannenwälder waren zu sehen, unter dem Türmchen der dunkle Fels mit Gräben und Moos, auf denen der Tau glänzte. Gritta lehnte sich hinaus und sah ein Tautröpfchen, das blitzend kühl im Mondlicht an einem gebogenen Hälmchen über den Abgrund zitterte und herabfiel. Sie ging zurück, guckte in die Höhe nach dem Nest, das Frau Schwalbe an die Mauer geklebt und die Wand mit vielen Wandverzierungen bedeckt. – Sie zwitscherte und unterhielt sich mit ihren Jungen. – Darauf nistete sie sich ins Heu ein und schob ein kleines brokatnes Kissen, das sie noch von ihrer Mutter hatte, unters Ohr.

»Willst du?« fragte im Schatten des Fensterkreuzes hinter dem Bettlein ganz leise eine Stimme, – »wenn du dich fürchtest, will ich gehen.« Es lief durch das Mondlicht eine lange schmale Ratte zu Grittas Lager. Die kleine Gräfin wendete noch einmal den Kopf und schaute mit schläfrig verliebten Augen den Mond an. Und der Mond, der dachte:

»Hätt' ich das runde Mägdlein!« und lachte.
Und der Mond, der dachte: »Über das runde Mägdelein
Sollte die Sonne neidisch sein!« Und lachte.

Es raschelte im Stroh, sie drehte sich zur Seite; da fing eine feine zimperliche Stimme an: »Wir zwei Hof- und Zimmer-, Saal- und Speisekammer-Fräulein der hochgeehrten Ratzenfürstin wollen dich, kleine Gräfin, etwas fragen.« – »Na!« sagte Gritta, die schläfrig glaubte zu träumen.

»Unsere Fürstin ist mit sieben jungen, einen Tag alten Thronerben hier, und es ist im Schlosse kein altes Federwerk mehr, worin die zarten Kindlein wohnen könnten. Das neue wird zuviel ausgeklopft. Ob du wohl erlaubtest, daß die Fürstin in dem Brokatfederkißlein unter deinem Kopf mit ihren sieben jungen geliebten Häuptern sich einnisten könnte?« – Gritte nickte entschlafend; denn sie meinte noch immer, daß sie träume. Kaum schnarchte sie, als ein langer Zug von Mäusen und Ratten durchs Zimmer wimmelte.

Vier Ratten zogen einen alten Holzpantoffel von Müffert, in welchem die Rattenfürstin mit goldner Krone saß. Ihre Jungen ruhten vor ihr, sie quartierte sich ein in das Federkissen unter Grittas Kopf; das war ein großer Rumor im Kissen. Frau Schwalbe guckte neugierig über den Nestrand, begann aber, da es schon etwas spät, ihren Abendsegen zu beten; sie geriet in Streit mit ihren Jungen über die zehn Gebote, die Kleinen behaupteten, es gebe nur neune. »Potz Wetter«, sagte ein alter Holzkäfer, der aus einer Ritze hervorguckte, »Ihr treibt's so, daß ordentliche Leute nicht einmal schlafen können.« Frau Schwalbe schien sich gar nicht darum zu kümmern, bis er sagte, »Du wirst das Kind aufwecken!« Da schwieg sie und bat eine Mücke, die sorglos in der Nähe herumflog, weil sie genug Futter von Gritta erhaltend keine Tierfresserin war, sie möge doch herabfliegen und Gritta wieder einschläfern. Der kleine Nachtmusikant flog eilig herab und lud noch drei andre ein mitzumusizieren; doch diese sangen in der Prozession mit, welche die Marienkäferchen nach einer blauen Glockenblume hielten, aus Dank, daß der Rattenzug sie nicht beschädigte. Und sie sang allein. So lebte und webte alles um Gritta, bis es

später wurde; da kam die Nachtstille, und der müde Musikant ruhte auf Grittas Ohrläppchen, der Versuchung mit Macht widerstehend, von dem süßen, süßen Blut zu naschen, aus Liebe zu dem Kind.

Als sie am andern Morgen erwachte, fühlte sie unter ihrem Kopf sich etwas regen im Brokatkissen; sie war erst bestürzt, da sie sich nur undeutlich des nächtlichen Besuches erinnerte, aber bald besann sie sich auf die große Artigkeit der liebenswürdigen Rätzinnen und fühlte Verwunderung und Freude über die neue Einwohnerschaft. Sie nahm das Kissen und legte es an die Sonne und stellte sich dann ans Fenster. »Sag einmal«, fragte sie den alten Müffert, der eben mit einem Krügelchen Wasser ins Zimmer trat, um seines Lieblings Blumen zu begießen. »Sag, holst du mir morgen frische Blumen aus dem Tal?« Sie überhörte seine Antwort und schaute hinab in den Wiesengrund, der von dem azurblauen Himmel bestrahlt mit seinen grünen Büschen und Grasflecken vor ihr lag. Kleine bewegliche weiße Fleckchen, in denen sie erst nach längerem Hinschauen Gänse erkannte, weideten im Grünen, und ein kleiner Bauernbube war dabei; sie sah nicht, wie er auch so freundlich nach dem Erker blickte. »Siehst du da den kleinen Jungen?« fragte sie. »O ja«, sagte Müffert. Gritta schwieg. Als sie zu den Übrigen herunter kam, fand sie alles in Not durcheinander: eine unberufene Katze hatte den Papagei gerupft, darüber erhielt alles Ohrfeigen. – Es war etliche Tage später, an einem schönen Morgen, als der kleine Bauernjunge, der vor dem Felstor die Gänse der reichen Müllerin hütete, bitterlich weinte. »Nun ist's aus mit dir«, rief sie, »erst läßt du eine Gans laufen, um dem alten Grafen aus dem Sumpf zu helfen, und heute wieder eine, um dem Müffert Blumen zu suchen. Jetzt geh, aus dir wird nichts!« In gesteigertem Zorne gab sie ihm einen Puff, daß er nicht wußte, wie er sich vor der Tür befand. »Da hast du ein Stück Brot und deinen Lohn, nun lauf.« Der Junge ging in den Stall zu seinen Gänsen und setzte sich auf einen Stein, der sich in der Mitte desselben befand; es war eine angenehme Federviehwärme. Die eine stand unbeholfen auf, die andere schüttelte ihr glänzendes Gefieder; sie zogen den Kopf ein und streckten ihn vor, fielen von der auf jene Seite, bis sie alle bei ihm waren, dann legten sie den Kopf auf seine Knie, wo sie Platz fanden, die hinteren streckten ihren Hals über die vorne standen, von Zeit zu Zeit ihn erhebend, um zu schnattern. So waren sie auf der Wiese gewöhnt zu tun, wenn er auf einem kleinen Rohr blasend in ihrer Mitte saß. Er weinte, streute ihnen sein empfangenes Brot und hielt eine lange betrübte Abschiedsrede. Eine küßte er auf ihren schönen, weiß und weich befiederten Flügel, stopfte seinem Liebling den letzten Bissen Brot in den Hals und ging. Sie schnatterten ihm nach und verfolgten ihn bis zur Tür. Er guckte sich um: – sie wußten nicht, daß er morgen nicht wiederkomme. Der Span war vor die Klemme gesteckt, und nun wohin?

Da stand er vor der Tür; es wehte ein kalter Herbstwind, und die Blumensterne wiegten sich auf ihren Stengeln, als wollten sie bald ganz davon fliegen und die Stiele leer lassen. Er ging durch den Hohlweg, um die Burg noch einmal zu sehen: da lag sie auf dem felsigen Bergkegel! Dort das Türmchen der kleinen Gräfin. – Wie viel hundertmal zog er mit seinen Gänsen da vorüber! – Wie lange hatte er oft hinauf geschaut! – Er ging ohne Besinnen und pflückte Blumen. Beinah war ein Strauß zusammen gepflückt, da fiel ihm ein, er wollte sie dem alten Müffert bringen und ihm Adieu sagen; so ging er hinauf zu. Von ferne schon sah er Gestalten vor dem Schlosse stehen und hörte den Takt von einem Liede. Es war ein Mann, der ein Marmottchen tanzen ließ und große Wunder von sich und seinem Tierchen erzählte. Da kam die Gräfin angesprungen, mit dem Brokatkißlein Grittas in der Hand, ihr nach Elior und alle andern Pagen mit großem Lärm. »Ei sieh einmal, Gritta«, rief sie dieser zu, die sich mit Müffert an den Sprüngen des kleinen Marmottierchens freute, »ich kroch da oben in dein Mauseloch, deinen Turm; da liegt ein Kissen in der Sonne, es ist ein Leben und eine Bewegung darin, und wie ich nachsehe, da sind es Ratten.« – »Pfui! Und das sind Ratten!« riefen alle Pagen mit großem Geschrei. »Ich werfe Kissen und Ratten in den Abgrund.« Die Gräfin, dies sagend, näherte sich ihm. »Ach, um des heiligen artigen Johannes Willen, was machst du? – Das Kissen ist von der Mutter, und die Ratten sind die Rattenfürstin mit ihren sieben fürstlichen Söhnen!« »Hinab mit der Brut!« rief die Gräfin Krautia, denn so hieß sie, »was hast du für komische Einbildungen.« »Gebt sie mir«, sagte der Marmottenmann, »ich kann jetzt gerade ein paar brauchen zum Kunststücke Lernen.« »Da!« sagte die Gräfin, reichte sie hin und drehte um ins Schloß; die Pagen folgten mit Gritta, die bittend ihr zur Seite lief, Müffert verschwand traurig, daß er nichts hatte, sie auszulösen. Der Marmottenmann packte das Kissen zusammen und machte sich bereit zu gehen. Der Bauernknabe nahte sich ihm: »Gebt mir die Ratten mit dem Kissen für das Geld«, bat er. Der Mann sah ihn verwundert an. – »O ja, mein Junge, die kannst du haben, ich finde überall Ratten und nahm sie bloß, weil sie gleich bequem eingepackt sind.« Peter gab seinen Lohn und erhielt das Kissen; er wollte eine Weile warten, bis Müffert vielleicht käme. Da kam in stürmischer Eile Gritta den Gang entlang gerannt, sie schaute sich um nach dem Marmottenmann. »Ach!« rief sie, da sie ihn nicht sah, »ach, ich wäre ihm zu Füßen gefallen, er hätte es mir gewiß gegeben.« Schon machte sie sich bereit, den Felsweg hinab zu laufen, ihm nach, da nahte sich der Knabe, das rotberänderte Mützchen schwebte zum Gruß durch die Luft. Er gab ihr das Kissen; ohne etwas zu sagen, drehte sie sich freudig auf dem kleinen Absatz um und verschwand in der Burg, während er mit großen Augen nachsah. Er wäre jetzt fortgegangen und in die weite Welt gelaufen, wäre Müffert nicht gerade herausgekommen. »Ich stand hinter der Tür, Bube, und sah,

wie du den Mann bezahltest; wo hast du denn das Geld her?« –
»Es war mein Lohn, die Müllerin hat mich fortgejagt.« –
»Ach!« sagte der alte Müffert, indem er sich traurig an seinem
Haupte kratzte, »warte noch. – Nun ja, jetzt fällt mir's ein; –
kannst du nicht Page werden?« – Er besah ihn sich vom Kopf
bis zu den Füßen. – »Ei, warum kannst du nicht? – Ich will dich
zur Gräfin führen, du mußt dich keck und munter anstellen,
mußt einen Diener machen, gleich nach ihrer Hand greifen
und sie küssen. Ach Gott, bei unserer früheren Herrin, da
brauchte einer nur zu sagen ›Gott, wie arm bin ich‹, so tat sie,
was sie konnte, ihm zu helfen.« – Sie gingen ins Schloß; in
einem Gang trafen sie die Gräfin, die erhitzt und rot bis an die
Stirne war. Der Graf hatte auf die Bitten Grittas vorher
gewagt, eine Einwendung gegen das Weggeben des Kissens zu
machen, und die Gräfin war jetzt heftig erzürnt auf sie. Der
Gänsejunge stellte sich vor sie, zog sein Zipfelmützchen ab und
küßte ihr die Hand. Obwohl er nachher sich den Mund
abwischte, wie es Kinder gewöhnlich tun, schaute sie ihn doch
freundlich an. »Was will der Junge?« fragte sie. »Page werden!«
sagte Müffert. »So? Nun, einen kleinen Pagen mehr können
wir immer brauchen. Pfui, wie schmutzig ist er! Laß dich anders
ankleiden. – Du sollst«, sagte sie nach einigem Besinnen,
»Turmwart werden, ja, dies ist am besten. – Laß dir ein kleines
Horn geben und wohne auf einem der Türme unserer Burg.« –
Der kleine Gänsejunge wurde also Turmwartel, blies morgens
und abends vom Turm herab in den Gau und schaute sich um in
die Weite, wo ihm der Wind unter die Nase pfiff. Gritta hatte
sich schon bei ihm bedankt. Der kleinen Hochgräfin wurde
nicht wohl unter ihrer Stiefmutter und der Pagen Regiment; sie
gewann den Turmwart lieber als alle andern nach Rosenöl
duftenden Paglein. Sie spielte mit einem goldnen Ball, einem
alten Erbstück der Rattenzuhausbeiuns'schen Familie, die
Treppe nach dem alten Turm hinauf. Wenn so der goldne Ball
hinaufflog in den spitzgewölbten Turm und der Peter schrie:

»Ich hab ihn!« und der Ball dann die alten Stufen wieder herabrollte und Gritta lachte und selbst über die Stufen fiel, um ihn aufzuhalten, so waren beide guter Dinge. Der Turmwart durfte nicht hinweg von seinem Platz; so kletterte denn die kleine Gritta die Stufen des Abends hinauf. Wenn sie um den Wendelstock bog, so schaute sie durch ein Loch der Mauer in seine Hirtenknabenkammer. Das Licht schien durchs Gaubloch auf das Heu des guten Hirtenknaben; die Peitsche stand dabei, und auf einem Brettchen an der Wand lag seine Pfeife; ein zahmer Vogel, den er halbtot mit einem zerbrochnen Beinchen gefunden und geheilt hatte, saß gedankentief in einer Ecke und zirpte für sich hin. War er nun hier nicht, so streute sie dem Vogel ein paar Körnchen und lauschte; – hörte sie nichts unter sich regen oder die Gräfin Krautia nach ihr rufen, so stieg sie weiter; nach einer zweiten Wendung sah sie den Knaben schon auf- und abmarschieren, aber nun ging's noch an einem alten Steinbilde an der Seite der Wendeltreppe vorbei, und dazu gehörte Mut. Der ernste Steinkopf ragte in einer Halskrause mit spitzer Nase aus der Wand. Müffert hatte oft von diesem Bilde als von der Frau Gote erzählt. Gritta machte jedesmal einen sehr artigen, furchtsamen Gruß, wenn sie vorbei kam, und bat: »Frau Gote, sei sie so gut und behüte sie mich vor den Pagen, daß keiner herauf kömmt!« Da war es denn auch sonderbar, daß kein Page, wenn er nach ihr rief, sie finden konnte, weil eine neckende Stimme sie immer von einem Ort zum andern lockte. – Dann hielt Gritta noch auf der vorletzten Stufe an, in deren Ecke sie einen kleinen Garten angelegt von Moos und den schönsten Gartentempelchen aus alten Scherben; darin weidete Topfhenkel, die Kuh, und Topfdeckelknopf war der Hund. Hier wehte ihr höhere Luft entgegen, die kühl um den Turm blies. Sie legte ihre runden Ärmchen, nachdem sie Peter begrüßt hatte, auf die alte Steinmauer und schaute hinaus in die Ferne; die Vöglein flogen unter ihr um den Turm, der mit vielem Moos und Gras auf den Felsen an den Mauerritzen bewachsen war. Dann ging's tief, tief hinab. – Unten waren all die silbernen Seen, die grünen Büsche im Tal, gegenüber die Berge, die so weit in die Ferne gingen, und drüber der Himmel, so dicht am Turm, und doch sah es sich so hoch hinauf.

Peter erzählte Gritta, wenn sie all diese Herrlichkeiten anschaute und bald dort bald dahin zeigte, wo sie gern sein möchte, von seinen Gänsen. Hatte sie nun recht tief gefühlt, wie schön seine Lieblingsgans, die lange Grasknapserin, sei, so ging er mit ihr und half ihren Garten noch schöner bauen; nicht selten hatte er ihr eine Hängebrücke gemacht oder ein Tempelchen mit schönen Bäumen. Wenn es so weit gekommen, daß die Luft kälter um den Turm wehte und die Sonne allmählich unterging, schied Gritta. »Morgen!« sagte sie vergnügt, und »Morgen!« sagte Peter und lachte noch vergnügter. Gritta lief schnell die Treppe herab, aber noch schneller an der Frau Gote vorbei; der Turmwart lauschte noch lange auf den Tritt ihrer Füßchen: hatten sie ausgetrappelt, so wendete sich seine Nase wieder dem Tal zu. Und sie schliefen beide ruhig die Nacht durch, wenn Gritta nicht gescholten wurde. – Eines Morgens blies der kleine Turmwart besonders laut, kam dann herunter zur Gräfin ins Kabinett gelaufen und meldete einen Zug Menschen. Die Gräfin flog vom Sopha auf, gab ihm eine Ohrfeige, lief dann viermal im Zimmer umher und rief, indem sie ihm unter Tränen einen Kuß gab: »Ach was machen wir? – O wenn's die Vormünder sind!« – Alle Pagen wurden zusammen gerufen. »Verrammelt die Türe«, rief die Gräfin. »Ach und könnte man doch die Brücke schnell abbrechen!« »Ohne in den Abgrund zu stürzen, braucht es ein Hänggerüst«, sagte der Graf, »um sie von unten los zu machen.« – Es wurde also für jetzt nur alles, was zu finden war, zum Türverrammeln gebraucht. Die Pagen schleppten aus allen Ecken und Enden das Gerümpel herbei; als alles, was im

Schlosse gefunden, vor der Türe aufgepackt war, lagerten sie sich dahinter.

Es verging eine Weile, bis sich Schritte über die Brücke nahten. Sie horchten auf, – es wurde geklopft. – Da keine Antwort erfolgte, begann eine Stimme: »Das vom wohlweisen Rat eingesetzte Gericht, nämlich Summa drei Vormünder, verlangten mit der Gräfin und Fräulein zu Rattenwege zu sprechen!« Es pochte nochmals an. – »Ich spreche nur durch die Türe«, rief die helle Stimme der Gräfin. – »Selbmäßige Gräfin soll morgen mit ihren Herrn Vormündern, zeitjetzigen Herren, auf das ihr zur Wohnung angewiesene Schloß reisen, bis zu ihrer Mündigkeit dort verharren, auch sich nicht in dieser Zeit ohne derselben Willen vermählen, noch sonst etwas von dem tun, was diese für untunlich halten. In Folge dieses hat sich die Jungfrau Nesselkrautia Bollena Anna Maria Rattenweg, Gräfin, binnen heut und morgen früh zur bereitwilligen Fügung in alles, was rechtens, ihren Herren Vormündern zu stellen. « – Hier endigte der Bierbaß des wahrscheinlich ältesten und dicksten, in seiner Allongeperücke schwitzenden Herrn Vormundes. – »Ich will nicht!« rief die Gräfin. Der eine Vormund wollte in Zorn ausbrechen; der andere hielt ihm den Mund zu; der Schreiber trat vor und fuhr mit trockner Stimme fort: »Sollte benannte Jungfrau Nesselkrautia Bollena Anna Maria Rattenweg, Gräfin, sich binnen der festgesetzten Zeit nicht stellen, so wird sie und der sie ihrer Pflichten enthält, durch ihre Herren Vormünder gestraft. Fiat!« – Hierauf wendeten die Leute um und ihre Schritte verhallten auf der Brücke.

Es war am Abend dieses Tages, als sich die kleine Gritta in ihrem Türmchen zur Ruhe gelegt hatte. Der eine Fensterflügel stand offen, und die Nacht mit ihren Sternen sah herein; da unterbrach den Wind, der um den Turm sauste, eine feine Stimme, die etwas zornig klang: »Weißt du, kleines Mädchen, daß ich damals in großer Angst war mit meinen geliebten thronerblichen Häuptern? Weißt du auch, wie schrecklich ich die Gräfin jetzt strafen kann?« – Es wurde Gritta angst und bange, sie hielt sich die Händchen vors Gesicht; denn die Augen der Ratte, die zur Seite herüberguckte mit einem goldnen Krönchen auf, sprühten gar wunderlich funkelnd. – »Ich weiß wohl, was morgen geschieht, wie man die Gräfin wegschleppen und deinen Vater bestrafen wird.« – Hier fing Gritta an zu weinen vor der gräulich bösen Stimme. – »Aber«, fuhr sie fort, indem sie unter ihrem Kopfe in dem Brokatkissen auf und ab spazierte, »aber wegen dir könnte ich dies alles ändern, um deiner gastlichen Aufnahme willen, und ich will es auch. Die Ratte, die dich erzogen, rät zwar davon ab und redet von allerlei künftigen Zufällen, auch bliebe dann die böse Dame hier; sie gehört indessen zu den leichtsinnigen ihres Geschlechts und denkt nicht viel darüber nach, uns mit Falle und Gift zu schaden.« Die Ratte verschwand; als Gritta etwas beruhigt, schlief sie ein.

Alles war den andern Morgen auf den Beinen. Mit allem was von Messern im Schlosse war, bewaffneten sich die Pagen. Auch mußten die Stuhlbeine herhalten, die sie oben mit Nägeln spickten, so daß sie wie Streitkolben aussahen, die man Morgensterne nennt. – Kühn schwangen sie sie durch die Luft, rannten mit erhitzten Köpfen treppauf treppab, wider einander und vorbei, indem der Mut gewaltig in den Pagenherzen pochte. Die Türe zu verrammeln half nichts. Die Brücke konnte auch nicht abgebrochen werden, weil das hängende Gerüst fehlte. So hatte die Gräfin eine offene Verteidigung vor der Tür zu Stande gebracht. »Stellt euch hinten an, kleine Mannschaft!« rief und kommandierte die Gräfin, mit einer in der Eile geschärften Feuerzange bewaffnet, den kleinen Pagen zu, »laßt etwas Breite zwischen euch, daß Müffert das heiße Geschütz hindurch tragen kann.« Sie stellte sich dann vorn auf, an der Brücke und dem Abgrunde zunächst, Gritta zur Seite mit Kochtöpfen, die sie vor sich aufgereiht, um auf der Gräfin Befehl sie loszuschleudern. Die andern hatten auch solche Wurfgeschütze um sich stehen. Der Graf erschien mit dem alten Gerümpel und türmte ein Bollwerk davon in die Höhe, das zu letzter Not zum Werfen benutzt werden konnte: japanische Waffen, alte Uhren, künstliche Schnitzereien, Blechhandschuhe, Tapeten, rostige Rüstungsstücke, Porzellanaufsätze, Allongeperücken und andere Sachen der verschiedensten Art. – Alles war fertig. Die Gräfin Krautia kam vom Anordnen zurück und stellte sich an ihren Platz, indem sie noch einmal das Ganze nach hinten zu überschaute. – Man harrte in atemloser Stille mehrere Minuten; es waren nur noch 5 bis Schlag 10 Uhr, da bog der Zug langsam um die Ecke im Tal. Die Gräfin lauschte über das Gerümpel. Der Zug war sehr groß, sie rief die Heiligen in ihrem Herzen an; denn daß es so viele waren, das hatte sie durch die Türspalte gestern nicht gesehen. – Doch sie schwieg und alles um sie. Indem lief etwas blitzschnell zur Tür heraus, zwischen den Beinen der Pagen hindurch auf den Steg hinüber. Sie gaben nur auf den Zug acht, den man auf einer etwas hohen Felsplatte gehen sah. Aber Gritta hatte gesehen, daß es eine Ratte war, die unter das Ende der Brücke lief. So viel sie sehen konnte, nagte das Tier an alten Binsen und Gras, und Erde und kleine Steine rollten in die Tiefe. Doch nun blickte sie auch nach dem Zug, der schon ganz nah war. Der dicke Ratsherr und älteste Vormund mit Allongeperücke, scharlachner Weste mit über den Bauch herablaufenden zwei Reihen goldenen Knöpfen und schön besetztem Rock. Dann die beiden andern Vormünder folgend, auch bepudert und frisiert. Hierauf Gutsknechte und sogar Stadtmiliz hinterher. Sie langten auf dem Gipfel an und gingen dem kleinen Holzsteg zu. – Die Gräfin Krautia blickte sich um, die hintersten Reihen der kleineren Pagen waren gelichtet; eben lief noch einer mit zusammengehaltenen Höschen davon, die Angst usw. – Mit dem Mute der Verzweiflung drehte sich die Gräfin um. Jetzt stand der Zug vor der Brücke; da sah sie, daß der vorderste Ratsherr zusammenschauderte, seine Glieder zitterten vor Schrecken, die Knöpfe seiner Weste wackelten blinkend hin und her, sein Fuß weilte auf dem Brückenrand. »Kaaaanonen!« stotterte er mit matter Stimme hervor. »O Herr Ambrosius Zipperlein! Nein! Nein!« Doch stieß ihn der Hinterste an und flüsterte ihm etwas ins Ohr, was wie Kochtöpfe klang, worauf er die Tramontane ein weniges wiedergewann. Es waren die von Gritta auf das Bollwerk in Reihe gepflanzten Kochtöpfe, deren runder Schlund nach außen stand und die Henkel nach oben; es sah in der Tat sehr gefährlich aus. Gefaßt wollte der Herr Vormund weiter schreiten, da wankte vor ihm das Brett und stürzte sausend in die Tiefe. Es sprang etwas Schwarzes blitzschnell hinab. »Die Ratte!« schrie Gritta voll Freude, wurde aber gleich wieder blaß vor Angst über den schwankenden Herrn Ratsherrn. »Herr Kollege!« riefen die hinter ihm, »halten Sie sich und schwindeln Sie nicht!« Er wendete sich zu ihnen: »Fürchterliche Hinterlist! Gräßlich angelegter Plan!« Die drei flüsterten jetzt eine Weile zusammen. Zuletzt wies er auf einen Vorsprung unter der Burgtür, indem er rief: »Sie sehen! Sie sehen! Es geht!« und der Zug ging wieder ab. – Auf der andern Seite war alles in Verwunderung über das Wunder. Jeder schrieb's seinem Heiligen zu, und die kleine Gritta schwieg, weil niemand ihr geglaubt hätte. Sie hatte richtig erraten, daß die Belagerung von unten angehen werde. Alles harrte in Erwartung, die Gräfin über den Rand des Gerümpels gebogen. – Sie wußten, daß ein schmaler Felspfad, kaum zu erklettern, von unten heraufführe auf den Vorsprung unter ihr. Zwei, drei Stunden vergingen; da erschien um die Ecke biegend auf dem Vorsprung, sieben Ellen unter der Schloßtür, die Perücke des magersten und, wie es schien, ernstesten und eifrigsten Herrn Vormundes, in Schweiß gebadet. Müffert holte seinen ganzen Vorrat kochenden Hirsebreis herbei. Die Gräfin befahl dem Grafen, Gritta und Elior das Herabwerfen der Töpfe und heißer Grütze. Die Übrigen blieben in Ordnung stehen, für den Fall, daß der Block erstiegen werde. Die Soldaten hatten bloße Säbel, nur einer hatte ein Gewehr. Der dicke Herr gab den fürchterlichen Befehl, vor dem er selbst erschrak, zu feuern, aber ja nicht auf die Gräfin. Eine Kugel pfiff daher und dicht an der Gräfin Kopf vorbei; sie hob ihn stolz auf. Hatte sie vorher das Kanonenfieber gehabt, so hatte sie jetzt das Kriegsfeuer. Ungeschützt stellte sie sich auf den höchsten Aufsatz des Gerümpels. Gritta mit den kleinen, von der Arbeit feurigen Bäckchen, hatte nun auch Mut, schleuderte vereint mit dem Grafen, Peter und einem Pagen alle möglichen Dinge auf jeden Soldaten, der herauf zu klettern suchte, während Müffert von Zeit zu Zeit kam und heiße Grütze auf ihre Köpfe ausleerte. Mit einiger Wehmut, wenn er wieder einen zurückgetrieben hatte, schaute er jedesmal seinen schwarzen Kochtöpfen nach. Doch nun kamen sechse zu gleicher Zeit. Die Gräfin sprang von der Barrikade herab, befahl, der Graf solle mit Gritta, Elior, Peter und ihr Hand anlegen. In einem vereinten Stoße flog das Gerümpel in die Tiefe, die Soldaten bis auf den Absatz mitnehmend. Der kleine Peter hatte sich Venus und Amor, einen porzellanenen Kaminaufsatz, gerettet und schleuderte ihn auf den fern am Ende des Felsabsatzes sich gesichert haltenden ältesten Herrn Vormund, mit der halblauten Gedankenfolge: »Der läßt die andern für sich fechten und stellt sich selber ins Trockne«. Er zerbrach mit großem Geprassel an ihm. In demselben Augenblick streifte ein wohlgezielter heißer Kellenwurf seine Wange und ein Teil blieb an seiner Nase hängen. »Haltet ein!« ertönte seine Stimme. Die Soldaten mit Brandflecken und Blaumalen hörten auf, in die Höhe zu klettern, sämtlich mit der Idee, lieber ins Kriegsfeuer zu gehen als länger diese Kitzeleien auszuhalten. »So mag sie denn in ihr Unglück rennen! So heiraten Sie, heiraten Sie, kleiner Engel«, rief er ihr zu, während er heftig seinen getroffenen Backen rieb. »Die Zeit wird kommen, die Zeit wird kommen, wo die Reue folgt. – O, müssen sich nicht die steinernen Ureltern auf ihren Gräbern herumdrehen! – Soldaten, blast Trauerfanfaren! Wie wird das schöne rote Gold jetzt rinnen?« setzte er privatim für sich hinzu. – »Wär's nach mir gegangen, so hätte sie nie geheiratet!« »Ach, hätte ich sie nur und nicht der Graf gekriegt!« murmelte der Zweite für sich. »Wäre sie nur Nonne geworden, dann wäre es nach meinem Willen!« sagte heimlich der Dritte zu sich selber. – Die Soldaten hatten unterdessen die Reste der Grütze so gut wie möglich abgekratzt, und alle zogen ab. Die Gräfin lachte ihnen nach, und der älteste Vormund, mit Tränen auf den speckigen Wangen, rief: »Frevle nicht! O frevle nicht!«

Die kleine Gritta lief emsig mit dem Rauchfaß hin und her: heut war Trauungstag. Die Rauchwolken durchzogen den Saal, der schön geschmückt war mit seidenen Tapeten, die Fenster geöffnet nach den Bergen zu. Endlich blieb sie vor dem Traualtar stehen, der mit einer bunten Decke belegt war. Auf ihm lag ein kleines Gebetbuch mit altem silbernem Beschlag; sie dachte an die Ehe, daß die ein Band sei, was aneinander binde, wie der Herr Pfarrer sagte. So freute sie sich schon, daß morgen die Gräfin nicht werde wie sonst davon können laufen, wenn der Vater vom Maschinenwesen spreche. Da trat auf einmal der Bauch des Herrn Pfarrer herein, und dann folgte das Übrige nach. Es versammelten sich allmählich alle. Die Gräfin mit ihrem kleinen goldnen Krönchen auf dem Kopfe und weißem Schleier sah gar lieblich aus. Das war eine Traurede. Die Pagen sollen sich einen Teil ihrer Beine abgestanden haben. Die Gräfin und der Graf knieten hin, sie mit lächelndem Gesicht, er mit ernsten, gerührten Blicken. Als es an das Jasagen kam, stieß ihn die Gräfin an, denn er hatte die Augen ein wenig zu sehr für das Gerührtsein zugemacht. »Freiherr Ortel von Rattenzuhausbeiuns«, rief der Herr Pfarrer, »willst du selbige benannte Jungfrau Nesselkrautia Bollena Amaria als deine andere Hälfte und Herrin anerkennen, wie sie dich als ihren Herrn anerkennt, so sprich ein deutliches und vernehmliches Ja!« – »Brrrrrmm, das Räderwerk steht still«, sagte der Graf aus dem Schlaf auffahrend und erschrocken umhersehend. Endlich besann er sich und sagte Ja! Dann endigte die Predigt schnell. Den Abend bliesen noch Flöten und Klarinette. Die Pagen drehten sich und sprangen und waren voll süßen Weines. Gritta schlich in ihr Türmchen und schaute den Sternen zu, während der kleine Turmwart von oben herab ein Abendlied blies. Unten lag still im Nebel begraben das Tal, und ihr schienen aus den dunklen Höhlen inmitten der Berge kleine Flöckchen zu fliegen, aus denen sie sich Gestalten bildete. – Am andern Morgen ging die Gräfin zur Kirche; ein veilchenblauer Atlas sank von den Schultern zur Erde, ein feiner Schleier umgab sie und wurde nur hie und da von Diamantsternen aufgenommen. Die Glocken der Dörfer läuteten zusammen den blauen Bergen zu durch die Sonntagsluft. Der Gräfin zur Seite schritt der Graf, in stattlicher Puffenkleidung von grün und gelbem Atlas; die Pagen folgten hinter her. Der Graf war entzückt darüber, wie die Gräfin so sanft auf das kleine Gesangbuch in ihrer Hand blickte. »Weißt du was«, sagte sie, »deine kleine Tochter will ich in ein Kloster zur Erziehung geben.« Der alte Graf runzelte die Stirn. »Ich kann sie nun einmal nicht erziehen.« – »Hast's auch nicht nötig, Frau Gräfin.« »Aber was soll aus ihr werden, wenn sie nicht sticken, weben, spinnen kann, und mir gehorcht sie nicht, denn sie ist ein wildes Ding.« – Der Graf bedachte sich heimlich, und als er die Gräfin so fromm einhergehen sah, sagte er endlich Ja! – Aber die Gräfin dachte: »Hab' ich sie erst dort, so soll sie Nonne werden.« – Gritta sollte fort, fort von der Burg ihrer Väter. Zwei Tage blieb sie noch, sie vergingen schnell. Den alten Grafen sah sie nicht, die Gräfin ließ sie nicht zu ihm; aber sie war oft beim kleinen Turmwart, tausendmal trug sie ihm auf, daß er für die kleinen Tierchen in ihrem Turme sorge. Am Morgen des dritten Tages stand sie endlich vor dem Schloßtor. Sie guckte, als sie weiter ging, hinauf nach der alten Zinne, drehte sich dann um und wanderte, ihr Bündelchen an einem Stecken über der Schulter, eilig an Müfferts Seite davon. Der Turmwart schaute von der Höhe hinab ihr nach; er blies eine so fürchterliche Trauerfanfare herab, daß alles im Schloß zusammenlief, meinend, es brenne. Als sie durchs Felstor waren, gingen sie dem Walde zu. »Ach!« hob Gritta an, »ich habe gebeten, sie sollen mich nicht im Kloster vergessen, und der Peter hat mir's versprochen; vergäßen sie mich, so wollte er mich holen!« In der Hochgräfin grauen Augen standen Tränen, die an den schwarzen Wimpern gleich Perlen hängen blieben. Müffert schnitt ein fürchterlich Gesicht, um seine Tränen zu verschlucken, und rief: »Wer hat dich Weinen gelehrt? – Ich hole dich schon und vergesse dich nicht.«

Der Wald wurde immer dichter, und der kleine Fußpfad war kaum zu unterscheiden; es ward schon spät. Sie gingen still neben einander: »Horch! – Es raschelt etwas!« rief Gritta. Einen Augenblick dauerte es, da guckte ein dicker, dunkler Kopf aus dem Gebüsch mit seinen drohenden Augen, vor sich hinbrummend. Wie der Blitz lief Gritta davon; ihr Herz klopfte, ihr Kleidchen blieb an den Dornsträuchern hängen, das Päckchen unter ihrem Arm fiel zur Erde. Da blieb sie stehen, sie wurde rot bis über die Ohren: sie war davon gelaufen. – Sie – die Tochter eines Ritters, die Enkelin so vieler mutiger Ahnen, von denen drei mit Hosenbands-, drei mit Knopflochverdienstorden erster Klasse versehen waren! Sie war davon gelaufen! – Ein schlimmer Gedanke in der Einsamkeit! Aus jedem Busch schien die Allongeperücke eines Ahnherrn zu winken. »Und wenn mich der Bär frißt, – ich gehe zurück!« – Sie ging kreuz und quer, rief und schrie; doch vergebens. So irrte sie hin und her, und zuletzt fiel ihr ein, sie könne sich verirrt haben. So war es. – Nur dadurch, daß hie und da ein Häschen weggesprungen oder das Laub geknittert, hatte sich vorher noch der hochgräfliche Ahnen-Hosenbands-

und Knopflochverdienstordens-Mut aufrecht erhalten, aber nun war alles still! – Sie zitterte vor Frost, als sie in eine Gegend kam, wo die Bäume lichter wurden. Endlich an eine Baumlücke gelangt, stand vor ihren erstaunten Augen ein großes, kahles Gebäude. Es hatte nach beiden Seiten Flügel, auch zog sich eine Mauer herum, die dem Anschein nach es ganz umschließen mußte; eine runde, dunkle Eingangstür lag vor ihr, die tief in das Gebäude hinein ging. Von Zeit zu Zeit befand sich hoch oben ein Fenster, mit Eisenstäben verschlossen. Eine öde Stille um das ganze Haus; endlich entdeckte sie an der Tür einen Draht mit einem Ring daran. – Da es immer finsterer wurde, nahm sie sich ein Herz und zog; laut hallte es wider und schien sich in fernen Gängen zu wiederholen, bis es zuletzt verhallte. Sie zog noch einmal und klopfte dann; es naheten Schritte, nach einer Weile fiel ein Schiebfensterchen rasselnd herab. Ein paar graue Augen blitzten hindurch; darauf öffnete sich die Tür, eine magere Knochenhand langte heraus und holte Gritta hinein in eine tiefe Dunkelheit. Es deuchte ihr, als höre sie die Töne einer fernen Musik, als eine schnarrende Stimme fragte: »Was willst du?« Die kleine Gräfin fing jetzt wie ein aufgezogenes Rädchen an, ihre Geschichte herzuschnurren. Die Alte hörte brummend zu, nahm ihr dann den Brief aus den Händen und zog sie hinter sich drein durch viele Gänge, bis sie vor eine hohe Tür kamen; hier ließ die Alte sie in der Dunkelheit allein. Nach langer Zeit erst kam sie wieder, ihre lange Nase ragte beim Aufgehen der Tür aus dem schwarzen Schleier hervor. »Da, sehen Sie, ist die kleine Hochgräfin im windigen Röckchen, wie ein hergelaufnes Ding!« Die Alte richtete diese Worte an eine alte Dame, die im Sessel mit hoher Lehne saß; sie hatte die Schultern eingezogen und schaute gleich einem grauen Jahrhundert vor sich hin, dann hob sie die Augen und starrte Gritta an. Die Alte fing an, mit ihr heimlich zu zischeln, nur zuletzt sagte sie etwas lauter: »Sie hat mir erzählt, daß der alte Müffert, ein Diener des Schlosses, nicht wisse, wo sie sei; daher ist es für unsere Pläne sehr gut, wenn wir es auch nicht sagen.« Gritta hatte während des Gesprächs Zeit sich umzusehen. Es war ein hohes, dunkles Zimmer, mit einer alten Ledertapete. Nußbraune Schränke an den Wänden. Eine heilige Maria von schwarzem Ebenholz mit Elfenbeinaugen und diamantnen Augensternen schaute graulich aus einer hohen Ecke herab. Die Alte erweckte Gritta aus ihrem Traume, nahm sie an der Hand und zog sie wieder durch eine Menge von Gängen fort; am Ende derselben öffnete sie eine Tür und trat mit ihr in einen Saal. Der Mond schien durch die Fenster auf eine Menge kleiner Bettchen, die mit weißen Linnen gedeckt umherstanden. Es war eine Stille und ein leises Atmen; die Alte hob sie auf ein Bett und ging. Gritta glaubte sich erst allein in dem großmächtigen Saal, doch im Mondlicht wurde sie einiger Kinderköpfchen in den Betten gewahr, sanft lächelnd vom Schlafe. Sie hockte auf dem Bettchen, um alles zu betrachten; ihr blondes Haar strahlte im Mondlicht, da fühlte sie, daß sich etwas dicht neben ihr rege. »Ach, ein Kind, so groß wie ich!« Und wirklich war es eins, es hatte die weißen Glieder in schlafender Bequemlichkeit weit von sich gestreckt, ein brauner Zopf hing hinten herab; es hatte ein besonders weltweises Gesichtchen, die schwarzen Wimpern ruhten auf den rotgeschlafenen Wängchen, die vollen roten Lippen geöffnet. Gritta, nachdem sie das kleine Mädchen noch betastet hatte, versank in Schlaf. –

Gritta erwachte zuerst am andern Morgen; sie sah das Kind neben sich liegen, da fiel ihr gleich wieder alles von gestern ein. Sie wollte das Kind ermuntern, aber wie? – Sie kniff es erst ins Ärmchen, – es erwachte nicht; sie zog's an seinem langen Zopf, aber es schlief fort; endlich fiel ihr ein, ihm ins Ohrläppchen zu beißen. »Au!« schrie die Kleine auf und sah sie halb schlafend und fragend an. – »Wo bin ich denn eigentlich?« fragte Gritta. – »Wo du bist weiß ich nicht«, erwiderte die andere, »aber ich bin im Kloster.« – »Ach!« rief

Gritta, »so bin ich doch ohne Müffert glücklich angekommen. Wie heißt du denn?« – »Margareta, und du?« – »Gritta«. Ein Glöckchen fing an zu läuten; die Kinder erwachten, alle streckten die Köpfe verwundert aus den Betten, als sie Gritta sahen. »Ein kleines Mädchen wieder?« fragten sie. »O, sie hat bei mir geschlafen«, rief die Weise, »heute Nacht habe ich sie ausgebrütet; ich will's euch nur heimlich sagen, ich habe gestern das Ei im Garten gefunden.« Die andern lachten, aber die Jüngste, ein Mädchen mit lichtblauen Augen und blondem Haar, reckte ganz ernsthaft den Kopf empor und fragte: »Hat sie denn auch Federn?« »Ja, ja,« sagte die Weise, »nun, du kleines fremdes Ding, steh auf!« Sie war mit einem Satze aus dem Bette. Die Glocken läuteten stärker; es begann ein eiliges Treiben, die Kinder liefen alle zu der Weisen. Diese hatte den Kran über einem Steinbecken geöffnet. Da standen sie zu vielen in den weißen Hemdchen und spülten sich die Arme und das Gesicht im Wasser, das in der Morgensonne hell blinkerte. Die Weise rief, wer zuerst kommen sollte, und erzählte dabei von der bösen Nonne Sequestra; die andern gaben ihre Meinung auch dazu. Gritta stand in Gedanken verloren auf einem Bein und lauschte voll Verwunderung, da überschüttete sie ein Regenschauer von hinten. »Nun bist du getauft«, rief Margareta, hielt aber erschrocken ein im Lachen, denn es schlurrten Schritte auf dem Gang. Alle schlüpften still und scheu in ihre Kleider. Die Tür ging auf, und die alte Nonne von gestern trat ein. Heute war ihr Gesicht noch abschreckender; sie faltete die langen, knöchernen Finger unter dem Gewand, sagte den Morgensegen und winkte zu folgen. Sie trippelten hinter ihr drein, Gritta hinter Margareta durch finstere dunkle Gänge, es wurde ihr Angst, wo es hinsollte; da kam eine Treppe, unten drang Lichtglanz aus einer offnen Tür, eine sanfte Musik ertönte. »Wo geht's hin?« fragte Gritta. »Still«, sagte Margareta, »es wird dir nichts geschehen.« Sie kamen herab in eine düstre, hohe Kapelle, auf dem Altar brannten die Kerzen vor dem Muttergottesbild. Junge und alte Nonnen in langen Chormänteln sangen. Gritta kam erst zu sich selber, als sie an einem Seitenaltärchen des heiligen Johannes Bild fand; ein Lichtchen brannte davor. Es war mit Goldflitter und Blumen, der Arbeit der jungen Nönnchen, geziert. Gritta kniete nieder und betete emsig, die Orgel tönte, Margareta lief mit dem Weihrauchkessel hin und her, aus dem die Wolken dampften, unter den Nasen der alten Nonnen hinweg. Als Gritta so in dem Duft saß, das Lichtchen immer mehr abbrannte unter den vielen Gedanken, die sie hatte, bat sie unter anderm auch, der heilige Johannes möge doch den Johannes an ihrem Fenster besuchen und ihm sagen, er solle doch für ihre Tierchen sorgen und ja den kleinen Peter grüßen, er solle sie nicht vergessen im Kloster; es störte sie eine lange, knöcherne Hand, die in ihre Gedanken hineingriff, schüttelte sie und zog sie in die Höhe, daß sie wieder auf zwei Beinen dem Menschenleben anvertraut war. Es war Sequestra, sie nahm sie mit; sie sah, wie die jungen Nonnen durch eine Pforte sich entfernten. Jede von den alten führte ein Kind. Sequestra führte sie in einen entfernten Teil des Klosters, sie öffnete die Tür in eine düstre Zelle. Oben ein kleines Fenster mit Eisenstäben verwahrt ließ etwas Licht herein; nicht weit von einem großen Nußbaumschrank saß in der Ecke eine alte Nonne im braunen Lehnstuhl, an ihrer Seite hing eine Rute, sie guckte über die lange Nase und Brille hinaus Gritta scharf an, rückte unter ihrem Stuhl ein Schemelchen hervor, nahm Gritta bei den Schultern; die wußte nicht wie, so saß sie. Die alte Sequestra ging, nachdem sie mit der Alten ein harmonisches Kopfnicken gewechselt. Als sie fort war, lachte diese pfiffig, und Gritta mußte lesen, während die Alte oft aufs zärtlichste einem langen Flaschenhals zusprach, der aus ihrem Ärmel ragte, sich räusperte, hustete und wieder einnickte. Gritta las nicht diesen Tag allein, nein viele, viele Tage, den ganzen Tag; – nur ein Schüsselchen mit Essen teilte die Zeit; nun begriff sie wohl, warum die andern Kinder oft so scheu und traurig waren, denn sie verbrachten die Zeit ja eben so bei solchen alten Nonnen. – Wenn sie mit ihren kleinen Fingern Blatt für Blatt umwendete, so las und buchstabierte, zuweilen nach dem Gitterfenster schaute und darüber nachdachte, ob die Sonne draußen scheine, so wurde ihr so wunderlich zu Mute, wenn der Tag so langsam an der grauen Wand der hohen Decke verging und die letzten Abendlichter auf dem nußbraunen Schrank spielten; ach, da ward ihr so angst, sie sehnte sich nach etwas, es war auch so eng und so hoch. – Sie wollte die Alte freundlich machen. – Warum schaute sie so böse vor sich hin und murmelte wie eine rostige Raspel? – Gritta legte den Kopf an ihre Schulter; die Alte sah sie verwundert an, fing gewaltig an zu husten und schüttelte ihren Kopf von sich ab, worauf sie tief in ihren schwarzen Ärmel kuckte und gestärkt wieder hervorsah. Jetzt wußte Gritta, wonach sie Sehnsucht habe! – Nach dem alten Schloß, mit den Bergen umher! – Wie war's so hoch und frei da oben! Was mochten Müffert, Peter und der Vater machen? Aber wie weit ist das? Hatte sie bis in die Nacht gelesen, so hielt die Alte ein Gebet; dann führte Sequestra sie in den Schlafsaal. Am Abend getrauten die Kinder sich nicht laut zu sprechen, weil sie fürchteten, die Alte lausche. Wenn die jungen Nonnen in der Kirche an ihr vorbeigingen, da lächelte eine unter ihnen oft ihr freundlich zu. Eines Abends im Vorübergehen sagte sie ihr leise ins Ohr, in welcher Zelle sie wohne. Gritta entschlüpfte später der alten Sequestra und fand sich glücklich zurecht. Das Nönnchen saß in seiner Zelle am offenen Fenster, ein Rosenzweiglein stand vor ihr, sie lächelte freundlich; aber kaum wollte Gritta die Türe schließen, so stand Sequestra davor und nahm sie mit sich fort.

Mermeta hieß die junge Novize, die sie so liebte; sie sah sie selten, nur wenn sie ihr half, die Kelchtücher waschen und auf den Sträuchern im Garten an die Sonne hängen. Bald wurde

63

Gritta so schwermütig und still wie die andern Kinder; wenn sie die alte Sequestra ein paar Minuten fern wußten, so liefen sie in den langen Gängen hin und her und spielten hinter den großen Schränken Verstecken, aber vor der Seite, wo die alte Sequestra wohnte, hatten sie heimlich Furcht, keins getraute sich hin. »Ich möchte wohl wissen«, sagten sie untereinander, »warum die andern Nönnchen so einsam leben und nicht heraus dürfen. Ach, für sein ganzes Leben hier bleiben!« sagte das eine oder andre seufzend.

Obwohl es nun sehr einsam herging, so war es schön, wenn an schönen Sommertagen die Zellen ihre Bewohnerinnen herausließen, oder vielmehr die Priorin, die sonst immer durch die Nonne Sequestra vertreten wurde. Da öffneten sich die verschwiegnen Türen in den langen Gängen, und die Novizen kamen heraus mit ihren weißen Schleiern, sie wandelten zwischen den grünen Stauden, an den blühenden Mandelbäumen blieb hier und da ein Pärchen stehen, die Gesichter erfrischt von der Luft, die Augen voll Erquickung der rosenroten Blüten, die Gewächse selber aus dem weltenfrischen Boden in die trockne Einsamkeit versetzt. Die Wasser rauschten aus den Springbrunnen in die kleinen geschlossenen Bassins; daran saßen die Kinder, unter ihnen Gritta, und ließen Schiffe von Rosenblättern, beladen mit Fliederblüten, auf dem klaren Wasser schwimmen. Der Kinder Lieblingsnonne, Mermeta, war eben ins Gebüsch geschlüpft; sie schauten ihr nach, als die Mater Sequestra von der entgegengesetzten Seite heranschlich; sie war bisher im Garten herumgegangen, jede Vertraulichkeit hindernd. »Ach«, rief Gritta, »kommt, wenn sie nur nicht zankt!« – Sie wußten schon, was Mermeta dort machte; sie gingen den Weg, den Mermeta gegangen war; die junge Novize saß am Boden vor einer Eiche, der Schatten fiel sanft auf ihr blasses Gesicht; sie hatte den Zipfel ihres schwarzen Gewandes ausgebreitet voll Futterkörnchen und blickte in eine dunkle Ecke neben dem Baume. Zur Seite steckte die Alte ihr Gesicht durch das Gesträuch; ein Vögelchen mit einem gelähmten Flügel kam aus der Dunkelheit hervor und fraß die Körner aus ihrer Hand; sie sah sich schüchtern um, als sie im Gebüsch etwas rauschen hörte. »Du sollst keine Freude haben an irdischen Dingen!« sagte die alte Nonne und nahm den Vogel in die Hand. »Gehe fort von hier«, sie sah sie zürnend an, »gehe hin und nimm den Rosenkranz!« Darauf legte sie das Vögelchen auf die Erde; es war zu fest gedrückt und sein Flügelchen gebrochen; sie griff die Novize, die traurig hinsah, bei der Hand; die Kinder blieben zurück, eins sah das andere an. »Oh!« rief Gritta, »hier müssen wir fort!« »Wir wollen in die weite Welt ziehen«, meinten alle, »und Mermeta mitnehmen und sie zu ihrem Vater und ihrer Mutter bringen.« – Am Abend war alles versammelt in einem großen Saal, da wurde von den Heiligen gelesen und gebetet. »Die heilige Petrea«, fing die alte Nonne an herzuschnarren, wie sie sich gesetzt hatte, »war eine Heilige vom ersten heiligen Kaliber, sie wollte an nichts Anteil haben auf diesem Erdenrunde. Die heilige Unnütziata hielt sich ein Lämmlein, die heilige Selleria einen Piepmatz und noch mehrere Heilige hielten sich so Gott wohlgefällige Tierchen; das dürfen so Heilige wohl tun, aber nicht Menschen, die sich zum Geruch der Heiligung so wenig anlassen, wie ein Ziegenbock.« Sie warf einen drohenden Blick auf Mermeta. »Sie war sogar so fromm, daß sie ein vom Himmel gesandtes Tier vor ihrer Tür hinweg wies und zu Gott-Vater sprach: ›Ich will an nichts auf dieser Welt Teil haben‹, worüber sich Gott-Vater selber wunderte und ihr großes Lob zusprach. Und sie schlug mit Geißelhieben um sich, wenn sie sah, daß einer Freude hatte an einem Sonnenstrahl, der durch die Fenster drang! Ja, ja, das war eine Frau; aber die Geschichte schreibt auch von ihr, daß Gott-Vater in großer Verlegenheit war, wo er mit dem heiligen Tier hin solle! Es war die jetzt so bekannte Eichkatze. Gott-Vater hatte ihm im Eifer den Weihwasserwedel zum Schwanz gemacht und auch den Instinkt gegeben, das Schwänzchen dazu zu benutzen; er setzte es daher auf einen grünen Baum und richtete seinen Magen zum Buchkernfressen ein; als es aber danach einer alten Dame den Ofenschirm beschmutzte, nahm er ihm alles Heilige. Doch jetzt fängt die Legende an.« Sie schlug ein dickes Buch auf, und bald lag alles auf den Stühlen im Schlaf. – Es war eine Stunde später, als sie in den Schlafsaal zu Bette mußten. Kaum war die alte Sequestra hinter der Türe verschwunden und alles still, so fingen die Kinder an unter einander zu sprechen. »Ach!« rief Gritta, »könnten wir sie befreien!« – »Könnten wir fort!« riefen die andern. »Unsere Eltern beschwätzt gewiß die Alte, daß sie uns hier lassen.« »Ach!« rief Wildebeere, »ich möchte so gern in den Wald und die gute Pflanze Klares, die für den Magen ist, endlich finden; ich blieb damals dabei stehen, als ich medizinische Pflanzen suchen lernen mußte.« – »Ein eingemauertes Nönnchen werden, das mag ich nicht«, sagte ein anderes Kind. Sie fingen jetzt an, aus den Betten zu springen und haschten einander in dem weiten Saale, doch es knisterte draußen vor der Tür. Alles flog in die Betten; die Nonne Sequestra trat herein mit einer Kerze in der Hand, sie beleuchtete die mit Herzklopfen sich schlafend Stellenden und ging; noch ein Weilchen flüsterten Gritta und Margareta, dann ward im Saale alles still. Der andere Morgen war Sonntag. Nach der Messe war die Mermeta hinausgeschickt, die reifen Beeren von den Johannissträuchern zu lesen. Gritta sah sie im Garten hin und wieder gehen, sagte der alten Sequestra, sie wolle auch Beeren lesen, und war in zwei Sätzen davon; bald war sie an ihrer Seite. Die Sonne beschien das Gesicht der jungen Nonne. »Ach!« sagte Gritta, indem sie zu ihr aufsah, »möchtest du denn ewig im Kloster bleiben?« Sie sah Gritta verwundert an. »Willst du nicht auch mit uns in die Freiheit kommen?« Sie schüttelte traurig den Kopf. »Komm, wir wollen fort.« – Es fingen die Glocken an, zum zweiten Gebet zu läuten. Sie ging. Gritta wollte noch einmal zurück in den Saal,

da sah sie an der Klosterpforte die alte Sequestra bei dem Pater stehen, den Gritta nicht leiden konnte und der alle Tage kam. Die Alte meinte, alles sei beim Beten versammelt, und rief ihm lauter nach: »Nun gut, kommt heute Abend durch den Rauchfang! Ich habe Euch etwas über das Schloß von Rattenzuhausbeiuns zu sagen.« Gritta lief fort, der kleine Pater grinste, und die Klosterpforte schloß sich hinter ihm.

»Die Kinder wären ewig im Kloster geblieben und hätten ihr eingemauertes Leben fortgeführt«, sagte Gritta später oft, »hätte ich dies nicht gehört.« – Der Sturm tobte am Abend selbigen Tages, der Regen strömte aus den Drachenmäulern, am Dach rauschte das Wasser herab und die kleinen Springbrunnen hüpften, gedrückt vom Regen wie die weißen Kobolde in der Nacht. Es war die zwölfte Stunde. Der Wind zog durch das Kloster, die Steintreppen herab durch die Gänge; es knisterten dort, wo das Holz zum Brennen stand, leise Tritte. Es war Gritta, die allein den Gang entlang schlich; der Wind spielte mit ihrem weißen Hemdchen, und ihre bloßen Füße zitterten auf den kalten Steinen. Sie schlich sich der Seite zu, wo die alte Nonne wohnte; als sie vor den Kamin kam, öffnete sie das vom Winde klagende Türchen; hier hatte sie früher, als die dienende Nonne krank war, eingeheizt und ein Loch bemerkt von einem herausgefallenen Steinchen, wodurch man in die Zelle der Alten sehen konnte; damals hatte sie es nicht gewagt. Der Regen drückte den Rauch herab in den Schornstein; ein Lichtstrahl drang durch das Loch; sie kuckte hinein. Ein hochgewölbter Raum von grauer Farbe, mit vielen Schränken und einem großmächtigen Kamin. Auf den Schränken standen Kessel und allerlei wunderlich Zeug, in der Mitte ein viereckiger Tisch; vor dem saß im hohen Lehnstuhl die Alte, die Augenbrauen fürchterlich drohend zusammengezogen. Die Lampe warf einen hellen Schein auf ihr Gesicht und ließ all die Runzeln fast eines Säkulums sehen; sie rieb die mageren Hände, daß es knackte. Vor ihr lag ein Buch mit wunderlichen

Buchstaben und Zeichen, von bunter Farbe durcheinanderge-
schlungen; sie bog zuweilen sich vor, guckte nach dem Kamin
und fiel wieder in den Stuhl zurück, aus dem dann große
Staubwolken herausflogen. Plötzlich drückte sich im Kamin,
in dem nur ein sparsames Feuer brannte, der Rauch nieder; es
erschienen ein Paar Füße, glitten über die rauchende Glut
hinab, und der Mönch stand im Zimmer. Er schüttelte den
Regen von der braunen Kutte. Gritta standen vor Schrecken
die Haare zu Berge. Die Alte richtete sich auf und rief: »Guten
Abend, Herr Pater!« Er schlurrte mit den Sandalen über den
Boden zu ihr hin, setzte sich an ihre Seite und stützte sich auf.
Während der Regen gegen die Fenster stürmte, begann ein
Gespräch: – »War die Ratte schon da? Sie hat es bestimmt auf
heut Abend versprochen!« – Sequestra schüttelte den Kopf. –
Sie schwiegen; nach einer Weile hob er an: »Ob sie wohl schon
das Pergament zerfressen hat? – Ich bin mit dem Vormund
zusammen gekommen; er behauptet steif und fest, er könne
nichts dafür, daß die Gräfin den alten Grafen geheiratet habe;
ihr Vermögen und sie hätte er sonst sicher ins Kloster geschafft.
Wir würden es noch bekommen; das Testament läge bei ihr,
sagte er mir noch einmal, die Abschrift wolle er vernichten.
Hat nun die Ratte das Testament zerfressen, so haben wir ge-
wonnen Spiel, dann wäre bloß noch das Letzte der Mutter
da, als Witwe, wonach das Vermögen uns zufällt, wenn sie nicht
ins Kloster geht.« In diesem Augenblick raschelte es; etwas
Dunkles entwickelte sich aus einem Loche unter dem Kamine,
in dem die Kohlen nur noch Funken sprühten, und heraus kam
eine Ratte. Sie stellte sich aufrecht und putzte sich mit der
Pfote den langen Bart, ganz gräulich, räusperte sich und fing zu
reden an, wobei sie gemütlich brummte, so daß die Alte
aufguckte. »Ich habe der Gräfin die Vermachung gefressen; es
schmeckte nicht übel, denn das Pergament war fett aus Rache,
daß sie das kleine Ding, die Gritta, in die weite Welt geschickt
hat. Der alte Müffert sagte zwar, unterwegs sei ihm das Kind

entlaufen; aber Leute von unserm Verstande glauben das nicht, obwohl er sich jämmerlich anstellte. Der alte Graf hat ihn davon gejagt und ist, o Wunder! schwermütig geworden und bedauert, oft nicht zuckersüß gegen das Kind gewesen zu sein.« Hier endigte die Ratte, wartete ein Weilchen, aber da die Alte schwieg, sprach sie: »Jetzt verlang' ich meinen Lohn.« – Sequestra öffnete ein altes schnörkeliges Schränkchen, in dem Töpfe und Phiolen standen, und holte ein lieblich duftendes Schmalztöpfchen heraus. Der Pater sah neidisch die Ratte an.

> »Du allerliebster Schrank,
> Mit deinem Inhalt süß!
> Knappert sich's Rätzlein ein Löchlein drein,
> So wird's bald so fett wie's Paterlein sein.«

So sang die Ratte und verschwand. Jetzt begannen die beiden ein tolles Wesen: die Alte holte einen Kessel, mit kuriosen Zeichen eingegraben, holte Kräuter aus allen Ecken; der Kessel brauste, die Kohlen leuchteten. »Niemand weiß«, hob die Alte an, »daß das Kind Gritta hier ist; lebt nun der alte Graf nicht mehr, dann wird sie wohl Nonne sein, und wir treten mit ihren Ansprüchen auf die alte Burg hervor.« »Und dort«, sagte der Pater, seine Augen glühten und kugelten vergnügt in seinem Kopf herum, indem er schnell über seine Brust strich und, an den Bauch kommend, diesen sanft klopfte, »dort werde ich mir eine Klause bauen, mich einnisten und auf das schlechte Menschengeschlecht herabblicken, es regieren. Was wird dann aus den übrigen Schäfchen?« »Oh, ich habe die Väter und Mütter schon alle beredet, sie hier zu lassen.« Der Pater lächelte befriedigt. Gritta schlich schnell zurück durch die Gänge. Alles schlief, nur Margareta, die es wußte, wartete ängstlich. Nachdem sie zu ihr ins Bett geschlüpft war, erzählte sie, was sie gehört und gesehen hatte, und die beiden Kinder berieten sich, wie sie alle entfliehen könnten. Gritta hatte seit einiger Zeit, als sie an der Klostermauer auf- und abspazierte und an die Freiheit dachte, ein paar lose Steine in der Mauer gesehen; wie sie nun so dastand und bedachte, wie man sie loslösen könne, daß es ein Loch würde um zu entwischen, bemerkte sie, daß kleine Steine über die Mauer und vor ihr in den Sand flogen. Neugierig hob sie eins auf, das ihr zu Füßen gefallen, und sieh, es war deutlich der Name Ingurd auf das Steinchen geschrieben. Sogleich erinnerte sie sich, daß oft, wenn sie mit der jungen Nonne allein gewesen war, diese ihr von ihrem Bruder Ingurd erzählte; er hätte gesagt, da er noch nicht erwachsen und sie im Kloster besuchte, wo sie schon als Kind war, er wolle sie aus dem Kloster holen, und wenn er hundert Jahre um das alte Gemäuer streichen müsse. Sie schwieg dann jedesmal traurig still. Schnell holte Gritta eine Kohle und schrieb, so gut sie konnte, »Mermeta« auf ein Steinchen; sie zielte, und es flog über die Mauer. Sie wartete nicht lange, so flog ein Stein vor ihr nieder; ein kleiner Brief war darangebunden, hastig machte sie ihn ab; oben drauf stand »Mermeta«. Nach den Metten, als sie entwischen konnte, lief sie in Mermetas Zelle, wo diese eifrig spann. Gritta hockte nieder und schaute ihr unter die Augen, dann fing sie an: »Mermeta! Mermeta, willst du mit uns fort? – Willst du? – Wir können fort. « Diese sah erstaunt auf. – »Komm, du kannst!« – »Das geht nicht«, sagte Mermeta. – »Wie soll man je aus diesen Mauern heraus kommen? Und wenn ihr auch es könntet, ich gehe nicht. « »Da!« sagte Gritta und schob ihr das Briefchen in die Hand und lief davon, weil sie die Schritte der alten Sequestra in der Ferne hörte. Am andern Morgen kam Mermeta an ihr vorbei gegangen. »Ich gehe«, sagte sie leise, indem sie auf das Briefchen in der Hand zeigte.

Es war eine milde Nacht, ein schöner Nachthimmel mit glänzenden Sternen übersäet. Die Gebüsche des Klostergartens malten stille ihren Schatten auf den weißen Sand der Gänge, die Nachtigall erhob zuweilen ihre Stimme, die an der Klostermauer widerhallte. Muttergottesgläschen, Herrgottschuhen, Kressida, die rote Frauentreu, Treuherzleinkraut schlummerten still in der Ecke an der Mauer mit einigen sehr werten Gästen besetzt; Marienkäferlein, Johanniswürmchen und andere, die nächtlich etwas benebelt von der Schenke zurückkamen und bei ihnen eingekehrt waren. Die Ruhe unterbrach ein niedriges Fenster, das sich am Turm des Seitenflügels öffnete; eine weiße Gestalt erschien auf dem Sims, nahm einen Ansatz und sprang auf den grünen Rasen nieder. Frau Nachtigall schwieg erstaunt und hüpfte von Zweig zu Zweig, dem Ereignis neugierig näher. Hop, hop, hop, hop, hop, hop, hop, hop, hop, hop folgten zehn andere; sie erhoben sich, angekommen auf dem tauigen Gras, und schüttelten von den weißen Hemdchen den Tau. »Habt ihr«, fragte Gritta, »nun Herz und Mut?« »Ach ja, ach ja!« flüsterten alle durcheinander. »So kommt fix, wir wollen die losen Steine, die ich in der Mauer gesehen, herausnehmen. Margareta, Kamilla, Wildebeere, Veronika, Maieli, Petrina, Reseda, Lieschen, Elfried, Anna: folgt mir!« Die andern tappten leise hinterdrein, und so gelangten sie an den Ort mit dem eingefallenen Stein. Sie fingen an der dicken Mauer an zu arbeiten. Frau Nachtigall schlug dazu aus voller Kehle, als wolle sie den Lärm decken. Kalk und Mörtel fielen, bald war das Loch gemacht. Petrina steckte den Kopf durch, draußen war der finstere Wald. Sie kroch weiter, es ging, das Loch war groß genug. »Jetzt kommt!« rief die Hochgräfin. Sie kletterten zurück in das Fenster, wo sie herausgekommen waren, schlupften durch die langen Gänge in den mondhellen Schlafsaal, jedes setzte sich emsig und packte sein Bündelchen, indem sie leise flüsterten. – Es schien, als schaute der alte Ritter, der an der Wand in Stein gehauen Wache hielt, mit lachendem Gesicht zu, und ließ sie vergnügt laufen; sein Steinschwert blieb in Ruhe an seiner Seite. Denn die kleine Hochgräfin, deren Bettchen unter seinem Schutze stand, hatte ihm alle Woche einmal sein Gesicht und sein Wams gewaschen und den

Schwalben, die in seinem Helmhut Wohnung hatten und durch eine ausgebrochene Fensterscheibe Aus- und Eingang fanden, immer Futter gestreut. Ob er nun froh war, daß sie ihn nicht mehr waschen werde, denn alte Ritter lieben die Reinlichkeit nicht sehr, oder ob er sich freute, daß seine waschende Wohltäterin aus dem alten Neste hinweg käme, in dem er sich schon gewiß viele Jahre langweilt, immer den Appetit des Gähnens unterdrückend, weil das unnatürlich gewesen wäre für ein Steinbild? Das Letzte wird's gewesen sein, denn er machte ein freundliches Gesicht, in das sich hie und da eine kleine Wehmut einschlich über das Verlieren seiner lieben Gesellschaft. Bis zu einem gewissen Grad des Mienenspiels dürfen es selbst Steinbilder bringen. Ein träumerisches Piepen ließ sich in seinem Helmhut vernehmen. »Ach«, sagte die Hochgräfin, »jetzt sind die Kleinen schon heraus; streut ihnen noch Futter, derweile geh' ich und hole Mermeta. Sind die Vögel gefüttert, so schlüpft wieder durchs Fenster in den Garten und wartet auf mich.« Gritta ging und fand Mermeta noch schlafend in ihrer mondbeschienenen Zelle; sie schlüpfte schnell in ihr Gewand. »Hast du denn ganz vergessen, daß wir fort müssen?« fragte Gritta. »Ach nein, mir träumte, wir wären schon fort. Wenn uns die alte Nonne nur nicht in den Gängen hört, denn sie macht manchmal des Nachts die Runde.« – Beide sahen ängstlich in die Finsternis der Gänge; es blieb ruhig. Die Nonne steckte in der Eile dem Marienbild im Kreuzgang noch ein Sträußchen an den Busen, mit der Bitte, sie auf ihrer Flucht zu schützen. Sie kletterten dann durchs Fenster in den Garten, der öde ruhig da lag. Die andern standen schon am Loch; sie winkten den alten Mauern noch Ade zu, und Gritta kroch voran, die andern folgten. Aber das Loch war etwas zu klein für Mermeta, die in Angst davor stand; sie warfen ihre Bündel ab und arbeiteten aus allen Kräften an den Steinen, die bald fielen. Mermeta kam hindurch, sie schauten sich verwundert um. Durch die Baumstämme wehte die Waldluft, die Blätter flüsterten über ihnen, die Grashalme beugten sich knisternd mit den gefallenen Blättern unter ihren Füßen, und die wilden Sträucher faßten vertraulich ihre Kleider. So gingen sie schnell fort. Es wollte bald Tag werden; das Nönnchen schaute sich nach allen Seiten um; wenn ein Vogel aufflog, schrak sie zusammen. Aus der Dämmerung ward Tag; die Sonnenstrahlen brachen gleich goldnen Fäden durch das Waldlaub, die Vögel fingen an zu singen. »Werden sie uns nicht verfolgen?« fragte Margareta an Grittas Seite kommend. »Nun, die alten Nonnen werden uns doch nicht selber nachlaufen, am Abend kommt erst der Pater«, sagte diese. Sie kamen auf einen freien Platz, in der Ferne lag wieder ein Wald. »Hier«, sagte Gritta, »muß dein Bruder sein, wie er dir schrieb.« Sie schaute in die Weite. »Ach, dort seh' ich einen Jägerrock glänzen!« – Das Nönnchen lief auf ihn zu, er ihr entgegen. Sie gingen im Gespräch nach dem Walde, ihr weißer Schleier wehte noch lange durch die Bäume; die Kinder sahen nach, sie war verschwunden in der Waldeinsamkeit. »Nur zu, mir nach!« rief Gritta und wischte sich ein Tränchen ab. »Wir wandern in die Stadt, wo meiner Mutter Amme wohnt; sie strickte mir einmal, als sie mich besuchte, ein Band um meinen Leib, und bei jeder neuen Blume, die hinein kam, mußte ich eine neue Stadt auswendig lernen, nach der Reihe alle, durch die der Weg zu ihr führt, damit ich's wisse, wenn ich sie einst besuchen wolle. Sehen wir Leute, so fragen wir nach der ersten Stadt, und so fragen wir uns weiter. Kommen wir dann bei ihr an, so gibt sie uns Rat, wie ich ein jedes von euch zu seinen Eltern führe.«

Sie wurden fröhlicher, je mehr sie vom Kloster abkamen. Der Mittag kam mit heißen Strahlen, sie tranken in vollen Zügen die Sommerluft. Wildebeere lief in der Ferne Zickzack, mit von der heißen Stirn fliegenden Haaren, erhitzten, von Dornen zerkratzten Backen, einen großen Büschel Pflanzen und Gräser in der Hand. Aus der Tasche in ihrem Rock kuckte eine große sonderbare Blume, sie hielt den Strauß von Zeit zu Zeit an die Nase oder bückte sich und rupfte hier und dort ein Kräutchen aus und bohrte an einem Wurzelchen in der Erde, bei der Sonnenhitze, bis sie es heraus hatte. Es war eine rechte Sommerruhe; die Fliegen schwirrten daher, die Butterblumen und andere Feldblumen standen in voller Pracht recht in der Sonne auf dem Felde, die liebwerteste Hochgräfin wälzte sich im Gras und Butterblumen wie ein mutiges Böcklein, bis sie still liegen blieb bei einem Erlengebüsch, deren mehrere hier verteilt standen und worin die Mücken summten. Die anderen hatten sich auch da niedergelassen; eine Spinne in schläfriger Weise spann ihr einen Faden über die Nase; sie schaute gen Himmel und sang:

Ich dehne die Glieder in feuchtem Moose
Und fühle mich selber so zart, so fein.
In Blättergezweig, da lieg' ich so rein,
Und neben mir nicket die moosige Rose.
Mit meinen Augen kann ich nur blinzeln
Den blauen klarlichen Himmel an.
Es ziehen die Wölkchen so duftig so fein,
Am blaulichen Himmel, durchgoldet vom Schein
Der breitenden Sonne, die lieblich gleitet
In Strahlenwonne.
Käfer ziehen mit den kleinen,
Wohlbehaarten feinen Beinen,
Durch die Gräschen, durch die Möschen,
Bleiben hängen an den Höschen.
Eine Biene steckt ihr Köpfchen
In ein blaues Blumenglöckchen,
Von der Mittagsruhe trunken;
Tänzelnd mit den kleinen Beinen
Ist in Schlaf sie schon versunken.

Gritta steckte den Kopf aus dem Gras, um nach den Mähern zu sehen, die rund umher Heu machten. Als sie sich wendete nach dem dicht am Gebüsch vorbeilaufenden Pfad, rief sie erschrocken: »Gott, das Paterchen! Ich sah' ihn, er kommt den Weg entlang.« »Still, hier in den Graben!« rief Margareta; sie krochen alle durchs Gras und legten sich platt in den tiefen trocknen Graben dicht am Weg; aber Wildebeere fehlte. »O, wenn sie nur nicht kommt«, sagte Gritta, »wenn er gerade vorbei kommt!« Sie lagen mäuschenstill. Des Paters Schritt kam näher, er ging vorbei. Margareta reckte zuerst den Kopf aus dem Graben und sah ihm nach, wie der Staub seine Gestalt verhüllte. »Ach«, sagte sie, »was mögen die Alten gesagt haben, als sie das Nest leer fanden!« – »Sie werden lernen«, meinte Gritta, »daß die Vögel ihre Flügel gebrauchen.« Sie lagerten sich wieder ins Grüne, um etwas zu ruhen, ehe sie weiter gingen. Wildebeere erschien mit einem ungeheuern Busch Kräuter und Pflanzen. Sie roch, untersuchte, sortierte und hielt dann ein Kollegium über sie, bis sie zuletzt vom Hundersten ins Tausendste, auch auf ihren Vater und seine vielen Spiritusgläser und getrockneten Pflanzen kam, die sie so gern gehabt; wie er in einem blumierten Schlafrock dazwischen herumwandelte und die einzelnen Blätter ihr zerlegt und die Namen hergesagt, bis sie diese auswendig wußte. So erzählte sie, bis sie bloß Gräsern und Wiesenblumen vorsprach, da alles in sanftem Schlummer lag. Sie weckte sie, und nachdem sie etwas mitgenommenes trocknes Brot verzehrt hatten, ging's weiter. Sie fragten die Landleute nach dem nächsten Ort, und sieh, es war einer von denen, die zur alten Amme führten. Es wurde dämmerig. Büsche und Hügel lagen nur noch wie ein Schatten auf der Erde. Die Kinder faßten sich enger bei den Händen; eins schritt hinter dem andern, niemand begegnete ihnen. Als es ganz Nacht wurde, fühlte sich Gritta, die voranging, nur mit den Füßen fort. – Auf einmal waren sie vom Wege ab; Gritta stolperte und irrte hin und her. So ging es lange im Finstern fort; da blickte ein Lichtchen von ferne, was in einem Hause zu leuchten schien. »Dort wollen wir sehen, ob wir einen Ort zum Schlafen finden.« »Die Sterne könnten sich auch ein wenig heller schnauben, daß man besser sähe.« »Vielleicht finden wir dort eine Scheuer oder sonst Herberge.« Sie gingen auf das einsame Haus zu; es war weiter, als sie dachten. Bald war es nicht mehr vor einem Hügel zu sehen, bald verschwand es hinter Bäumen, endlich standen sie davor; es war ein Haus mit mehreren Nebengebäuden. »Sollen wir ins Fenster sehen?« fragte Lieschen. »Ich hab' auch schon daran gedacht«, meinte Gritta. »Wie machen wir's?« fragten die andern. »Ei, eins steigt aufs andre; ich bin die Stärkste«, sagte Margareta, »ich stelle mich unten hin.« »Und ich oben auf«, rief Petrina. Margareta stellte sich unter das Fenster, die andern halfen Petrina hinauf; sie guckte durch die angehauchten Fensterscheiben. »Was siehst du?« flüsterten die unten. »Ach, fürchterlich! – »Was denn, was denn?« fragten sie in Angst. »Ein Mann mit« – »Womit, womit?« – »Mit einem fürchterlichen Schnurrbart! – das Zimmer schwimmt voll Blut!« – »Was?« – fragten die unten. – Margareta rührte sich unter ihr, als habe sie Lust davon zu laufen. »Ach was«, fuhr Petrina fort, »er weidet Hasen mit einem alten Mütterchen aus, jetzt sagt er was!« – Sie legte das Ohr ans Fenster: »Er sagt, es sei gut, daß ihn die Schnapphähne, die königlichen Jäger, bei der Eiche nicht erwischt.« Petrina schwieg und bereitete sich zum Herabsteigen, als Margareta wankte und das Schaugebäude mit Gepolter zusammenfiel. Die kleine Kamilla hatte an Margareta hinauf zu klettern versucht, um den fürchterlichen Mann zu sehen, und sie so wankend gemacht. Alle drei erhoben sich schnell aus dem Staube und folgten den am Haus im Dunkeln entlang Tappenden. Das Fenster wurde unterdessen aufgemacht, ein Mann mit grauem Hut, einer Wildhahnfeder darauf und einem Pfeifenstummel im Mund, brummte heraus. Da er aber nichts sah, schloß er den Laden. – Die Kinder kamen an

das Nebengebäude. »Ei«, rief Gritta, »hier riecht es nach Mist! – Ach, wenn wir hier Quartier im Kuhstall fänden, aber daß es der garstige Mann nicht merkt. Ach ja! Wir verstecken uns unter das Heu, wir sind so müde.« Gritta suchte einen Eingang; sie kamen an das Hoftor, wo die Heuwagen durchfahren, und sahen durch ein Türchen im Torflügel, das offen war, hinein. – Als sie niemand merkten, gingen sie hinein und schlichen an der Seitenmauer entlang. Als einziges Unglück passierte, daß sie einen Besen und Schippe umwarfen und der Hofhund an der Kette in der Ecke zu knurren anfing. – Auf einmal verschwand die kleine Hochgräfin vor den Augen Margaretens. Mutig, aber erschrocken folgte diese und verschwand auch. – Die andern im Nachkommen sahen es nicht, und alle waren wie von der Erde weggeblasen. Wildebeere paßte auf, ging verwundert wie die Katze um den Brei von der Seite ab und fand alle wohlgemutet in der weichen Mistkute. Als sie wieder herausgekrabbelt waren, gingen sie auf die Stalltür zu. Gritta kuckte vorsichtig in den matt erleuchteten Stall. Es war niemand drinnen; sie lief in die fernste dunkle Ecke auf einen Heukasten zu, kletterte über die Außenwand und versank ins weiche Heu; die Übrigen taten es ihr nach. Sie schüttelten das Heu über sich auf, und begannen zu plaudern. Eine kleine trübe Stallaterne brannte, und verbreitete ein mattes Licht. Die Kühe käuten wieder; ihre Hörner ragten aus der Dunkelheit über die gefüllten Krippen, der Brummelochse, auf der reinlichen Streu gelagert, brummelte behaglich; es war eine angenehme Stallviehwärme. An der Decke zwitscherten die jungen Schwalben in den Nestern unter den Mutterflügeln. »Ach, wie schön ist's hier!« sagte Gritta, mit den andern flüsternd; doch bald kam der Schlaf, und es wurde still im Heukasten. Sie hatten nicht gemerkt, daß Wildebeere, um ihre Kräuter zu untersuchen, aus dem Kasten gestiegen war und sich in die Krippe vor dem Brummelochsen gesetzt hatte, der sich wiederkäuend niedergelegt. Kamilla sah ihr neugierig nach und saß ruhig in der Krippe vor einer Kuh mit weißem Bleßchen. Sie schaute sich im großen Stall um, und als sie sich genug umgeschaut, langweilte sie sich, ging wieder in den Kasten und steckte zuweilen den Kopf aus dem Heu und sah, was Wildebeere machte; diese hatte sich ruhig nach vollbrachter Forschung und nachdem sie dem Brummelochsen in seiner Frisur herum gekratzt, zum annehmlichen Brummen desselben, unter das Heu in die Krippe gelegt. Gritta wachte ein paarmal auf; sie hatte sich vorgenommen, mit ausdauernd festem Willen, morgen in der Frühe, ehe ein Mensch in den Stall kommen werde, mit allen auf und davon zu ziehen. Sie war eben ein bißchen eingenickt gewesen und erwachte, da eine graue Dämmerung den Morgen verkündete; sie weckte die andern, als sie die Schritte eines Mannes auf den Stall zukommen hörte; sie guckte aus dem Heu, wirklich war es der fürchterliche Mann von gestern. – Er ging zu einem Gaul, der vor einer Krippe in dem fernsten Winkel stand; derweile steckte Kamilla auch den Kopf ein wenig heraus und sah nach Wildebeere. O Wunder! Der fressende freundschaftliche Brummelochs hatte das Heu oben abgefressen und, die herrlichen Blumen in Wildebeerens Tasche witternd, diese samt den andern Kräutern, die aus dem Röckchen guckten, mit geschwinder Zunge eingerafft; er kaute dabei an dem halben Rocke mit. Es war schon ein ziemliches Stück in seinem Maule verschwunden; Wildebeere schwieg und ließ sich mit Ruhe einschlingen, da sie den Mann mit dem Pferde sah und fürchtete, sie alle zu verraten. Kaum hatte Kamilla dies entdeckt, so fing sie aus vollem Halse an zu schreien: »Er frißt sie, er frißt sie!« duckte sich aber, erschrocken über ihre eigene Stimme, schnell unters Heu. Der Mann blickte erstaunt um, sah nichts, bis zufällig sein suchender Blick auch hinter den Brummelochs kam. – Er lief darauf zu und zerrte unter lachendem Erstaunen an dem Röckchen in des Ochsen Hals. Als Gritta bemerkte, daß er mit Wildebeere beschäftigt, so sprang sie so leise als möglich aus dem Heukasten, die andern ihr nach, zur Tür hinaus. Der Mann, mit Wildebeere zu sehr beschäftigt, merkte es nicht. Sie rannten spornstreichs über den Hof, und die alte Frau, die, ihnen den Rücken zugewendet, mit den Hühnern sprach, über den Haufen. Nun ging's übers Feld in atemloser Eile dem nahen Walde zu; hier blieben sie stehen. »Was soll nun werden?« fragte Margareta. – »Ei«, sagte Gritta, »er wird sie ein bißchen zanken und dann laufen lassen; denn sie hat doch bloß in seinem Heu geschlafen. Wären wir alle geblieben, so hätte er sich verwundert. Es wäre ihm aufgefallen, und er hätte uns am Ende mit Sack und Pack wieder ins Kloster geschickt. Läßt er sie nicht fort, nun, dann müssen wir Mut fassen und sie wieder holen.« »Womit denn?« fragte Margareta. Gritta schaute sich verlegen um. »Ich hab' einen Stock«, sagte Kamilla. – »Aber weiter nichts«, meinte Gritta. So warteten sie mit ängstlichen Herzen. Der Mann hatte unterdessen Wildebeere befreit; als sie auf zwei Füßen stand, guckte sie betrübt auf den Überrest der herrlichen Blumen, die sie gefunden. »Nun!« sagte der Mann. »Was denn?« fragte Wildebeere, indem sie sein Gesicht im grauen Hütel mit den Hahnenfedern ansah und bemerkte, wie es so ganz außer der großen Nase zusammengeschrumpelt und wie die Augen so herzhaft pfiffig daraus hervorleuchteten. »Wie, glaubst du vielleicht, daß meine Kühe Menschenfresser sind? – Wo bist du her? Was hast du für einen Namen, kleiner Krippenreuter, oder stammst du vielleicht ab von der großen Familie der Landstreicher? – Du sollst hier bleiben, meine Magd werden und meiner alten Schwester beistehen! Ja, ja, sieh nur nicht so drein.« – »Ei«, sagte Wildebeere, »Mann hinterm Busch! Häschenjäger ohne Patent, ich bleibe nicht, du hältst mich nicht.« – »Jetzt mußt du hier bleiben!« rief der Alte zornig, »woher weißt du das?« – »Ja, aber meine Kameraden melden es, wenn du mich nicht fortläßt; die haben auch durchs Fenster gesehen gestern.« »Potz«, rief der Alte, »wie dumm, daß ich vergaß, den Laden zu schließen! Ich will dich laufen lassen, aber du versprichst mir, daß ihr nichts sagt!« – »Ja!« rief Wildebeere und lief zum Tore hinaus. – Als sie über die Wiese daher gesprungen kam, freuten sich die andern. Sie gingen ein Stückchen in den Wald, bis sie dem Hause fern waren. So gingen sie den heißen Tag durch, alle sprangen herum, Wildebeere lief wie ein lebendiger Heuwagen auf der Wiese voll Blumen. Als es dämmrig worden, sahen sie in der Ferne ein Städtchen. »Nicht wahr, Margareta«, sagte Gritta, »wir haben einen leeren Magen; ich will in die Stadt gehen und sehen, ob der Zufall was gibt. Ihr geht derweile tief in den Wald, nicht weit von der Stadt; und findet ihr dort einen Platz zum Schlafen in der Nacht, so schickt eins zurück an den Waldrand, das mich sieht, wenn ich komme, und mich hinführt.« – Die Kinder gingen nun nach dem Wald, Gritta dem Städtchen im Tal zu. Sie kam unbemerkt durchs Tor auf einen runden Platz voll alter Häuserchen. – Die Bürger saßen vor den Haustüren und bliesen Wolken aus ihren Pfeifen; die Schornsteine rauchten, und die Hausfrauen bereiteten das Abendessen; die Kinder tummelten sich von einem Flur in den andern, und Gritta schaute die verwandten Seelen mit Wehmut an. Für jedes war ein Schüsselchen gedeckt an seiner Mutter Tisch. Aber bald saß sie ja auch bei den andern im Walde und aß mit ihnen! Aber was denn? – Ein Lädchen mit vielen Wecken glänzte ihr entgegen: durch die Fenster schauten die Bretzeln mit glänzenden Gesichtern; die Leute gingen aus und ein, und das Ladentürchen bimmelte. Gritta griff in ihre Tasche, aber es waren nur Brotkrümel darin, und für sie das weckvolle Himmelreich verschlossen; einige Tränchen liefen ihre Wangen herunter. Sie wandte ihre Augen suchend hin und her; als sie zur Erde schaute, gewahrte sie ein Kellerfenster, der milden Abendluft geöffnet. – In der fernsten Ecke des Kellers standen ein Paar hohe Federbetten, – woraus ein Paar Mädchenköpfe schauten, bis unter die Nase zugedeckt. Ein

Licht stand auf dem Tisch, den Keller kaum erleuchtend; dabei saß ein schwarzer Kater und leckte sich behaglich. »Weißt du«, hob die eine an, »ich bin begierig, wann der Bäcker die Perücke im Rauchfang unter den Würsten findet.« »Ei«, sagte die andere lachend, indem sie ihre Nase aus den Federn kommen ließ, »warum hat er uns so früh des lieben Eigennutzes wegen, wie kein anderer Bäcker, geweckt? Jetzt kann am Morgen sein Kopf frieren; er hat auch viel geboten dafür, wer ihm sage, wo sie sei.« – Nun ging Gritta die Ladentreppe hinauf und öffnete das Reich der glänzenden Rosinenbretzeln. Auf einem Brett stand eine Reihe von Kuchenmännern; sie waren braun und blinzelten mit ihren vergnügten Augen Gritta zu, beim hellen Licht einer Lampe an der Decke. Der Bäcker, ein kleiner Mann, fragte sie, was sie wolle. »Wenn Ihr mir«, sie hätte gar zu gern »Kuchenmännchen« gesagt, bedachte aber, daß ein Brot größer war und nützlicher für sie. »Wenn Ihr mir«, sie stockte wieder, denn ein Kuchenmännchen warf so liebevolle Blicke aus seinen Rosinenaugen auf sie, daß es ihr bis ans Herz ging. Nun nahm sie aber allen Heldenmut zusammen und sagte: »Wenn Ihr mir ein Kuchenmännchen, ein Brot wollt' ich sagen, geben wollt, so will ich Euch sagen, wo Eure Perücke ist.« »Wo?« rief der Bäcker. »Du kriegst einen Mariengroschen und sechs Kuchenmännchen dazu, wenn du mir sagst, wer sie fort getan hat!« – Gritta warf einen sehnsüchtigen Blick nach den Kuchenmännchen empor. – »Nein, das kann ich nicht sagen; aber die Perücke hängt im Rauchfang.« Der Bäcker ging und nach einer Weile kam er wieder, noch röter vor Zorn wie vorher. »Da«, sagte er, »hast du dein Brot und einen Mariengroschen, und sechs Kuchenmännchen sind dein, wenn du bekennst, wer die Perücke versteckte.« – »Das kann ich nicht.« – Und Gritta war zur Tür hinaus, ehe der Bäcker weiter fragen konnte. – Drüben hingen Würste am Fleischerladen, und so wanderte für einen halben Mariengroschen eine in ihre Tasche, und sie ging vergnügt zum Tore hinaus; hier fragte sie einen Mann, wie das nächste Städtchen heiße; sie waren richtig auf dem Wege zu ihrer Mutter Amme. Vom Walde her kam ihr Margareta entgegen; sie erzählte ihr, was sie in der Stadt erlebt, während sie durch die dunklen Bäume gingen bis zum Platze, wo die andern waren. Sie hatten Feuer gemacht, es leuchtete über das Gras; durch das dunkle Laub drängte sich der Rauch. Unten saß am Feuer, das lustig knisterte, Veronika und schaute zu dem Baum hinauf, in dessen Ästen Wildebeere saß. Kamilla hatte ihren goldblonden Kopf behaglich in Veronikas Schoß gelegt und schaute mit ihren blauen Augen, in denen sich das Feuer friedlich spiegelte, in die Tiefe der Blätter. »Wo sind die andern?« fragte Gritta. »Holz sammeln«, sagten sie. Bald kehrten sie zurück mit Reisern bepackt. Margareta hängte die Wurst an einem Stock übers Feuer und briet sie. Das Feuer erleuchtete die mit Heißhunger zuschauenden Augen, die bei jedem Schmalztröpflein, das herunterfloß von der lieblich duftenden Wurst, begehrlich blinkten. Margareta hatte sich gerade so gestellt, daß der Dampf Wildebeere im Wipfel des Baumes gerade in die Nase stieg, damit sie herabkomme. – Sie blieb sitzen und blickte in den dunkelblauen Himmel, der mit Sternen übersäet durch die Zweige schimmerte. Unterdessen aßen unten sich alle satt, und Gritta streute die Krumen in den Wald für die Vögel. Bald wurden die Kinder müde und streckten sich ins Gras. Gritta und Margareta saßen noch bei dem verkohlenden Feuer. »Hör«, sagte Gritta, »morgen gehen wir in die nächste Stadt und bleiben ein paar Tage, um auszuruhen. – Jedes sucht sich ein Unterkommen.« Sie flüsterten noch leise, dann versank Margareta im Schlaf; Gritta wachte, sie störte dann und wann in den Kohlen, doch schlief sie bald ein. Wildebeere weckte sie nicht, sie sah in die Ferne, ins nebliche Tal mit seinen Wäldern. Das stille Dorf war zum Morgen erwacht mit seinen roten Ziegeln und Strohdächern; zwischen Busch, Wiese und Weißdornhecken stieg lieblich der bläuliche Rauch der Hütten in die Morgenluft

empor. Da hörte sie in der Ferne Jagdhörner und Hundebellen.
»Wacht auf!« rief sie den andern herab, »die Jäger kommen.«
Die Mädchen erwachten und sprangen schnell auf und nahmen ihr Bündel. Wildebeere glitt am Baume herab, und Gritta
fing an zu singen; sie machten sich marschfertig und wanderten
auf die nächste Stadt zu, die sie in der Ferne liegen sahen.
»Dort«, sagte Gritta, »bleiben wir ein paar Tage.« So bespra-
chen sie sich, bis sie auf der Wiese anlangten vor dem Tore.
»Hier«, sagte Gritta, »finden wir uns nach sechs Tagen wieder
zusammen.« Nun trennten sie sich, um durch verschiedene
Tore einzugehen. Gritta ging durch das alte Tor, das vor ihnen
lag, mit Margareta und Kamilla. Niemand bemerkte sie, denn
es war Jahrmarkt und Sonntag, und die Spitzbuben hatten
geruhet, die werte Ortsobrigkeit in Bewegung zu setzen, deren
Hauptteil die Torwärter waren. Die kleinen Häuser mit den
Giebeln waren mit wasserspeienden Drachen belebt. – Sie
kamen an einen Röhrbrunnen, wo die kleinen Seegötter
altadlichen Geschlechts wie zierlich aneinander gehängte
Würstchen sich auf Delphinen balgten, die die Wasser aus
ihren Nüstern springen ließen, in der Mitte der Seegott mit
dem Dreizack, ein fürchterlicher Mann, wie ein angeknapper-
ter (wahrscheinlich durch die schlechte Behandlung der Gas-
senbuben) Spritzkuchen aussehend. Gritta sagte Margareta
und Kamilla Adieu und bog in ein gelbes Gäßchen. Alles war
still und öde, denn die Leute waren auf den Markt gegangen; da
hörte sie eine Stimme aus einem kleinen grünen Hause zu einer
Harfe durch die offnen Fenster. Sie machte die Tür auf zur Seite
des Hauses und ging die kleine, schiefgetretene Treppe hinauf,
von der sie immer halb wieder herunter mußte, um einen
Ansatz zu nehmen weiter zu kommen. Oben streckte ein
Fliederbaum seine Zweige durch einen wurmstichigen Fenster-
rahmen; sie öffnete die Tür. Da saßen zwei alte Damen im
Zimmer; die eine strickte an einem ungeheuren Strumpf, über
ihr saß ein Kanarienvogel im Käfig mit grünem Kraut behan-

gen. – Neben einem großen Nußbaumschrank, auf dessen Sims die schönsten Borsdorfer Äpfel aufgereihet bei alten Kannen und Kaffeetassen standen, saß die andere, die zur Harfe sang. Sie wollte eben ein neues Lied anfangen, als sie sich umsah. »Was willst du, mein Kind?« fragte die Dame, von ihrem großen Strumpf aufsehend. »Dienen!« sagte Gritta. – »Du bist zwar klein, aber für unsre Bedürfnisse groß genug. Du hast wohl gehört, daß unsere Grete fort ist, sie war nicht größer als du.« – Sie fragte Gritta nicht weiter viel und schickte sie in die Küche. Hier standen viel Tellerchen und Töpfchen, und es war recht heimlich und schön, denn das Kammerfenster führte in den Hof, wo der Fliederbaum stand. Es ward Gritta bald heimisch bei den zwei alten Jungfern. Sie kochte in einer großen Kanne Kaffee, schüttelte die hohen Federbetten unter den weißen Thronbetthimmeln, und die beiden Alten hatten sie gern, denn sie lachten behaglich, wenn sie den Kaffee gut gemacht hatte, und schauten mit ihren langen Nasen über die dampfende Tasse und klopften sie freundlich auf die Wange. Oben im Hause hörte die kleine Gritta manchmal einen sonderbaren Lärm: es schrie und trampelte; auch hatte sie ein kleines Mädchen öfter gesehen am Abend hinaufschlüpfen, aber am Morgen mußte sie wohl früher weggehen, als Gritta erwachte. So viel sie in der Dunkelheit erkannte, hatte das wilde Kind eine Trommel auf dem Rücken und hielt etwas am Bande unter ihrer Schürze. – Am Abend, wenn sie dachte, das Kind werde bald kommen, füllte sie ein Schüsselchen mit Brei und stellte es vor die Tür; denn es kam ihr vor, als müßte es hungrig sein. Nun guckte sie durch die Türritze. Die Kleine kam die Treppe herauf; als sie aus der Dunkelheit hervorkam, sah sie eine Weile das Schüsselchen an, indem ihre großen Augen vor Verlangen glänzten; sie näherte sich, stellte die Trommel hin und fing heftig an zu essen, dann holte sie ein kleines Murmeltier aus ihren schwarzen Locken hervor, das dort warm gesessen hatte; es sperrte seine schwarzen Augen auf und fraß mit. In dem Augenblicke rührte sich Gritta hinter der Tür, das Mädchen schrak zusammen und floh. Das zweitemal ging es wieder so; aber sie träumte den ganzen Tag von dem Mädchen. An einem Abend wollten die beiden Damen ausgehen, ein großes Wagestück für sie, wegen der Treppe; sie wußten nie, ob sie wieder herauf würden können, wenn sie unten waren. – Sie gingen. Gritta legte die Kienspäne zum hellen Feuer zurecht im Kamin und stellte diesmal das Schüsselchen auf die Erde in der Mitte der Küche, sperrte die Tür weit auf und stellte sich dahinter. Bald ging unten die Tür; sie hörte herauftappen, sah durch die Ritze das Kind zum Schüsselchen laufen, patsch, warf Gritta die Tür zu und stand da. Die Kleine stürzte nach der Tür, Gritta hielt sie fest, obwohl sie anfing zu kratzen und kniff und biß wie eine wilde Katze; so umschlang Gritta sie fest und legte, da sie stärker war, sie sacht zu Boden. Das Kind lag vor ihr, die Flamme im Kamin erhellte sein Gesicht, die schwarzen Locken waren zurückgeflogen, es guckte mit seinen großen schwarzen Augen, in denen das Feuer sich spiegelte, Gritta wild an. »Halt, kleine Katze«, sagte diese, »halt, sei ganz still!« Die Kleine blieb liegen, indem sie nach der Tür blickte. Gritta holte einen rotbackigen Apfel und zeigte ihn ihr; da sprang sie auf den Apfel zu, blieb aber ein paar Schritte von ihr stehen und starrte sie an. Gritta gab ihn ihr, und sie ward vertrauungsvoller; sie hockte vor dem Kamin und betrachtete ihren Apfel. Gritta setzte sich zu ihr und schlang ihren kleinen Arm um sie; das ließ sie geschehen. Erst stieß sie einzelne Worte heraus, dann sprach sie lange, aber von Dingen, von denen Gritta nichts wußte. »Hast du einen Vater?« fragte Gritta. – »Was?« sagte die Kleine, »der Mann mit dem Stock ist sehr böse!« – »Wer ist denn das?« – »Ja, ich war klein«, sagte sie und besann sich, »da hat er mich weggenommen, wie ich draußen war bei den Bäumen.« Sie schwieg, dann sah sie erschrocken in die Höhe. »Ach!« rief sie, nach dem Murmeltierchen laufend, das überall in der

Küche herumsprang, »ach, was wird er mich schlagen! Ach, Mädchen mache mir auf, aber«, flüsterte sie ihr zu, »ich laufe einmal davon.« »Ach«, rief Gritta, »bist du bei einem bösen Mann, der dich schlägt, – und hast weder Vater noch Mutter?« – Sie nickte. – »Willst du mit uns ziehn, mit vielen kleinen Mädchen über Berg und Tal? Und haben wir sie zu ihren Eltern gebracht, dann kommst du mit mir nach Haus, und ich verlasse dich nicht, wenn du deinen Vater und Mutter nicht findest. – Dann mußt du aber morgen früh kommen, wenn es noch dämmert.« Die Kleine nickte, dann nahm sie ihr Tier und rief: »Was wird er sagen, da ich heut so wenig verdient, und habe doch den ganzen Tag an der Ecke der Straße gestanden mit meinem Tierchen und getrommelt.« – Sie lief die Treppe hinauf, Gritta horchte ihr nach; als sie kaum oben war, hörte sie wieder lärmen. Gritta langte den Besen hervor, lief die Treppe hinauf; da war eine wunderliche Wirtschaft auf dem Vorplatz, von schreienden Papageien und Affen, und in der Stube hörte sie zanken; aber auf einmal ward es ganz still, Gritta schlich herunter in ihr Bettchen. Bald kamen die alten Damen. Sie schlief recht süß, bis die Morgensonne in die Küche schien; da dachte sie mit Trauern, daß das kleine Mädchen wohl nicht kommen würde. Sie küßte ihre beiden alten Jungfern in den weißen Betten leise auf die Stirn und legte jeder eine Rose aufs Bette; dann ging sie herab, vor der Tür stand das kleine Mädchen. Gritta war glücklich und gab ihr ihre Hand; so verließen sie das kleine, stille Haus. Die Hähne krähten den Morgen an, es war alles noch stille. Der alte Soldat marschierte schnaufend in der Morgenluft vor dem Tor auf und ab; er sah die beiden Kinder nicht, weil man damals die Kragen so steif und hoch trug, daß man nur den Himmel sah, eine gute Gesellschaft; er ging in gemütlicher Anschauung in ihr verloren hin und her. Die kleine Hochgräfin und Harmoni schlüpften zwischen ihm und der werten Stadtobrigkeit hindurch, da standen sie auf der betauten Wiese. Die

94

andern kamen schon und freuten sich, und bald war die kleine Harmoni heimisch unter ihnen.

Als sie an ein Wässerchen unweit der Stadt kamen, sahen sie einige Jungen an einem Teiche beschäftigt, sie hörten sie von ferne schreien. Als sie näher kamen, sahen sie etwas im Teiche plätschern; ein kleiner, schwarzer, junger Hund, ein Pudel, rang mit den Wellen; ein Stein war ihm um den Hals gebunden. »Heda«, sagte Gritta »laßt das Hündchen leben!« »O nein«, sagten die Buben, »seht, wie es zappelt«. »Hallo zu!« rief Gritta und lief den Mädchen voran auf die Knaben los, die erstaunt und dumm dastanden; dann liefen sie lachend davon. Nun schürzte Gritta sich hoch und holte das Hündchen heraus, fröhlich über den Sieg ohne Kampf, und sich ihres furchteinflößenden Eindrucks bewußt, führten sie das Hündchen an einem Band triumphierend davon. Sie wanderten auf der Landstraße; kam ein Fuhrmann, der freundlich war, so ließ er ein Paar davon aufsitzen und knallte lustig mit seiner Peitsche. »Bald sehen wir die Stadt, wo, Margareta, dein Vater wohnt und meiner Mutter Amme.« So war es, in der Ferne sahen sie glänzende Dächer der Häuser und Kirchtürme. Als sie durch das Tor gingen, welche Herrlichkeit! Da kamen in Sänften schöne geputzte Frauen. Erker voll Blumen, hinter denen liebliche Mädchen scherzten. Was für Wurst- und Bretzelläden! »Ach, das ist die und die Straße«, sagte Margareta. »Aber, Gritta, heute Nacht bleib ich noch bei dir und Frau Rönnchen, und morgen bringt ihr mich zu meinem Vater.« Sie fragten einen alten Mann, der die Straße herabkam, nach dem Müllergäßchen; er wies sie hin, sie sahen ein kleines Haus, ein Birnbaum sah über die Hofmauer mit großem Torweg. »Ach, das muß Frau Rönnchens Tor sein, so beschrieb sie es«, sagte Gritta; sie gingen durch ein Seitenpförtchen im Torweg. Die Hühner gackerten unter dem Baum, es war so heimlich. »Ach«, sagte Margareta, »morgen sind wir vielleicht getrennt, hätten wir doch ein Vaterhaus!« Eins sah das andre an. Gritta lief voraus die Treppe hinauf und steckte den Kopf zur Tür herein; da saß die alte Frau am Kaminfeuer und rieb die Hände, sie guckte ins Feuer, über dem der Kessel hing. – »Frau Rönnchen«, rief Gritta, »was macht sie? Da bin ich!« – »Meine kleine Hochgräfin? – Ei, wo kommst du denn her, Kind«, rief die Frau. »Ach, lieber Himmel«, rief sie, auf ein junges Mädchen blickend, das einen Koffer einpackte, »sie reist fort mit ihrem Mann, der ein Schiffer ist. Gott hat dich mir zum Trost geschickt.« Sie umarmte Gritta aufs herzlichste und erblickte mit Erstaunen die vielen Kinder, die Gritta gefolgt waren. »Wer sind denn die?« – fragte sie. »Laß nur gut sein, das will ich dir heut Abend schon erzählen«, sagte Gritta. Die Kinder mußten jetzt helfen eine Suppe kochen, und die Alte ordnete freundlich alles an. Eins holte die Eier der Glucke unter den Flügeln weg, worüber der gesamte Hühnerstall in Alarm geriet, weil heut schon die gewöhnliche Zahl von Frau Rönnchens Eierbedarf geholt war und die Hühner ihr stilles Gemüt eben einer träumerisch gackernden Mittagsruhe hingaben. Petrina versuchte sich am Melken der Ziege und Wildebeere hielt sie fest, worauf die Ziege ihnen auf einmal einen sehr artigen Diener von hinten machte und mit ihrem linken Hinterfuß den Topf aus Petrinas Hand nach fernen Höhen, das heißt auf den Mist, absendete. Dann kletterten Wildebeere und Maieli in die dunklen Zweige des Birnbaums, um ihm die Last zu erleichtern. Die Suppe wurde von Frau Rönnchen eingerührt, alle standen dabei und schauten, wie es gut aus dem Kessel dampfte; als sie fertig war, füllte jedes sein Tellerchen; so gut hatte es ihnen allen lange nicht geschmeckt. Frau Rönnchen saß oben an und sah mit Behagen zu, wie der gute Brei seinen Weg in die kleinen Mäulchen fand. Gern hätte sie manches gefragt, aber sie fürchtete, dadurch die Eßlust zu unterbrechen; als sie aber nach der Mahlzeit ihren Sorgenstuhl an den Herd rückte und die Kinder sich um sie gesetzt, schaute Frau Rönnchen Gritta ungeduldig an; diese erzählte, das

Hündchen Scharmorzel legte sich zu Frau Rönnchens Füßen. Wildebeere, die immer gern hoch saß, hatte sich auf die Lehne des Stuhls gehockt und neckte die Alte, indem sie ihr bald in das Busentuch zerpflückte Blumenblätterchen herabregnen ließ oder ihre Mütze zu einem wunderbaren Turmbau oben aufbauschte und ihren zahmen Vogel darunter steckte, so daß, wenn sie die Mütze wieder zurecht schob, er schnell herausflatterte; die Frau lachte dann mit den Kindern jedesmal über ihren Schreck. Als Gritta an die Flucht kam, hörte sie aber sehr ernst zu und wollte gar ein wenig zanken, als sie geendet. – Aber zum dritten und letzten Schreck kam auf einmal Wildebeere selbst statt der Blumenblätter in Frau Rönnchens Schoß herabgeregnet und verlor sich in Artigkeiten und küßte sie ganz ab. Das andere war, daß Frau Rönnchen dachte, sie hätte es wohl eben so gemacht; sie sagte also nichts, als: »Es ist gut, liebe Gritta, daß du sie herausgebracht hast; fahre nur so fort und bringe ein jedes zu seinen Eltern und erzähle denen, was für ein böser Ort das war, und morgen früh bringst du Margareta zu ihren Eltern, da will ich mit und Fürbitte tun. Aber vorher erzeigt ihr mir die Liebe und bringt meine Tochter auf das große Schiff und helft ihre Sachen dort hintragen; ich selbst mag nicht hin, denn es würde mir zu weh ums Herz, müßte ich mir das große Meer ansehen und denken, dem vertrau' ich sie an. Drum bin ich lieber nicht bei der Abfahrt.« Die Kinder sagten alle ja! – Frau Rönnchen sah sie sich nach der Reihe an und bemerkte, daß in den blauen, braunen, grauen, schwarzen Augen eine sanfte Dämmerung auftauchte. So machte sie schnell ein langes Strohlager, bald lagen die kleinen Müden neben einander gereiht in tiefem Schlaf. Während noch die Tochter bei der Mutter saß und weinend ihr Haupt in ihren Schoß legte, gab diese ihr viele gute, goldne Lehren.

Als der Morgen kam, bereiteten sie alles zur Reise. Sie war still, als sie aber an der Tür stand und ihr junges Kind umarmte, weinte sie die bittersten Tränen.

Sie gingen durch viele Straßen, bis an den Strand. Da war ein Wald von bewimpelten Masten, stolz wogten die Schiffe auf dem weiten Meer. Wie verwundert sahen die Kinder umher! Maria, die junge Schifferfrau, ging auf ein Schiff, das schon zur Abreise gerüstet war. Die Schiffsleute liefen alles zur Abreise vorbereitend an ihnen vorüber, sie grüßend, und ließen sie samt den Kindern durch. Unten in der Kajüte angelangt, nahm Frau Rönnchens Tochter den Hausrat in Empfang und lud und stellte und packte ihn zurecht, ein jedes half mit zurechtrücken. Scharmorzel sprang bellend unter ihnen herum und riß ihnen an den Kleidern, als wolle er sie wieder ans Land zerren. Als sie aber fertig waren, hatte Maria noch so viel zu sagen für ihre liebe Mutter, und es waren so teure Angelegenheiten; bis die alle durchgesprochen waren, da verging wohl eine geraume Zeit. Endlich trennten sie sich und gingen die Schiffstreppe hinauf. Die Matrosen saßen ihnen mit dem Rücken zugekehrt am Ruder; ein frischer Wind strich ihnen entgegen und in die Segel, ringsum das blaue Meer und der Himmel. Das Schiff war fortgefahren! – Sie liefen die Treppe hinab und riefen durcheinander; die gute Maria war auch voll Schrecken. Der Schiffskapitän, ein brauner Mann, kümmerte sich nicht viel darum; er versprach, er wolle sie irgendwo absetzen. Als Marias Mann kam, meinte der, er traue dem Kapitän nicht sehr; so lange günstiger Wind sei, würde er wohl fortsegeln. Sie waren voll Schreck und Verwunderung, das Herz pochte ihnen, und Maria tröstete sie. Als es gegen Abend war, gingen sie hinauf. Das Abendrot färbte das Meer, von ferne kam eine Welle nach der andern angerollt, es war so herrlich, daß sie sich ruhig niedersetzten. Die Matrosen hörten auf zu arbeiten; ein alter Mann mit seinem Pfeifchen nahte sich ihnen. Er blies den Rauch vor sich her und schaute sie vertraulich an. »Nun, kleine Landratten, was macht ihr denn hier?« fragte er Gritta, die Mut zu ihm faßte. Sie ging mit den andern ihm nach auf das Vorderverdeck, wo sie sich niedersetzten, und Gritta erzählte dabei dem Alten, wie sie auf das Schiff gekommen waren. Er horchte sie verwundert an und meinte auch, der würde sie nicht absetzen; als sie noch so saßen und dem Spiel der Wellen zusahen, kam ein alter Jude aus der Kajüte; er ging auf den Alten zu und drückte ihm herzlich die Hand. Dieser machte ihn mit den Kindern bekannt, der alte Jude setzte sich zu ihnen und bat, der Bootsmann Thoms möchte doch heute Abend den lieben Kindern da eine recht schöne Geschichte erzählen, um ihnen die Sorgen ein wenig zu vertreiben. Thoms nickte freundlich. Gritta setzte sich Arm in Arm mit Margareta neben Harmoni, die über den Bord gelehnt in die Wellen sah, und um sie herum Wildebeere, Maieli, Kamilla, Petrina, Reseda, Lieschen, Elfried. – »Ich war ein junger Bursche«, erzählte Thoms, »da lag ich am Lande trocken, weil ich kein Geld mehr hatte. Das Beste ist, du machst dich wieder auf die See, dachte ich mir. Ich ging also auf das Schiff, das zunächst die Anker lichten sollte, ein fixer Segler von gar absonderlichem, aber stolzem Bau. Ich wurde dem Kapitän gemeldet, der war ein Mann! –– In der Kajüte sah es wunderlich aus; sie war wie ein Zelt mit buntem Zeug ausgeschlagen, da saß er auf roten, weichen Samtpolstern, hatte eine große Schale mit dampfendem Getränke vor sich stehen, dessen Geruch mich schon betäubte. Seine Mütze war mit Gold besetzt, daß keine Linse dazwischen Platz gehabt, ein bunter Schlafrock hüllte ihn völlig ein; sein spitzer, schwarzer Schnurrbart ging bis zu den Ohren. Nachdenklich stieß er die Rauchwolken von sich, die sich kreiselnd durch die offne Luke in die Luft davon machten; er guckte ihnen lange nach. Auf der Lehne seines Polsters saß ein großer Affe, der mir die Zähne fletschte und wie der Herr Kapitän aus einer langen Pfeife rauchte. Endlich nach langem, stillschweigendem Warten sah er mich fragend an. Als ich ihm mein Gesuch vorgetragen, willigte er ein unter zwei Bedingungen, erstens solle ich nicht fragen, wo die Fahrt hingehe, noch womit das Schiff geladen.

Nun, ich war ein junges Blut; es war das Schiff, das zunächst absegelte; meine große Reiselust, und ich weiß nicht, was noch, bewogen mich, daß ich zuschlug. Den andern Morgen reisten wir ab; ich hatte bemerkt, daß der Kapitän am Abend vorher Kisten von gewöhnlichem Holz sehr vorsichtig in der Dämmerung aufs Schiff transportieren ließ; er hatte schwarze Sklaven, die diese Arbeit verrichteten. Ich hatte weiter nicht darauf geachtet. Wir hatten guten Wind, das Schiff ging frisch in See; wir kamen in mehrere Häfen, keiner durfte ans Land. Morgens ging der Kapitän ans Land, abends kam er mit den einundzwanzig Sklaven nach Haus, die Kisten getragen brachten; diese verschwanden jedesmal im untern Schiffsraum, nie wurde darüber gesprochen. Die übrigen Matrosen waren zu denselben Bedingungen geworben wie ich; aus unbezwinglicher Neugierde fragte einer einen Sklaven; dieser blieb stumm, aber am andern Tag erhielt er wegen einem unbedeutenden Fehler starke Schläge. So ging es noch einem, und ich hütete mich wohl zu fragen. Anfangs redeten wir viel darüber unter uns, aber später ward es uns ziemlich gleichgültig. – Wir segelten lange so fort, da brach eines Abends ein großer Sturm aus, er raste die ganze Nacht. Am andern Morgen wußten wir oder der Kapitän vielmehr nicht, wo wir waren. Er stellte sich aufs Verdeck und schaute durch ein großes Fernrohr in die Weite; auf einmal rief er: »Ich sehe Land!« – und befahl, das Steuerruder nach der andern Seite zu lenken. Gegen Abend, als die Sonne unterging, erschien eine wunderbar schimmernde Küste. Es waren Felsen von lila, weiß und gelblicher Farbe; eckig und platt ragten sie am Ufer in die Höhe; es liefen blaue, rote, grüne und violette Adern durch ihr Gestein, die in der Abendsonne glänzten. Als wir näher kamen, glaubten wir Menschen auf der Insel zu erkennen; aber es ward bald zu finster, als daß man es unterscheiden konnte. Als aber die Sonne wieder aufging und die Felsen erleuchtete, die uns am Abend so in Verwunderung setzten durch ihre Schönheit, so daß wir's für Täuschung des Abendscheines hielten, so waren sie noch weit kräftiger gefärbt und so wunderbar schön anzusehen. Da wir keinen Menschen sahen, befahl der Kapitän zu landen, um frisches Wasser einzunehmen; ich und fünf andere gingen mit ihm, nachdem wir lange eine Stelle gesucht hatten, um das Ufer zu ersteigen. Die Felsen waren glatt wie Spiegel, bis nach und nach ein feiner bunter Sand am Boden zu sehen war. Oben angelangt, sahen wir eine weite Ebene, an deren Rand ein wunderbar majestätischer Wald emporstieg; wir gingen darauf zu. Als wir näher kamen, erkannten wir, daß der Wald aus hohen Blättern und prächtigen Blumen bestand, so groß wie bei uns die mächtigsten Bäume, und oben sahen wir verschiedene farbige Massen auf den Blumen ruhen. Nach langem Hinsehen und Forschen errieten wir, daß es Puppen sein müßten von Schmetterlingen, die zur Größe der Blumen paßten, wie bei uns die Kleinen auch den Blumen angemessen sind, auf denen sie sich wiegen; sie waren aber so groß wie ein Mensch. Unser Erstaunen stieg aufs höchste, da der Kapitän an einer Pflanze hinaufkletterte und eine der Schmetterlingspuppen berührte, ein Geklingel anfing, das aus tausend verschiedenen Silberglöckchen zu kommen schien. Nun bemerkten wir, daß wirklich ein Faden mit Glöckchen behangen durch alle diese Pflanzen lief; augenblicklich darauf hörten wir ein großes Getöse, und zwischen den Blumenbäumen kamen eine Menge Menschen gelaufen, – wenn sie so zu nennen waren: ihr ganzer Leib war menschlich, nur waren ihnen Schmetterlingsflügel von der verschiedensten Art und Farbe angewachsen. Ich sah einige sehr schöne Jünglinge darunter; der Vorderste trat meinem Kapitän näher, ein Mann mit schwarzen Haaren, großen schwarzen, zornigen Augen, seine Flügel waren nach Art der Totenkopfschmetterlinge; die andern schienen ihn als ihren Anführer zu betrachten. Er fragte, was er sich unterstehe, die königliche Menschenzucht zu stören. Der Kapitän entschuldigte sich sehr höflich und sagte, wir seien Fremde, welche die Sitte dieser Gegend nicht kennen, und daß er bloß aus wissenschaftlicher Neigung geforscht habe, was diese großen Puppen enthielten. Der Anführer ließ sich hierdurch beschwichtigen, betrachtete uns mit Verwunderung und sagte, er wolle dem König unsere Ankunft melden. Sie zeigten uns hierauf eine bequeme Lagerstätte für die Nacht und einen Ort, wo wir süßes Wasser fanden, um unsere Tonnen zu füllen; einer der Geringeren, die bei uns blieben, uns Hülfe zu leisten, erzählte auf unsere Fragen, daß die Insel dem großen Schmetterlingsfürsten gehöre und daß die Puppen auf den Blumenbäumen die Kinder der ganzen Stadt seien, die hier ein Jahr lang an der Sonne gebrütet würden, bis sie ausfliegen. Die Glöckchen seien dazu, daß wenn etwa der böse Vogel Rock komme, um die Puppen zu stehlen, dann gleich die Wärter herbeilaufen, um ihn zu verjagen. Die Adeligen seien die vornehmen Puppen und die Geringeren so wie die Kartoffelraupenpuppen und Kohlraupenpuppen. Diese nannte er nicht; da ich aber diese Geringeren ansah, erkannte ich, daß es diese Gattung war. – Er erzählte noch viel über die Staatseinrichtung; dann legten wir uns zum Schlafen. Andern Tags wurden wir durch eine Deputation zum König gerufen. Die Sonne durchleuchtete die Straßen; ich kann die Herrlichkeit der Häuser gar nicht beschreiben; manche waren von Rubin, manche von Smaragd, andere waren gelb, andere blau, alles von dem Feuer der Sonne durchdrungen. Es kamen viele Leute vor die Türen, uns zu sehen; nur Frauen bemerkte ich nicht, sie schienen mir hinter dem Behang der Fenster hervorzulauschen. Endlich kamen wir in den Palast des Königs. Das ganze Dach schien mir aus einem Diamant zu bestehen, indem sich die Sonne tausendfältig abglänzte, und ihre Strahlen brachen sich untereinander in den mannigfaltigsten Farben. Wir zogen zwischen einer dichten Hecke von Hofkavalieren durch, die, mit den schönsten Flügeln begabt und in eine smaragdgrüne Seide gekleidet, uns begrüßten. Der König, umgeben von seinen Kammerherren und Hofherren, auf einem Thron von blitzenden Steinen, hatte schöne und besonders große Schmetterlingsflügel; eine goldene Krone schmückte sein Haupt. Er empfing den Kapitän aufs freundlichste, betrachtete ihn mit der größten Neugier, ließ sich von ihm über unser Land erzählen; kurz, es war ein sehr wißbegieriger Herr; er schien vorher gar nicht gewußt zu haben, daß es außer seiner kleinen, auf dem Meere schwimmenden Insel noch Land gebe. Die Kammerherren schwirrten daher. Bald wurde die Tafel aufgeschlagen und Speisen in köstlichen Gefäßen aufgetragen; wir wurden von schönen Schmetterlingsknaben von zartem Aussehen in herrlichen Gewanden bedient. Sie kredenzten lieblich schmeckendes und berauschendes Getränk und wehten dem Erhitzten mit ihren Flügeln Luft zu. Bei jedem Kompliment, das der Kapitän den Hofleuten machte, klappten diese mit den Flügeln, was wohl so viel wie bei uns der Diener sein soll. Ich glaubte mehrmals, daß sich die Vorhänge des Saales bewegten und Frauengesichter hindurch sahen; jedoch schien kein anderer es zu bemerken, so glaubte ich, daß ich mich wohl geirrt habe. Nach Tische beurlaubten wir uns beim König, um unser Schiff noch mit notwendigen Vorräten zu versehen. Der Kapitän übergab mir einige europäische Stoffe, die ich mit meinen Kameraden am Abend dem König überbringen sollte. Ich hatte meine Arbeit getan und legte mich aufs Verdeck hin in die Mittagssonne und besah den wunderbaren Farbenschmelz des Eilandes mit seinen Felsen, die in der Sonne strahlten. Den Vormittag hatte sich allerlei Schmetterlingsgesindel, auch Frauen darunter, die aber nur Sklavinnen waren, am Strande herumgetrieben; jetzt aber war wegen der Hitze alles leer. Da sah ich über die Ebene eine kleine Sklavin daher kommen; sie trug einen Korb mit Früchten und war in weiße Flore gehüllt. Sie eilte aufs Schiff zu und spähte umher; da sie mich erblickte, winkte sie mir; ich kam. »Wollt Ihr von diesen Früchten kaufen?« fragte sie; ich bedeutete ihr, daß ich kein Geld habe. »Nun, so helft mir sie tragen, denn sie drücken in der Mittagshitze gar zu schwer«, sagte sie, »ich will Euch auch ein Paar davon schenken.« Ich sagte, daß ich mehr ihrer angenehmen Gesellschaft wegen mitgehen wolle. Sie wickelte sich noch fester in ihre Schleier, und ich folgte ihr.«

Bis hierher hatte Thoms den aufmerksamen Kindern diese merkwürdige Geschichte vorgetragen. Es war spät geworden, denn so manche Fragen und Verwunderungsreden hatten sie verlängert. Die Schiffslaternen wurden angesteckt; sie wünschten gegenseitig gute Nacht und gingen schlafen in die Hängematten, die die gute Marie ihnen bereitet hatte; sie schliefen ziemlich beruhigt, überhaupt fing es an, ihnen auf dem Schiffe zu gefallen. Am andern Morgen gingen sie hinauf, ein lauer Wind wehte; eine schöne Küste mit blau abgezeichneten Bergen lag ihnen zur Seite, das Meer war herrlich, die Fische spielten in den Fluten; sie freuten sich alle auf den Abend. Die Sonne neigte sich zum Untergang; das Schiff kam mehr zur Ruhe, als der alte Thoms sich bereit setzte. Nachdem der alte Jude war herbei gekommen und die Kinder sich um ihn versammelt hatten, begann er, sein Haupt an den Mast gelehnt und aufs Meer schauend, während er kurze Rauchstöße aus seiner Pfeife blies:

»Als wir durch das Tor kamen, schlüpfte sie an den Wächtern vorbei in die kleine Straße hinein; nun bog sie von einer Straße in die andere, bis sie an dem Hinterpförtchen eines Hauses anklopfte. Ein Weilchen – und es wurde geöffnet; mit gewandter Hand packte sie mich und zog mich ins Haus, so daß mir der Korb mit Früchten entfiel und ich darüber stürzte; als ich aufstand war rings um mich Dunkelheit. Erschrocken und doch auch neugierig tappte ich der Wand entlang, fand eine Tür, klinkte auf und stand in einer großen Halle. Das Licht fiel von oben herein und beleuchtete die saphirblauen Wände; der große weiße Strahl eines Springbrunnens flog in der Mitte in die Höhe und plätscherte leise wieder hinab. Umher standen

Gebüsche von in Gefäßen gezogenen Pflanzen; sie waren an vielen Orten ganz dicht und hoch; ich glaubte, als ich eintrat, hinter den Büschen ein leises Lachen zu hören, auch einige Gestalten verschwinden zu sehen. Als ich eine Weile mich umgesehen und der großen Herrlichkeit dieses Gemaches gar nicht satt werden konnte, setzte ich mich auf den Rand des Bassins; da klopfte mir die Sklavin auf die Schulter. Ich wollte schelten und fragte, warum sie mich allein gelassen. Sie legte den Finger auf meinen Mund und sagte: »Hab' ich dich so weit gebracht, so kannst du mir noch folgen, es soll dir nichts geschehen, aber ich muß dir die Augen verbinden.« – Ich bedachte, daß ich in ihrer Gewalt war, und ließ es geschehen; sie nahm mich an der Hand und führte mich fort; nach einer Weile zog sie an einer Schnur, die einen Vorhang öffnete. »Hier, wenn du willst, löse deine Binde«, sagte sie und ließ mich los; es war alles still um mich, ich hörte keinen Laut. Nachdem ich die Binde abgenommen, sah ich mich in einem kleinen Gemach. Das Laub wiegte sich vor den offenen, bis zur Erde reichenden Fenstern, es füllte das Fenster und machte den ganzen Raum schattig; die Blätterschatten spielten auf den weichen Polstern, die an den Wänden entlang liefen und einen bunten Teppich umschlossen. Als ich so stand, bewegten sich die grünen Vorhänge; sie öffneten sich, ein Mädchen trat hervor; wo wäre der Maler sie zu malen? Sie war von blendender Weiße, und ihre sanften schwarzen Augen, von sammetartigen Wimpern beschattet, strömten einen schwermütigen Glanz. Der leise Hauch ihrer rötlichen Wangen, wer konnte sein sanftes Wechseln beschreiben? Sie atmete ängstlich und streckte zwei weiße, schlanke Arme nach mir aus; ich stürzte ihr zu Füßen. – »Verzeih meiner Sehnsucht, schöner Jüngling«, begann sie, »die dich zu mir herbrachte! Ich sah dich am Tische meines Vaters; man nannte mich sonst die Kalte, aber da ich dich sah, hörte ich auf kalt zu sein; ich fühlte, daß du mir bestimmt seist.« Sie zog mich an ihre Seite auf den Sitz; ich sträubte mich dagegen, da ich zu ihren Füßen sitzen bleiben wollte, und ich, hingerissen von ihrer wunderbaren Schönheit, sprach ihr unbefangen meine Liebe aus. Wir plauderten lange. – Wenn sie fröhlich sich freute, daß es ihr gelungen mich herzubringen, oder wenn sie sonst scherzte, klappte sie leise mit ihren Flügeln; diese waren nicht wie die andern von matter Farbe, sie waren vom feinsten Purpur mit Gold vermischt. Als sie traurig über unsre Trennung weinte, ließ sie die Flügel hängen; ich hatte Mühe sie zu trösten. Bald kamen Sklavinnen, die unterbrachen uns. Es waren elf schöne Mädchen, die leise mit ihren bläulichen Flügeln im Zimmer herumschlurrten; sie brachten Früchte und kühle Getränke. Während eine Sklavin die Laute schlug, hatte ich Zeit sie anzusehen; denn wenn sie sprach, wagte ich nicht, meine Augen zu ihr aufzuschlagen, nur den Wohllaut ihrer Stimme trinkend. Es wurde später, und sie sagte mir, daß wir scheiden müßten. Ich überschüttete mit Tränen und Küssen ihre Hand; dann kam die Sklavin, die mich hergeführt, verband meine Augen und wir entfernten uns. Als wir dem Meere nahe waren, ließ die Sklavin mich los und floh eilend davon; ich nahm die Binde von den Augen. Es war schon dunkel; ich hatte noch meines Herrn Kapitän Geschenke zu besorgen. Schnell ließ ich die Matrosen die Ballen auf die Schultern nehmen, ich selbst war noch zu begeistert von meinem Abenteuer, als daß ich etwas tragen oder denken konnte. Als wir in des Königs Palast kamen, war der Kapitän schon dort, sehr aufgebracht, daß ich so spät erst kam. Der König saß auf roten Polstern, umgeben vom großen Hofstaat, der Kapitän saß neben ihm. Einzelne geflügelte Knaben, alle in rosenroten Röcken mit Goldsäumen, flatterten bedienend umher mit Getränken und Früchten. Die Wände, vom hellsten Lichte angestrahlt, im Kristallglanz, spiegelten alle Herrlichkeiten des Saales. Ich war sehr frohen Mutes, als ich die Stoffe aufrollte und sah, daß sie bei dem hellen Lichte sehr schön sich machten. Der König war sehr gnädig; uns wurden in seiner Nähe Polster hingelegt, und ich bemerkte während des Gastmahls, daß seine Blicke mehrmals mit Wohlgefallen auf mir ruhten. Auf einmal stand der Anführer, den wir zuerst im Walde gesehen, mit zornblitzenden Augen auf; er schritt auf den König zu und sagte ihm etwas ins Ohr. Des Königs Blicke sprühten Feuer; ich sah mit gespannten Sinnen allem diesem zu. Der Anführer hatte sich zurück auf seinen Platz begeben; da stürzten zwei Sklaven aus dem Haufen hervor, packten mich und brachten mich zu den Füßen des Königs, mit dem Antlitz zur Erde. – »Wahrlich, es ist, es ist!« rief dieser, »der Zorn treffe ihn des mächtigen geheiligten Königs!« – Der König sprach immer von sich selber wie von einer dritten Person. – »Sein Zorn möge dich vernichten! Wie kommst du, Kot seiner Sohlen, dazu, daß dich der Flügel der Prinzessin Merkusuli streifte?« Ich wurde auf diese Worte mir nichts dir nichts wieder aufgepackt, und bald befand ich mich in einem dunkeln Loch. – Wie ich allein war, überließ ich mich erstaunungsvollem Schmerz; ich sann hin und her über den Namen Merkusuli. Der Morgen dämmerte durch ein kleines Loch, als mir die Worte des Königs einfielen, der Flügel der Prinzessin Merkusuli habe mich berührt. Ich trat näher ans Licht und erblickte auf meiner Schulter ihren Flügelabdruck; meine Schöne mußte mich zufällig damit berührt haben: sie war also die Prinzeß Merkusuli! Ich zog den Rock aus und bewunderte den Gold- und Purpurstaub, bis ich vor großer Liebesmacht beinah verschied. Der Kerkermeister kam; nach langem Fragen kriegte ich heraus, der König wolle mich wahrscheinlich hinrichten lassen, weil nur die Prinzessin Merkusuli diesen Staub auf ihren Flügeln trage und ich daher bei ihr gewesen sein müsse. Als ich fragte, wer sie sei, sagte er, sie sei die Tochter von des Königs Bruder, und er erziehe sie, da der Bruder nicht mehr lebe, um sie später zur Königin zu erheben. Als er am zweiten Tage kam, antwortete er mir gar nicht; ich war von allem abgeschlossen, und meine Angst mehrte sich, je länger die einsame Zeit vorwärts schritt. Ich hatte mich eines Abends niedergelegt, beklommenen Herzens, da weckte mich etwas; ich rieb die Augen, der Kapitän stand vor mir und neben ihm eine verhüllte Gestalt; er befahl mir zu schweigen, ich solle schnell meine Kleider anziehen und ihm folgen. Als ich fertig war, führte er mich durch eine Tür fort, die ich nicht bemerkt hatte. Wir kamen in die freie Luft und gingen durch mehrere Straßen bis an das Meer, die Gestalt folgte uns. Das Schiff war segelfertig; als wir hinaufsteigen wollten, fiel mir auf einmal die Prinzessin Merkusuli ein. Ich sagte dem Kapitän, er solle mich zurücklassen, ich bleibe. – »Du bleibst, Geliebter?« sagte eine zärtliche Stimme neben mir, und ich lag zu der Prinzessin Merkusuli Füßen, denn sie war die verhüllte Gestalt; sie erhob mich, und ich schwankte freudetrunken auf das Schiff. Unsere Abfahrt ging schnell von statten; der Mond stand groß über dem Meere und beleuchtete die bunten Felsen, Merkusulis Heimat; sie hatte die Schleier abgelegt, und ich hatte das Glück, sie in ihrer Schönheit zu bewundern. Das Wunderbare war, daß als wir von der Insel uns entfernten, ihre beiden Flügel gleich Rosenblättern abfielen und sie nun wie andre Menschen war. Sie lächelte und beruhigte mich, als ich dachte, dieser Verlust könne sie kränken, und erzählte mir, wie sie gehört, daß ich gefangen sei, und wohl diese heimliche Tür gekannt, sich aber nicht früher hingewagt, bis sie den Schiffskapitän davon benachrichtigt, der auf alles eingegangen sei. Wir trennten uns nun, weil sie sich zur Ruhe begab.«

Als Thoms so weit erzählt hatte, ermahnte er, daß es Zeit sei, nun auch schlafen zu gehen. Am andern Tage verhielt sich das Wetter noch immer schön, und am Abend fuhr Thoms fort zu erzählen.

»Am andern Morgen harrte ich lange vergeblich auf dem Verdeck, die Prinzessin kam nicht. Ich fragte den Kapitän; der wendete sich von mir ab, ganz gegen seine Art; er sagte, er könne es nicht wissen, wo sich alle weggelaufenen Prinzessinnen befänden. Mein Herz ward schwer, und ich ahnte Unglück. Am Abend kam sie nicht, am andern Morgen nicht, meine Fragen wies der Kapitän ab mit dem Befehl, ich solle das Maul halten. Stiller Gram bemächtigte sich meiner; ich konnte mir die Sache nicht erklären und ich mußte mehr wie einmal an die Kisten denken, denn es fing ein Argwohn in mir an zu dämmern. Meine Kameraden erzählten mir noch, daß, ehe der Kapitän mich zurückgebracht, wieder eine Menge Kisten angekommen seien. Was konnte der Kapitän in diesem Lande erhandelt haben?–– Nach fünf Tagen brach abermals ein Sturm los, der uns an eine fremde Insel verschlug. Wir kriegten einen gewaltigen Schreck, als wir einen großen Schatten am Ufer auf und ab spazieren sahen, ohne daß wir ein Wesen gesehen hatten, das ihn warf. Eine fühlbare Magnetkraft trieb uns dem Lande zu; der Kapitän legte an, da es nicht anders ging. Da wir einmal so weit waren, konnten wir auch frisch Wasser einnehmen; denn wenn man uns was tun wollte, konnte man es, eben so gut auf unserm Schiffe uns anfallen als auf dem Lande. Der menschliche Schatten in eigentümlicher Gewändertracht schien sich zu erstaunen; er war durchsichtig grau, und man sah die Berge und Felsen der Insel durch ihn schimmern; plötzlich lief er hastig davon. Der Kapitän faßte Mut, er dachte, es müsse getan sein, und untersuchte die Insel nach allen Seiten. Als wir aus einer kleinen Sandschlucht heraus kamen, in der wir vergeblich Wasser gesucht, sahen wir, während keiner von uns ein Wort vor Angst sprach, nach dem Strande. Siehe da, ein graues Gewimmel füllte ihn, einen Schatten sah man durch den andern, während ein leises schluchzendes Flüstern die Luft durchdrang. Der Gewänderschatten eilte auf uns zu und zeigte uns den übrigen Schatten. Ich betrachtete sie. Welche verschiedene menschliche Schatten, und auch Häuserschatten, Baumschatten, kurz, Schatten von allem, was in der Welt existiert, liefen da herum! Alte

griechische Tempel, gotische Kirchen, Moscheen, Sommerhäuser, Monumente, Bauernhäuser, Kuhställe, Hundehütten;
die Schatten der Menschen waren in den verschiedensten
Trachten. Wilde in Tierhäuten, Griechen in Gewändern,
Ritter im Harnisch, alte Herrn in Allongeperücken, steifröcki-
ge Damen, kurz, aus den wunderlichsten Trachtzeitaltern. Der
Schatten im Faltengewand eilte auf uns zu und fing an, mit uns
zu sprechen; wir verstanden ihn nicht. Darauf nahten sich
mehrere kolossale Häuserschatten, Tempel- und Kirchen-
schatten: jeder sprach eine verschiedene Sprache, keinen
verstanden wir, bis zuletzt ein deutscher Bauernhausschatten
uns fragte, wer wir seien. Mein Kapitän sagte mit einer tiefen
Verbeugung, daß sein Schiff das Unglück und zugleich das
Glück gehabt hätte, fügte er schnell hinzu, an diese Insel
verschlagen zu werden; die allerhöchsten Schatten möchten
doch die Gnade haben, ihn das fehlende Wasser in seine
Tonnen füllen zu lassen. Der Bauernhausschatten übersetzte
dies den andern Schatten. Der Kapitän erwartete mit Zittern
die Antwort; die Schatten schienen sehr zufrieden über seine
höflichen Reden, und das gutmütige Bauernhaus wurde durch
sie gebeten, uns die Quelle zu zeigen. Am Abend lud uns die
Schattengesellschaft zu sich ein; ein besonders großer, dicker
Herrnschatten führte den Vorsitz im Reden. Sie zerstreuten
sich, und wir sahen nur, während das Bauernhaus uns zur
Quelle führte, einige der riesenmäßigen Schatten an den
Bergen, die vom Abendrot beschienen, entlang schweben.
Mein Kapitän näherte sich etwas dem Bauernhausschatten und
suchte eine Unterhaltung anzuknüpfen. »Dürfte ich wohl die
Ehre haben, etwas Näheres über das Volk der Schatten zu
erfahren?« – Das Haus schien gern auf seine Wißbegier
einzugehen. »Alle diese Schatten, die du hier siehst, sind die
Schatten der verschiedenen Häuser und Paläste, welche sie vor
ihrem Umsturz oder die Menschen vor ihrem Tode werfen,
kurz, aller Dinge, welche einst auf der Welt bestanden.

Schatten sind keineswegs, wie man glaubt, unbeseelte Dinge; nein, die Schattenseiten der Dinge und Wesen, die da existierten, dauern länger als die Lichtseiten. – Es existieren mehr Schattenseiten an allem in der Welt. Du glaubst gar nicht, was für Schatten aller Zeiten mit einander dieses Eiland bevölkern, denn sie brauchen sehr wenig Platz, da sie sich nie stoßen, sondern durcheinandergehen, auch natürlich einer in den andern über geht.« – Bald waren bei diesen merkwürdigen Erzählungen die Tonnen gefüllt und auf das Schiff gebracht. Der Mond schien, und das freundschaftliche Haus rief uns und führte uns in ein ungeheures, monddurchleuchtetes Tal; um die Berge kamen die Schatten herzu von allen Seiten, es sollte ein schattenhafter guter Abend werden. Sie schwammen durcheinander und schienen zu sprechen, der Bauernhausschatten brachte uns auf ein Plätzchen inmitten der Berge. Die Köpfe der Schatten ragten gerade bis an uns; sie machten sich auch nichts daraus, wenn wir ihnen zuweilen darauf traten. Nicht weit von uns hatte sich der Schatten des Gewändermannes hingestellt, er schien mich von der Seite anzuschielen. Auf einmal bemerkten wir, daß die Schatten sich teilten, und eine alte Domkirche fing mit einem griechischen Tempel an, ein Menuett zu tanzen. Darauf folgten Sommerhäuser, Bibliotheken, Glyptotheken, Kapellen, Schlösser; darunter mischten sich die Menschenschatten in den verschiedensten Kleidungen, die ganze Arche Noah der Tiere, Statuen, Bäume: kurz, alles, was Schatten auf der Welt geworfen hatte. Das Bauernhaus zeigte uns besonders den alten Abrahams-, Evas- und Adamsschatten, die die Aufsicht führten. Cäsar und Don Quixote unterhielten sich eifrig; Götz von Berlichingen mit der Königin von Saba, Apollo, Judith, die Jungfrau von Orleans, Diogenes, Madame de Pompadour und Karl der Große tanzten Lanners Tänze mit einander. Maria Theresia tanzte mit Mohammed ein Menuett; eine Menge Könige und Kaiser und was für Schattengeschöpfe mehr, folgten, ich habe nur diese von all den wunderlichen Erscheinungen behalten. Ich bemerkte indessen, daß der faltenreiche Gewändermann mich noch fortwährend anstarrte; endlich winkte er das Bauernhaus zu sich und flüsterte ihm etwas zu, worauf dies zu mir kam. »Höre«, zirpte es, »es interessiert sich ein Schatten für dich; er hat eine so zarte Neigung für dich gefaßt, daß er wünscht, dich kennen zu lernen; wenn du ihm auch dann noch gefällst, hat er einen Plan mit dir vor; doch das wirst du später erfahren. – Kennst du den großen Plato? – Er ist's.« – Ich hatte mein Leben nichts von Plato gehört und weiß noch nicht, wer er ist. – »Ich habe nicht das Glück, so wahr ich keine Landratte bin«, sagte ich. – »Folge mir!« – Eine Herzensangst ergriff mich, als ich mich dem Mann näherte; er lud mich zu einem Spaziergange ein, trotzdem folgte ich, weil ich ihn zu erbittern fürchtete. – »Ich bin die Schattenseite Platos«, sagte er, als wir an den Bergwänden empor wandelten. »In mir ist eine feine Liebe, ich fühle eine platonische Zuneigung zu dir.« Er erzählte mir entsetzlich viele Dinge vor; ich hörte aufmerksam zu und verstand nichts. Auf einmal starrte er mich lange an und sagte: »Du verstehst mich. So einen mochte ich immer, dem ich meine langen, langen hinter dem Berge haltenden und um die Ecken kommenden Gesprächsweisen angedeihen lassen könnte. Du bist dazu ganz köstlich geeignet.« – Als wir vom Spaziergange zurückkehrten, war ich schachmatt, und es war mir, als habe ich in meinem Vaterland Pflaumenbrühe genossen. Wir brachten den andern Tag herum, ohne den Schatten zu sehen; ich genas nach und nach am kräftigen Sonnenlicht von dem nächtlichen Spaziergang. In der Nacht mußten wir wieder auf das Schattenfest. Der Schattenmann im Faltenwurf verfolgte mich wieder, und ich mußte mit ihm auf den Gipfeln der Berge lange hin und her wandeln. So ging's am dritten und vierten Tage. Am sechsten um Mittag wollten wir fort, am fünften waren wir wieder auf dem Schattenfest. Nachdem der Gewandschatten seine Promenade mit mir gemacht, flüsterte er eifrig und lang mit dem Bauernhausschatten. Zu Ende des Festes, als die Schatten sich zurückzogen, machte sich das Bauernhaus an meine Seite und fing mir an zu erzählen. Denkt euch meinen Schrecken, der Gewänderschatten wollte mich hier behalten, da sich seine Seele unwiderstehlich zu mir hingerissen fühle; er habe ihm vertraut, daß er schon mit einigen starken Schlagschatten gesprochen habe, daß sie mich erschlagen und mein Schatten dann sogleich und für ewig bei ihm verweile. Das gutmütige alte Bauernhaus sagte, es sei mir zugetan und habe nicht unterlassen können, mich zu warnen gegen diesen hinterlistigen Mord. »Auch deinen Kapitän bedroht Unglück: denn es hat ein sehr schöner Schatten, die Königin von Saba, Freundschaft für ihn gefaßt; sie wollte ihn auch morgen umbringen lassen.« – Ich war außer mir vor Schrecken und küßte das alte Haus herzlich auf seine Tür; darauf eilte ich, – denn ich war im Gespräch mit dem alten Haus etwas zurückgeblieben, und teilte dem Kapitän alles mit. Als ich aber von ihm sprach, da ließ der Kapitän augenblicklich die Segel lüften. Das Schiff war schon segelfertig, aber es ging nicht aus der Bucht heraus; da kam das alte Haus und sagte, wir müßten alle vom Verdeck ins Dunkle, so daß wir keine Schatten mehr würfen, die von der Insel angezogen würden. Wir dankten noch dem ehrlichen Bauernhause, und ich versprach, es lieb zu behalten, bis mein Schatten einst ganz mit ihm vereint sein werde. Wir krochen unter, stießen ab und kamen glücklich aufs hohe Meer. Wir gingen nun wieder aufs Verdeck und erblickten, wie die Schatten, die durch irgend einen Zufall unsre Abreise erfahren haben mußten, zornig am Ufer auf- und abschwankten.« –

Hier unterbrach der Jude den Erzähler durch ein heftiges Niesen, worüber die Kinder alle so erschraken, daß mehrere von ihnen einen hellen Schrei erschallen ließen. »Hab' ich's nicht gedacht«, sagte der Jude, »du alter Thoms würdest mit deiner Schattengeschichte den armen Kindern Furchtgedanken erwecken? Da haben wir's nun, kaum daß es mir im Gehirn ein bißchen kribbelt und ich niese, so weichen sie schon vor dem Schatten meiner Nase zurück. « – Die Kinder protestierten aber stark dagegen und sagten, sie würden es mit jedem Schatten aufgenommen haben. Jedoch folgten sie dem guten Rat des Juden, jetzt des Schlafs zu genießen. Sie waren aber am andern Tage eiliger wie sonst in allen ihren kleinen Geschäften und Angelegenheiten; so sehr eifrig sehnten sie sich nach der Erzählstunde. Sie kam, wie alles, was man sehnlichst herbei wünscht, sehr langsam. Sie fanden sich jedoch in etwas betrogen, als der Erzähler schon fern von den Schatten, von denen sie noch allerlei seltsame Erwartungen hegten, fortfuhr: »Ich könnte noch viele Schattenseiten hier hervorheben; aber ein großer Streichschatten warnte mich, ich solle sie nicht alle aufdecken, sonst werde er sich verlängern und ein Nachtschattengeschirr über mich ausleeren.

Wir waren schon wieder auf hohem Meere, ich suchte meine Trauer zu zerstreuen. Wie ich so in meinen Mußestunden mich auf dem Verdeck herumtrieb, kam ich auch in die Küche; eine Menge von Töpfen erregten immer meine Aufmerksamkeit. Als ich den Koch fragte, wozu diese seien, sagte er, für uns; ich roch aber den Duft von Speisen, die wir nie aßen. Darauf sah ich auch, daß alle diese Speisen heimlich in des Kapitäns Kajüte gebracht wurden. Ich versuchte einmal dahin zu kommen, aber alles war verschlossen; jetzt stieg die Idee in mir auf, daß er die Prinzeß Merkusuli eingesperrt. Einer der Schwarzen war mein Freund gewesen; ich gab ihm gewöhnlich mein Teil von geistigen Getränken; einmal sparte ich diese lange zusammen, ich wollte endlich mich überzeugen. Ich lud ihn aufs Hinterverdeck zum Trinken mit mir, er ward immer gesprächiger, ich suchte ihn immer wieder auf die Kisten zu bringen; als er mehr und mehr getrunken, lallte er gedankenlos in den blauen Himmel hinein: »Es wird diesmal ein guter Verdienst sein, es sind lauter Schneegänschen, ich lasse sie den Mittag heraus aus ihren Kasten. Ach, die armen Mädchen!« Er schaute sich, kaum als er dies gesagt, erschrocken um, sprang auf und lief fort. Nun wußt' ich's, er mußte diese Mädchen aus den verschiedenen Städten geraubt haben; ungefähr so reimte ich mir's zusammen. Ich war außer mir vor Zorn, aber wußte mich doch so zu verstellen, daß man an mir nichts merkte. Den andern Tag erblickten wir in der Ferne einen Hafen, es war der Hafen der großen Stadt in der Türkei, Bagdad; am Abend landeten wir. Der Sklave wich seit jener Zeit mir immer scheu aus, und ich dachte oft darüber nach, ob er es seinem Herrn wieder gesagt. Den andern Tag, als ich den Koch sah die Speisen zubereiten, warf ich in einen der Töpfe einen Stein, den ich noch von der Schmetterlingsinsel bei mir hatte; ich hatte hinein graviert: Antworte! – Sie mußte diesen Stein wiedererkennen, und fand ihn eine ihrer Gefährtinnen, würde die ihn gewiß vorzeigen. Ich ging zurück aufs Verdeck; da trat der Kapitän auf mich zu und lud mich zu sich in die Kajüte ein. Er war so freundlich wie lange nicht, und ich dachte immer, es gereue ihn; er sagte, er wolle mir etwas sagen, dann ließ er Wein kommen. Allein kaum hatte ich davon getrunken, so überfiel mich eine große Müdigkeit. Der Kapitän schwamm vor meinen Augen hin und her, und ich wußte nichts mehr; nur meinte ich schrecklich poltern zu hören, als bewege man schwere Gegenstände fort. Den andern Morgen rieb ich mir die Augen; ich befand mich in meiner Hängematte. Halb schlaftrunken begab ich mich zu meinen Kameraden an die Arbeit; diese fragten mich, warum ich seit gestern Vormittag vom Verdeck gewesen sei, und einer erzählte, es seien unterdessen alle die Kasten transportiert worden. Kaum hatte ich dies gehört, fuhr es wie ein Blitz mir durch die Seele; ich eilte halb wahnsinnig zum Kapitän, drang bei ihm ein, und fragte nach der Prinzessin; er ward so zornig, daß er mir befahl hinaus zu gehen, und sagte, ich solle darüber schweigen, sonst werde er mich in dieser fremden Stadt zurück lassen. Dies war möglich;

obwohl ich unterwegs von einem der Sklaven etwas Türkisch gelernt hatte, so kannte ich doch niemand, um mich zu verteidigen; ich versank in die finsterste Schwermut. – Ich war öfters in Bagdad, um mich zu zerstreuen. Wenn ich in der glühendsten Sonne durch die Straßen mit schönen Palästen ging, in deren kühlen Kiosks die reichen Türken auf weichen Teppichen saßen, mit kostbaren Turbanen und Schals, umgeben von Sklaven, und der blauliche Rauch ihrer Wasserpfeifen emporstieg, wenn ich den Bazar entlang ging, die Juwelen und Kostbarkeiten erblickte, das Gewühl der Kaufenden und Handelsleute, so ergriff mich eine noch heftigere Sehnsucht und Schmerz; ich ging dann gewöhnlich durch eine abgelegne Straße zurück. Hier war niemand vor den kahlen Häusern in der Mittagshitze zu sehen; nur manchmal ragte eine Reihe bunter Blumen über die Mauer, und die weißen Schleier einer Türkin wehten herüber, die aus dem obern in den untern Raum des Hauses ging. Von diesen Häusern gefiel mir eins besonders, das etwas in die Straße hervorstand; es war schön gebaut, und ich stand oft davor. Einstmals ergriff mich in dem Augenblick, als ich es anschaute, eine unwiderstehliche Müdigkeit, daß ich mich schnell nach einem Platz umsah zum Schlafen. Die rechte Seite des Hauses bildete ein Eck, das hervorstand, und dadurch einen Schatten; ohne mich lange zu besinnen, nahm ich da mein Lager ein und überließ mich dem Schlaf. Ich mochte wohl eine Stunde so gelegen haben, als es mir war, als werde ich von einem Regen von Prügeln zerbläut; ich öffnete die Augen, mußte sie aber gleich wieder schließen, denn es kam aus einem kleinen Fenster über mir ein Regen von Goldorangen, süßen Feigen und Datteln herabgeströmt. Nach einer Weile hörte es auf, ich sah oben nur eine kleine Hand, die einen in der Sommerluft wehenden Vorhang ins Fenster zog. Ich stand noch lange, dann steckte ich von den Früchten so viel ein, als ich tragen konnte, und ging.

Am zweiten Tag wählte ich mir wieder diesen Platz zum

Schlafen aus Neugier. Kaum daß ich eingeschlafen, erweckte mich ein Regen von Früchten; so ging's den dritten, vierten und fünften Tag. Am sechsten Tag fiel jedoch nur eine Goldorange allein herab, wie ich sie selten von solcher Größe und Schönheit gesehen; ich ging, nachdem ich mich wieder vergeblich nach der Geberin umgesehen. Am andern Tage war ich so voll Schwermut, daß ich auf dem Schiffe liegen blieb; ich ward durstig. Die Orange fiel mir ein; ich holte sie und wollte sie öffnen, da fiel sie in zwei Hälften, und ich fand, daß sie nur mit Bast gefüllt, aber inwendig war ein Zettel verborgen. Ich rief einen schwarzen Sklaven, er übersetzte den Zettel: »Geh auf den Bazar, da wird eine Alte kommen, die dich zu der führt, die dich liebt!« Ich war voll Hoffnung und Angst; sollte es Merkusuli sein? – Sie konnte ja nicht türkisch! – Ich dachte, um mich zu zerstreuen, wolle ich dies Abenteuer wagen; ich eilte auf den Bazar hin- und hergehend und schaute jeder Alten unter die Nase, die ich sonst nicht gerade würde angesehen haben. Endlich winkte mir von ferne eine durch das Gewühl, und ich folgte durch eine Menge Straßen zu einem großen, schönen Hause. Die Sklavin klopfte, und es wurde aufgetan; ich kam durch ein prächtiges, kühles Vorgemach von rotem Marmor, der Boden war glatt wie Spiegel, und ich wäre beinah gefallen; dann in einen hohen Saal. Ich harrte des Abenteuers, was da kommen sollte; ich spiegelte meinen abgetragnen Anzug im Fußboden. Der Saal war mit grünem Samt behangen, der Fußboden von bläulichgrünem Marmor; ein Springbrunnen in der Mitte; von smaragdgrünen, durchsichtigen Steinen tropfte helles Rosenwasser, dessen Düfte das Gemach durchzogen. Da öffnete sich von einer goldnen Schnur gezogen der Vorhang, und aus den innern Gemächern kam ein Zug Sklavinnen von großer Schönheit. Sie trugen goldne Gefäße, aus denen Weihrauch dampfte; aber gleich dem Mond unter Sternen wandelte in ihrer Mitte eine geschmückte Frau; sie setzte sich in die Mitte des Saals und schaute mich lange an.

Erschrocken vor dem Glanz ihrer Augen blieb ich demutsvoll stehen. »Komm näher«, sagte sie; ich näherte mich und warf mich nieder. Sogleich legte man mir ein Polster neben sie hin. Sie lud mich ohne weiteres ein, von den Getränken, die man brachte, zu genießen, und legte mir fortwährend von den köstlichsten Speisen vor, so daß ich zuletzt sehr heiterer Laune ward. Als sie dies merkte, gab sie einen Wink, und eine rauschende Musik begann. Nun flüsterte sie mir ins Ohr, sie habe mich unter ihrem Fenster schlafend erblickt und sei die, welche mit den Früchten mich damals beregnet habe. »Ich liebe dich«, fügte sie lächelnd hinzu, »und will dich prüfen. Wenn du mir in sechs Monatszeiten noch gefällst, werd' ich dich zu meinem Gatten wählen!« Ich schlug die Augen nieder, das Bild der Prinzessin Merkusuli stand lebhaft vor mir, ich begann gefaßt: »Edle Bannu!« – was soviel wie bei uns Herrin heißt – »ich bin Eurer nicht würdig; wäre ich es – –, so hätte ich dennoch kein freies Herz zu bieten«, wollte ich hinzusetzen, als der Vorhang sich öffnete und einige Sklavinnen mit Sorbet kamen. Ich blickte sie an, das Wort blieb mir auf der Zunge: ich sah mitten unter ihnen die Prinzessin Merkusuli! Halb starr vor freudigem Schreck bemerkte ich endlich, daß die Augen der schönen Türkin auf mir ruhten. Im Flug faßte ich meine Gedanken zusammen: wenn ich ihr sagte, daß ich sie nicht liebe, so durfte ich nicht mehr kommen; stellte ich mich, als liebe ich sie, was sollte Merkusuli denken! – Das letzte mußte ich wählen, sonst war ich für ewig von Merkusuli getrennt; indem ich meine Blicke mit Gewalt von der Prinzessin ablenkte, die niedergeschlagenen Auges mich nicht sah, sprach ich: »Wenn ich Eurer würdig wäre, wie glücklich könnte ich sein!« »Du bist der, den ich erwartete«, sagte die Türkin. – »Prüfe mich erst!« rief ich ängstlich, denn die Sklavinnen, die zu Paaren vor dem Teppich gingen, ihre Gefäße absetzten und sich dann teilten, waren schon vorbei, bis auf jene, an deren Seite die Prinzessin ging. Sie hatte verschämt die Augen gesenkt und wollte den Becher niedersetzen, als sie mich erblickte; der Becher entglitt ihren Händen, und der Saft träufte von ihren weißen Fingern. Ich sagte:

»Die Rebe, wenn im vollen Trieb sie ist, der Jugend
Fängt sie zu weinen an vor Übermut und Lust.
Der Gärtner sieht's, ach! denkt er sich im Herzen
Wenn Reben weinen und von schneeigen Glocken
Träufelt der Saft, vergehen meine Schmerzen.
Denn sie versprach's, zu folgen meinem Locken
Mit Augen, Hand und Mund und Herzen
Zu kommen dann, zu lindern meine Schmerzen.«

Sie faßte sich schnell und sagte:

»Ach, endlich kommst du nun, mein Lieber,
So lang die Reb' nicht weinte, weinte doch mein
    Herz zu dir hinüber
So lang' nicht träufte Wein, von weißlichen
    Schneeglocken
Träuften von meinen Augen Tränen,
Weil ich nicht folgen konnte deinem Locken.«

Ich wendete mich wieder zu der Gebieterin; sie glaubte, ich scherze über das Vergießen des Sorbets, und achtete meiner Rede nicht. Ich verlebte diesen Abend selig, weil ich von Zeit zu Zeit das Glück haben konnte, Merkusuli von der Seite anzusehen. Aber welcher Schmerz! – Sie schien stolz und kalt, da sie meine Artigkeit gegen ihre Gebieterin sah. Als ich fort mußte, war die schöne Türkin noch sehr freundlich und sagte, sie habe sich in mir nicht betrogen. Ich langte glücklich auf dem Schiffe an und ging unter Sorgen und Hoffnungen schlafen. Am andern Abend holte mich die alte Sklavin wieder ab. Die Gebieterin erzeigte mir alle Artigkeit; aber die

Prinzessin Merkusuli sah mich nicht an und floh jede Gelegenheit, wo ich ihr etwas zuflüstern konnte. Die schöne Türkin sprach mehr und mehr von ihrer Liebe zu mir, und die sechs Monde nahten ihrem Ende. Einmal war ich allein im Saale. Da kam Merkusuli herein, die mich nicht da vermutete, sie wich scheu zurück, ich hielt sie am Schleier, stürzte zu ihren Füßen und erzählte alles. Freudetrunken reichte sie mir die Hand und erzählte mir ihr Schicksal: wie der Kapitän mit ihr in einen Raum des Schiffes gegangen sei, und unter dem Vorwande, ihr Stoffe zu zeigen, habe er einen großen Kasten geöffnet und sie, trotz ihres Sträubens hineingeworfen; dann habe er den Kasten verschlossen. Als er fort war, ertönten eine Menge dumpfer Stimmen, die ihre Leiden klagten, was sie nicht genau verstand. Um Mittag kam ein Sklave, um sie herauszulassen; zu ihrem Erstaunen stiegen aus allen andern Kasten auch eine Menge schöner Mädchen. Nachdem alle gespeist hatten, wurden sie wieder eingesperrt. Jeden Tag erzählte eine andre die Geschichte ihres Raubes; sie machten allerlei Versuche zu ihrer Befreiung, die nicht gelangen. Eines Tages bemerkten sie, daß das Schiff stille stand; man hatte einen Schlaftrunk in ihre Speisen gemischt, denn sie erwachten erst, als man auf dem Sklavenmarkt die Kisten öffnete. Ein vornehmer Türke, der sie kaufte, verliebte sich so sehr in sie, daß er sie zu seiner Gattin erwählte. »Aber diese meine Gebieterin, seine Schwester«, sagte Merkusuli, »zu eifersüchtig auf das Regiment im Hause, wollte es nicht leiden und erbat oder erzankte mich, gleich als ich kam, zur Sklavin.«

Kaum hatte sie ausgesprochen, so hörten wir Tritte und der Zug kam. Ich brachte diesen Abend äußerlich vergnügt, aber innerlich traurig zu; es war keine Hoffnung, daß ich je mit Merkusuli entfliehen könne. Bald wollte sich die schöne Türkin entscheiden, dann mußte ich fort. Die Angst, jede Minute von ihr getrennt zu werden, quälte mich fortwährend; nur einmal sahen wir uns allein, und meine Tränen vermischten sich mit den ihren. Eines Abends empfing mich die Gebieterin sehr ernst; mein Herz klopfte, ich dachte, sie werde mir sagen, daß sie sich mit mir vermählen wolle. Sie hieß die Sklaven abtreten und begann: »Eine meiner Sklavinnen, die mein Bruder gekauft, weil er sie wegen ihrer großen Schönheit und edlem Wesen heiraten wollte, erbat ich mir damals von ihm, weil ich, wie bisher, im Hause herrschen wollte und nicht eine Frau sehen, die durch ihre Launen mich quälen könnte. Aber seine Leidenschaft entzündete sich aufs neue, als er sie neulich erblickte; ich will sie nun fortschaffen«, – mein Herz pochte wie ein Hammer, und ich lauschte eifrig – »und zwar durch dich«, fuhr sie fort. »Komme morgen Nacht um die zwölfte Stunde an die kleine, nach Morgen gelegne Pforte dieses Hauses, wo man sie dir übergeben wird. Fahre sie in einem Kahn auf die unweit vom Lande gelegne Insel, dort wird man sie dir abnehmen.« Man meldete uns, die Speisen seien aufgetragen, ich war ausgelassen lustig und warf selige Blicke auf die über meine Fröhlichkeit erstaunte Merkusuli; die schöne Türkin hatte große Freude an mir. Am andern Morgen fand ich einen Schiffer, der mir sagte, sein Kahn sei für mich bestimmt; ich packte meine Habseligkeiten ein und schaffte alles heimlich auf den Kahn. Ich hatte mir vorgenommen, einen großen Teil um die Stadt zu fahren und in den ferneren Teilen ein sicheres Asyl für mich und Merkusuli zu suchen. Spät in der Nacht schlich ich mich durch eine offne Gitterpforte in den Garten. Es war um die Zeit, wo die Pahlen blühen, alles hing voll weißer Blüten; ich hatte Mühe, mich zu fassen, daß ich von ihrem Duft und der Erwartung nicht schwindelte. Ich wartete lange, da ertönte von den Türmen der Minaretts der zwölfte Stundenruf, die Pforte klirrte in ihren Angeln, und eine verschleierte Gestalt wurde herausgeschoben. Es war Merkusuli; beinah hätte mich der Bruder der schönen Bannu ertappt, der unter den Blütenpflanzen hin- und herstreifte: in einem golddurchwirkten Schlafrock und roten Pantoffeln, verliebte Blicke nach den Gemächern seiner Schwester sendend, in denen er die schöne Sklavin verborgen wähnte. Ich trug meine im Schleier verborgene Beute in den Nachen, den ich mit Lebensmitteln ausgestattet. Es war eine herrliche, helle Nacht. Merkusuli war voll Staunen und Freude, sich bei mir zu finden; wir fuhren, der Welt und des Kahns vergessend, den wir treiben ließen, wohin er wollte, auf dem schönsten vom Mond beschienenen Wasser. Auf einmal erweckte uns ein Geschrei aus unsern Träumen. Der Kahn eilte gerade unter den Schnabel eines großen Schiffs; ich erkannte es als ein deutsches Fahrzeug und rief, man solle uns an Bord lassen. In dem Kapitän erkannte ich einen früheren Herrn von mir. Ich teilte ihm mein Schicksal mit; er wurde heftig erzürnt über den Seeräuber und versprach mir, Vorkehrungen beim Sultan gegen ihn zu treffen und mich mitzunehmen. Vor unserer Abreise schickte ich der schönen Bannu noch einige Diamanten von der Schmetterlingsinsel mit einem Brief. Denn wahrlich, bei dem größten Mastbaum, der je den Wind durchschnitt, ich bin immer großmütig gewesen. Aber wer sollte jetzt glauben, daß die alte Dame Thoms, die in einem kleinen Hause, hinter den Weidenbäumen am Strand wohnt und zuweilen gleich mir ein Gläschen Grog liebt, die Prinzessin Merkusuli ist? Jeder würde behaupten, sie sei des Torfhändlers Tochter Hanna, und ihr Sohn nicht der Enkel des Königs der Schmetterlingsinsel, sondern sein Enkel. Aber ich liebe sie so herzlich wie immer; manchmal kniee ich noch vor ihr nieder, wenn sie des Morgens ihre Nase kaum aus ihrem Federbett steckt (sie hat nämlich seit einiger Zeit eine eben so lange Nase bekommen wie die Torfhändlerstochter Hanna sie hat, mit der ich, wie die Leute meinen, verheiratet sei), und sage zu ihr: »Schönste Prinzessin, wenn du heut saure Bohnen, wie man sie auf der Schmetterlingsinsel zurichtet, mit Speck und Essig kochst, so bringe ich dir von meiner nächsten Seereise den besten Tabak mit.«

Hier endete Thoms. »Das ist eine schöne lange Geschichte gewesen! Ihr habt gewiß viel hinzugesetzt?« sagte der Jude. »Vielleicht alles«, erwiderte Thoms, »deswegen ist sie auch so schön. O, ich könnte euch Dinge erzählen, die so seltsam sind, wie des Teufels seiner Großmutter ihre Kaffeehaube.« Bei diesen Worten klopfte er das Pfeifchen aus, was immer ein Zeichen zum Aufbruch war, und die Kinder liefen hinab.

Thoms erzählte nach dieser noch viele Geschichten, und Gritta wußte bald die Tage nicht mehr zu zählen, an denen sie, bei ihm sitzend, die Sonne untergehn sahen. Sie hatten sich nach und nach zufrieden gegeben, daß sie der Kapitän nirgends absetzte und stets lachte, wenn man ihn daran erinnerte. Auch sprach Frau Maria viel von dem schönen Lande, nach dem sie schifften, und sie vergaßen der Heimat. Eines Tages kam Frau Maria die Treppe herab und rief: »Heute gibt's Sturm, geht nicht herauf zu Thoms! Er läßt euch grüßen und schickt eine Rolle Tabak, den soll Kamilla ihm schneiden. Der Himmel ist ganz grau überzogen, die Sonne geht tiefrot unter, und die Seevögel fliegen dicht über dem Meer und baden ihr Gefieder. Laßt's euch nicht leid sein, geht früh schlafen heut!« »Ja, der Himmel sieht so grau aus wie meines Großvaters Puderrock«, sagte Maieli, die hinterher lief. »Was muß doch ein Sturm wild sein«, rief Harmonie. »Ja, ja, da kann man geradezu im Meer ertrinken«, sagte Margareta und guckte mit großem Ernst auf ihre Schürze von blauer Klosterleinwand. Sie hatte sie unlängst aus ihrem Bündel geholt, und kein andrer hatte eine solche Schürze; sie sah sie an, als wollte sie sagen: »So geht's, wenn man sich aufs Meer wagt.« »Ich weiß wohl, du denkst an mich«, rief Kamilla, »daß ich damals so sehr zauderte, als wir vom Schiff sollten. Aber ich weiß auch, daß, wenn beim Sturm das Schiff ein Loch kriegt, aus dem wir herausfallen, so kommen wir zu den Meerprinzessinnen in den Kristallpalast, von denen Thoms erzählt, sie seien schöne Jungfern mit langen Haaren.« – »Sie werden dich zum Frühstück essen«, meinte

Margareta, »aber wißt ihr, ich binde mir ein Bündel mit allerlei Dingen um den Leib, da hab' ich alles, wenn ich irgendwo ankomme.« »Gebt acht, was ich tue«, sagte Kamilla und lief nach Schiffszwieback, den sie sorgfältig in einen Pantoffel der Frau Maria packte und sich aufs Herz band; dann legte sie sich zufrieden nieder und sah von oben herab dem Treiben der andern zu. Sie rannten umher und packten in ihre Bündel alles, was ihnen lieb war. Frau Maria sah lachend drein und ließ sie gewähren. Margareta hatte so viel einzupacken, eine Menge Röckchen und Wäscheleinen und einen kleinen Teetopf. Petrina wollte eine Tonne getrockneter Pflaumen mit einem Strick an ihren Fuß binden; aber Kamilla verriet es, und die andern holten die Pflaumen heraus; es entstand ein großes Geschrei darum. Margareta rief, es sei gegen alle Sitte, vor dem Sturm so zu schreien. Kamilla allein lachte in Sicherheit von oben herab alle aus. »Ich packe den Scharmorzel in die Tonne«, rief Petrina, »ich salze ihn ein!« Aber Scharmorzel wollte nicht; er lief hinter Gritta und leckte das Salz ab, das Petrina ihm auf den Pelz gestreut hatte. Derweile hatte Veronika, um trocken zu bleiben, sich in die Tonne gesetzt und den Deckel heraufgezwängt, aber es ward ihr zu enge und sie schrie um Hilfe, bis sie herausgelassen wurde. Endlich ließen sich alle bewegen, ruhig schlafen zu gehen; zuletzt saß noch Wildebeere im Eck auf der Erde und steckte in einen Sack all ihre Pflanzen; sie band ihn sich um und sprang auf ihr Lager. – »Schlaf nur gut in Gesellschaft von den Meerspinnen und Seekrebsen, die im Sack sind!« rief Margareta, »gute Nacht bis auf Wiedersehn im kalten Wasser bei den Fischen! Aber nun seid still, daß Frau Maria lesen kann; ich bleibe noch lange wach und warte auf den Sturm.« »Wir auch, wir auch!« riefen die andern. Frau Maria saß schon lang und las in einem Gebetbüchelchen ihrer Mutter beim Schein der kleinen Lampe, während die Wellen einschläfernd gegen das Schiff schlugen. Die Kinder lagen alle still; eine Zeit blieben sie noch wach, doch es wollte kein Sturm kommen. Nach einer Weile stürzte der Teetopf herab, dann folgten die Leinen. Margareta atmete frei auf, legte sich auf die andere Seite und flüsterte: »Es dauert doch mit dem Sturme gar zu lang!« Dann schlief sie sanft ein; es fiel noch Verschiedenes herab von Marias Hausrat, während alles im tiefen Schlaf lag. Als es um Mitternacht war, erwachte Gritta, weil das Schiff heftig schwankte; die Lampe war im Ausgehen, und die Tür stand offen, Frau Maria war fort. Ob sie wohl zu ihrem Manne gegangen war? – Gritta hörte nichts als das Toben des Sturms; Scharmorzel sprang zu ihr, sein zottiger Kopf lag an ihrer Brust, sie umfaßte ihn fest, denn ehe sie sich besann, stürzte eine große, kalte Woge über sie.

Eine sanfte Wärme durchdrang Gritta, als sie erwachte. Sie blinzelte ein wenig durch die Wimpern und sah das schwarze, zottige Fell und die klugen Augen des Scharmorzel, mit denen er sie ernsthaft anstarrte; seine rote Zunge fuhr mit Wohlbehagen über ihr Gesicht, als habe er es ganz in Besitz genommen. »Geliebter Scharmorzel«, sagte die Hochgräfin Gritta schläfrig, »ich bin dir dankbar für deine große Liebe, ein so tiefes Gemüt hatte ich nicht in dir geahnt, in der Todesgefahr treulich bei mir auszuharren. Ich dachte, du neigtest dich mehr zu mir, weil du Hühnerbeinchen und Speckschnittchen von mir erhieltst. Aber jetzt sei so gut und lecke nicht mehr, ich muß schlafen.« Sie versteckte ihr Gesicht in seinen Pelz und fuhr fort zu träumen. – »Du – Gritta!« rief eine Stimme, die wie Wildebeeres klang; sie fuhr aus ihren Träumen auf und sah, daß sie auf einem Sandstück von Felsen umgeben lag. – Auf einem Felsstein nicht weit von ihr saß Wildebeere, trocknete sich in der Sonne und hatte die Pflanzen aus dem grauen Sack um sich ausgepackt; sie war ganz grün von Schlamm und Meerpflanzen. »Denke, Gritta«, sagte sie, »alles ist naß geworden und sehr verdorben!« – »Wo sind denn die andern?« rief Gritta. »Da liegen sie ja umher, ich habe sie gezählt, sie sind schon richtig! – Es war doch eine schreckliche Kälte im Meer, an die

Wissenschaft war gar nicht zu denken. Ich wollte noch etwas Seegras langen, aber es ward mir so wunderlich zu Mut von dem vielen Wasserschlucken, daß ich's sein ließ.« Gritta lief von einer zur andern und weckte sie; erstaunt blickten sie um sich. »Ach, was ist das schön, daß wir alle beisammen sind!« rief Margareta. »Und was für hohe Felsen und nichts als gelber Sand!« – riefen die andern. »Das ist eine seltsame Insel, ich möchte wohl wissen, wo hier das Brot wächst«, sagte Kamilla. – »Du hast bei den Meerprinzessinnen gegessen«, rief Margareta und lief, um die blaue Schürze zum Trocknen an eine Felszacke zu hängen. Die andern breiteten unter lustigem Gespräch ihre Röckchen im Sande aus. Nachdem der Freudensturm über die allgemeine Rettung sich etwas gelegt hatte, setzte Gritta sich nachdenklich an den Strand; Scharmorzel neben ihr hatte seinen Kopf auf die Pfoten gelegt und sah ebenso nachdenklich zu, wie das Meer Woge auf Woge dem Sandfleck zutrieb. »Ach, Scharmorzel, wo mag der alte Thoms, Frau Maria und der Jude sein?« begann Gritta, »sind sie in dem grünen Meere oder gerettet, so wunderbar wie wir alle zwölf?« – Scharmorzel sah sie melancholisch an. – »Alle dreizehn, wollt' ich sagen. Hast du Hunger? Ich kann dir weder Hühnerbeinchen noch sonst etwas geben. Aber wovon sollen wir leben? Sieh die Felsen, es ist gewiß nichts hinter ihnen, und sie sind so unübersteiglich hoch!« – Gritta sah hinauf und erblickte eine Ziege, die herabkam; sie sprang den gefährlichsten Weg, – bald mußte sie unten sein. – Scharmorzel stand auf der Lauer, sie langte an, und nun lief er hinter ihr her; beide verschwanden hinter einem Felsblock. Gritta lief hin. »Er wird sie gefaßt haben!« dachte sie und sah neugierig herum. Blütenduft drang ihr entgegen aus einem dunklen Höhlengang, an dessen Ende grünes Laub schimmerte. – »Ach seht!« rief Gritta freudig, »ich hab' ein Loch ins Paradies gefunden!« Alle kamen herbeigelaufen, Gritta lief voran durch den langen, dunklen Gang. Am Ende standen sie vor einer grünen

Waldwiese, übersäet mit Blumen und Schmetterlingen, die rings aus dem Wald hervor in die weite Freiheit eilten. Von Scharmorzel war nichts zu sehen. »Das ist am Ende wirklich das Paradies, in das wir hier eingedrungen sind! – Hier wollen wir wohnen!« sagte Gritta. Margareta, die über ihre Schulter weg alles anguckte, redete zu ihrer blauen Schürze: »Wenn aber nun Wilde hier sind, von denen Thoms uns gesagt hat, daß sie die kleinen Kinder fressen wie nichts?« Die blaue Schürze ward ganz dunkel vor Schreck, und Kamilla antwortete: »Mich fressen sie nicht, ich kann ihnen Tabak schneiden. Wenn ich nur erst den Apfelbaum sehe von Eva, es werden gewiß noch Äpfel dran hängen! Ob die wohl gut schmecken? Find' ich ihn, so wissen wir auch gewiß, daß hier das Paradies ist. Aber seht doch das Quellchen am Waldesrand! Ich laufe hin, wer durstig ist, komme mit!« – Alle folgten, Margareta, die Hände in den Schürzentaschen und die Wiese betrachtend, kam langsam nach. Sie fand die andern bei der Quelle an der Erde, zwischen den Heidelbeeren und unter den Sträuchern voll Brombeeren herumsuchend. Doch die Hitze machte sie müde, und sie schliefen weich gebettet im hohen Grase ein. Nur Wildebeere suchte in einer Baumrinde Schmetterlingspuppen und Käfer, und Gritta spähte zwischen den Bäumen herum. Margareta legte sich auch unter einen Busch und hielt ein Gespräch mit ihrer Schürze, die zwischen Zweigen über ihr hängend im lauen Sommerwind wehte. Es handelte über die Gefahren des Paradieses. Ob Löwen und Tiger noch zahm wären, ob sich diese wilden Tiere wohl melken ließen, daß man Butter daraus machen könne; dann, ob nicht vielleicht ein kleiner Adam noch zurückgeblieben sein möge.

Der Tag verging; immer schwerer trugen die Flügel der Bienen, die durch die Wiese streiften, und sie wendeten sich zur Heimat. Die Käfer, die zu Abend erwachen, brummten wie Geläut; da weckte Grittas Stimme alle aus ihrem ersten Schlummer. »Wie könnt ihr so lange schlafen, vom Mittag bis zum Abend? Elfried und Veronika haben die Ziege gefangen mit dem Scharmorzel, und ich hab' Entdeckungen gemacht.« »Hast du den Engel mit dem feurigen Schwert entdeckt« fragte Kamilla und guckte ganz blau aus den Heidelbeeren, »er wird wohl nichts zu tun haben und kann uns ein wenig die Gegend zeigen, – und vielleicht hat er später Zeit, uns eine Suppe zu kochen oder ein Feuerchen anzuzünden, daß sein flammendes Schwert zu Nutzen kommt.« »Ach ja, ach ja«, riefen alle. »O, wenn er wollte, so könnte er auch später meinen Rock flicken.« »Meinen auch, meinen auch.« »Er kann uns ein Stück aus seinem roten Rock mit Goldfransen leihen, den er auf dem Bild im Kloster an hatte.« »Nein, ich hab' eine Höhle entdeckt, in der wir wohnen können«, sagte Gritta, »ich habe mir den Eingang gemerkt: ein bunter Schmetterling, wie ich noch nie gesehen, flog hinein und immer wieder zu mir, bis ich ihm folgte.« Nun sprangen alle auf und liefen mit Gritta nach der Höhle. Wenig Schritte in den Wald, so standen sie vor dem Eingang, ein Strauch hing von oben herab über ihn, und wilde Ranken hatten alles fast zugewachsen. Gritta riß die Ranken in die Höhe, daß die gelben Blüten herabflatterten. Ein Eichkätzchen sprang mit gesträubtem Schwanz davon und schaute vom wiegenden Zweige auf die Einwandrer, die Vögel flogen auf. Sie sahen manch heimlich angelegtes Nest voll buntgesprenkelter Eier. Endlich standen sie in der Höhle. – Durch zwei Löcher im Gestein fiel Licht herein und erhellte die braunen, moosüberwachsenen Wände. »Ach ja, hier wollen wir wohnen«, rief Margareta, »aber erst guckt in alle Spalten, ob kein Bär drin sitzt.« Kamilla holte ein Feuerzeug von Thoms aus ihrer Tasche hervor, es war noch wohl erhalten; sie schoben das zerstreute dürre Laub auf einen Haufen und zündeten es an. Es flammte auf und erleuchtete das dunkle Gestein; sie legten Reiser hinzu und lagerten sich auf den Boden. Das bärtige Tier bekam seinen Platz nah dem Feuer; es schien nicht unbekannt mit anständiger Gesellschaft, denn es vertrug sich, nun es

gefangen, mit Scharmorzel sehr gut, und er achtete seine Würde als Haustier, lag dicht neben ihm und fuhr ihm zuweilen in den Pelz, aber bloß aus Scherz. »Wenn wir nur erst hier eingerichtet sind«, sagte Margareta – »ich bau einen Herd unter das eine Loch der Höhle, und wenn wir erst Hühner haben und Eier und Kücheln und erst Töpfe und Schüsselchen, auf der Wiese Lämmer weiden, wie schön wird es dann sein!« Sie verlor sich im Anschauen ihrer Schürze. Obgleich sie heute schon viel geruht hatten, so lockte doch die Stille zum Schlafen. Eh' Kamilla sich versah, nickten schon alle. »Hört ihr nicht einen Bären brummen?« fragte sie und rückte nah an das Feuer, – »wollen wir nicht den Eingang versperren? Wenn hier ein Tiger oder Löwe wohnt, so wird er gewiß zur Nachtzeit wieder kommen. Aber ihr schlaft ja schon fest!« – Es half nichts, keiner wachte auf. – Endlich schlief sie bei der Ziege ein. Am andern Morgen waren sie früh auf. Um die Höhle ward es lebendig von ihrer Geschäftigkeit, einige sammelten Gras und Moos zum Lager und breiteten es in der Sonne aus, Margareta baute den Herd von Felssteinen; Reseda und Elfried schafften eine Art Lehm von des Bächleins Rand herbei, Kamilla schnitzte mit Thoms Messer ein Milchgeschirr mühsam aus einem Ast, an den sie alle zwölfe sich mit voller Wucht gehängt hatten, um ihn abzubrechen, und wie überreife Früchte mit ihm herab zwischen die Sträucher fielen. Kamilla ging heimlich umher nach dem Apfelbaum des Paradieses und schlug sich durch Brennesseln und Dornen, wenn so ein rotbäckiger Apfel durch die Zweige blickte. Petrina baute ein Hüttchen für die Ziege aus Zweigen mit Laub gedeckt; es war an die Wand der Höhle geklebt, sie polsterte es mit Moos und schrie bald nach Gras, bald nach Lehm, was ihr die andern handlangten. Auf einmal kam eine zweite Ziege angelaufen, sie sprang wild und sah sich scheu um. Es schien, als flögen Brennesselzweige, wie von unsichtbaren Geistern gehandhabt, ihr nach und peitschten auf ihrem Pelz herum. Alle liefen erschrocken auseinander. Aber als sie still stand, lachten sie darüber, fingen sie und banden sie an ein Grasseil neben die andere.

Der Tag verging unter Arbeit. Die Milch der Ziege und Waldbeeren stärkten sie, auch Pilze, von denen Wildebeere erklärte, sie seien nicht giftig, und zur Beglaubigung einen verzehrte; es schmeckte zwar nicht zu gut, aber sie hatten den bewußten Apfelbaum des Paradieses noch nicht gefunden, und so nahmen sie vorlieb. Die andern Tage brachten neue Geschäfte und Erfindungen: sie machten es heller, reinlicher um die Höhle, rissen das Gestrüpp hinweg und bahnten einen kleinen Weg. Am Abend schliefen sie vergnügt und müde ein; es war, als werde über Nacht alles fertig, so schnell gelang es. Wildebeere allein half nicht, nur dann und wann ließ sie sich in der Ferne sehen, selbst in der Nacht kam sie nicht heim. Darüber machte Margareta ein bedenkliches Gesicht; sie erschien nur noch, wenn sie des Morgens beim Feuer saßen, mit verfrorner Nase und rieb sich die Hände an der Glut. Wollte Margareta ihr dann eine Strafrede halten und hielt sie zwischen den Knieen, um den Vorrat weiser Gedanken auszuspinnen, die Wildebeere zu Art und Sitte zurückführen sollten, so holte diese jedesmal gedankenvoll aus ihrem grauen Sack eine Menge vertrockneter Spinnen und Käfer und legte sie zierlich auf Margaretas braunen Zopf in Ordnung. – Überwand sie den ersten Schreck, so holte Wildebeere zuletzt noch Salamander und Frösche hervor; nun fuhr Margareta auf, und sie lief davon.

Es war an einem Sonntag Morgen, als alles in Ruhe prangte. Ein reinlicher Gang von gelbem Sand führte bis vor die Höhle, an der die Ranken herauf kletterten und unter einem grünen Laubdach die weißen Käse auf einem Brett beschatteten. Die Hochgräfin Gritta saß in sanftem Schlafe vor der Höhle auf einem Stein; die Sonne spielte friedlich auf ihrem Angesicht, und Scharmorzel ihr zur Seite schnappte nach den Fliegen, die sich störend nahten. – Eine große Sehnsucht drängte ihn zum Schlaf. Wie dehnten die Büsche ihre Zweige und flüsterten müde! Die Halme ließen die vollen Samenkapseln springen, ein Vogel pfiff, der vertrauungsvoll sich genaht, den Samen unter den Blättern abpickte und ihn auf Gritta regnen ließ. Dann wurde es wieder so still, daß es Geräusch erregte, wenn die Bäume aus Faulheit die Eicheln fallen ließen; doch Scharmorzel schlief nicht. Da knisterte es in den Zweigen, ein Regen von Eicheln stürzte herab, Gritta fuhr voll Schreck in die Höhe: aus den Ästen über ihr guckte Wildebeere. »Gib acht«, rief sie, »was da aus dem Walde kommt über die Wiese! Ein Wilder – er will euch fressen!« Der Zweig knackte unter seiner Last, und sie war fort; Gritta lief in die Höhle. Kaum hatte sie gerufen: »Ein Wilder!« als Margareta die Milch, die sie hielt, vor Staunen ins Feuer laufen ließ; die andern liefen herzu und blieben dicht bei einander stehen. Gritta stieg auf den Felsblock, der vor dem Luftloch der Höhle lag. Man konnte von da aus unter den Baumzweigen weg bis auf die Waldwiese sehen: es schritt wirklich über die Wiese etwas lustig daher. »Wenn das ein kleiner Adam wäre!« rief Gritta. – Es war ein grünes Röckchen und in dem Röckchen ein Knabe; ein silbernes Jagdhorn hing an seiner Seite. Sie wollte ihn eben näher besehen, als der Wilde seine Schritte nach der Höhle wendete; woher mochte das kommen? – Sie guckte sich um, das Feuer hatte bis jetzt gebrannt, und der Rauch war als Wahrzeichen ruhig seine luftige Bahn gezogen. »Lösch aus!« rief Gritta, Margareta goß Wasser hinein, Kamilla breitete ihr Röckchen darüber; aber die Rauchwolken stiegen von allen Seiten hervor. Es half nichts mehr, wußte Gritta wohl. – »Er wird nachspüren, wo der Rauch herkommt, und uns entdecken. Ich will ihm entgegen laufen und sagen, ich wohne allein hier, und ihn wo anders hinführen«, dachte sie, »damit er die andern nicht entdeckt, oder ihm sagen« – sie wußte selbst nicht was. Sie lief zur Höhle heraus und durch das Gesträuch; die Zweige rührten sich vor ihr, sie hielt an. Die Äste bogen sich auseinander, und ein rundrotvollwangiges Antlitz blickte neugierig ihr entgegen, umkräuselt von einem stolzen Lichtschein blonder Härchen; das Kinn ragte stolz über einen feinen steifen Spitzenkragen. Der Knabe drang durch das Gestrüpp und stand vor ihr; er legte seine Hand an das silberne Jägerhorn, das über seinem Wämslein hing, als wolle er blasen, daß er einen Bären im Fang habe. Doch dann blieb er erstaunt und schweigend stehen und sah sie an, bis ein helles Lächeln ihm den Mund öffnete. – »Wir geruhen, dir gnädig zu sein«, sagte er und nickte mit dem Kopf, daß der goldne Haarschein in Wallung geriet. Grittas Angst war verschwunden. »Komm, kleiner Knabe«, sagte sie, faßte ihn bei der Hand und führte ihn nach der Höhle. Margareta guckte neugierig mit den andern aus dem Eingang. »Er sieht gar nicht fürchterlich aus«, flüsterte sie, »nußbraune Augen und weiße Zähnchen.« – »Sieh, wie er lacht, der kleine Adam!« sagte Maieli, »seine Nase ist sehr schön, und er trägt seinen Kopf auf einem Präsentierteller!« – »Das ist ein weißer Spitzenkragen«, sagte Margareta, »aber sieh die schönen Stiefelchen!« Als der fremde Knabe sich von seinem Staunen erholt, schien ihm, daß sie sich vor ihm fürchteten. »Ich geruhe, euch nichts zu tun«, rief er vergnügt, »erst hielt ich euch für Waldgeister, von denen der Hirtenknabe mir erzählt hat, der nicht weit von hier die Ziegen hütet, daß sie ihm die Ziegen wild machten und schon zwei davon vertrieben hätten.« – – Er gewahrte Grittas zwei lange Zöpfe, griff heimlich danach und fühlte sie an, fuhr aber erschrocken zurück, wie sie sich umsah. »Wer bist du denn?« fragte Margareta. – Die größte Verwunderung spiegelte sich auf seinem Gesicht; er strich über das Spitzenkrägelchen, wiegte mit dem Kopf und sagte: »Ich! – Das Prinzchen Bonus von Sumbona! – Das wißt ihr nicht? – Ich gehe doch alle Tage unter das Volk spazieren.« – »Ach«, sagte Gritta, »wir sind weit hergekommen übers Meer und wissen nichts.« – – »Von weit

her übers Meer? – Das könnte ich anhören!« rief Prinz Bonus. »Wir wollen dir zu erzählen erlauben, kleines langzöpfiges Mädchen, aber schnell, ich höre gern Geschichten. Ihr übrigen braucht euch gar nicht um Unsere Gegenwart zu tun zu machen.« Er setzte sich auf den Felsblock, holte Nüsse aus seiner Tasche und knackte. Gritta erzählte, oft hielt er verwundert mit Nußknacken inne oder sagte: »So geht's, reist man ohne Marschall und Kämmerer!« Kamilla hatte unterdessen ein Schnepfchen aus des Prinzen Jagdtasche gucken sehen; sie schlich hinter ihn und zerrte daran, bis es heraus war; dann rupfte sie es und steckte es an den Holzspieß über das Feuer. Wie der Bratenduft dem aufmerksamen Prinzen in die Nase stieg und seine Blicke auf die Schnepfe fielen, griff er bestürzt nach der Jagdtasche; als er den Verlust bemerkte, rief er: »Ach, das Schnepflein für meinen Vater! – Ich habe es mir vom Jäger schießen lassen, daß ich doch sagen konnte, ich hätte etwas geschossen, und nun steckt's am Spieße hier!« »Sei still und höre zu, du sollst auch davon essen!« sagte Gritta. »Soll ich davon essen und soll ich helfen kochen? Ich will den Spieß herumdrehen.« – »Nein, hör, ich erzähle weiter, wie wir über das weite Meer schifften und herkamen.« Das Prinzchen hörte wieder zu, konnte jedoch nicht unterlassen, nach dem Feuer zu schielen; die Unruhe stieg bei ihm, je besser der Braten dampfte. Da tönten Jagdhörner und Hundegebell ganz in der Nähe im Wald; das Prinzchen raffte die Jagdtasche auf, sprang zur Höhle heraus, nickte und verschwand im Dickicht.

Lange kam das Prinzchen nicht wieder; sie sprachen täglich von ihm, und die Zeit verschwand, still durch den Wald eilend. Endlich eines Morgens kam Prinz Bonus über die Wiese daher, und von nun an kam er oft; die Kinder vermißten ihn, war er nicht da. Er erzählte nie viel vom Hof, seinem Vater und dem Sommerschloß nicht weit hinter dem Walde, obwohl sie viel neugierige Fragen danach taten. »Ich bin froh, daß ich hier bin. Fragt mich nicht, Waldfräulein!« sagte er dann beschwichtigend und zog aus seiner vollgestopften Jagdtasche Krammetsvögel und Schnepfen. »Guck, wie fett die Vögel sind! Ich habe mir heute sechs Tintenkleckse gemacht, und der Gouverneur hat geschrieen: ›halten Sie sich gerade, Prinz! Es ist so eine unwürdige Neigung nach unten in Ihnen. Fassen Sie sich nicht an die Nase und kauen an der Feder und lassen Sie die Beinchen nicht wie Perpendikel gehen, wenn ich Ihnen erzähle, daß die Welt rund ist und daß Sie so viel wie möglich von ihr besitzen müssen.‹ Ach, Waldfräulein, ich erzähle euch nichts mehr; ich mag nicht daran denken.« Prinz Bonus vergaß bald so aller Würde, daß er den goldbrokatnen Rock auszog und die Vögel rupfen und kochen half. Wißbegierig und ernst sah er Margareta kochen, sein eifriges Gesicht glänzte vor Hitze, er verbrannte die Finger, verdarb das Westchen, und der goldne Haarschein schwebte stets in Feuersgefahr, wenn er die Nase zu dicht über die rauchenden Töpfe hielt. Die Töpfe hatte er vor nicht gar lange auf Margaretas Bitten aus der Schloßküche entfernt, und seine Taschen steckten stets voll Rüben oder Kartoffeln, die er zu Anpflanzungsversuchen für sie mitgebracht. Er probierte alle Tage eine Stunde im Winkel der Höhle ein Hühnerei auszubrüten, da er die Henne nicht heimlich wegtragen konnte; denn er mochte das Mäntelchen drehen, wie er wollte: der Schwanz guckte doch immer hervor. Den ganzen übrigen Tag außer der Küchenzeit tat er allen alles zu Gefallen. Mit dieser lief er auf die Wiese Gras holen, jener pflückte er Buchnüsse. »Hier, Prinzchen, hilf mir Beeren suchen!« rief die eine hinter einem Baum hervor, während die andre schon rief: »Komm, lieber Prinz, wir suchen Reiser zu einem Besen!« Dabei wurde er ganz heiß, riß das Schnupftüchlein heraus, trocknete den Schweiß und sagte: »Wir sind sehr heiß, aber Wir opfern die Ruhe.« Gegen Abend hatte er eine besondre Lieblingslaune: er setzte sich an das unweit der Höhle vorüberlaufende Bächlein, wo die Birke ihre Zweige tief herabhängte ins Moos, entledigte sich der Stiefeln und hängte

138

sie an einen Zweig, ließ die Füße ins Wasser hängen und stellte die Rute aus zum Fischen, bis die Sonne die spielenden Wellen und den säuselnden Baum purpurn durchschien. – Sah er dann Gritta durch die Bäume laufen, so lockte er sie und rief: »Setz dich ein wenig ins Grüne zu mir!« – Dann trug er ihr allerlei ernste und Volkswohlgesinnungen vor, während sie die Leuchtkäferchen im kühlen Moos fing und goldne Sterne aus ihnen zusammen setzte. »Wenn ich hier sitze denk' ich über die Welt nach«, sagte er einstmals. – »Ich finde, daß es sich im Grünen viel lieblicher sitzt als auf dem goldnen Thron, wenn ich Probe darauf sitze. Ich finde, daß die Vöglein in den Bäumen viel schöner musizieren als die Hofmusikanten; sie leben auch in gleicher Würde mit mir und sitzen nicht am Katzentisch, sondern über mir. Guck, Gritta, einmal in meine linke Rocktasche! Da stecken die goldnen Dosen mit Brillanten, hole eine heraus! Ich meine, der Stieglitz dort strengt sich wieder recht an.« – »Ach, Prinzchen, was hast du wieder für Ideen«, sagte Gritta, »der Stieglitz ist viel zu anständig für deine goldnen Dosen.« – »Ich bin zuweilen sehr dumm«, sagte das Prinzchen, »aber das ist mir angewöhnt. – Ich finde die Abendsonnenbeleuchtung viel schöner als allen Lampenglanz, – und die Bäume sehen wie alte, ehrliche Staatsperücken aus, sie rauschen bloß – ich kann sagen, was ich will, sie rauschen bloß ein wenig – und ich kann machen, was ich will. Siehst du, in den Wald möcht' ich gern entfliehen, wo im Frühling die Bäume die Blüten treiben, die Blüten Früchte werden und die Früchte Samen tragen, aus dem wird wieder ein Baum. Wo die Vögel durch die Blätter schleichen zu den weichen Nestern, in denen die Jungen mit den hellen Augen durch die Dämmerung nach der Mutter Ankunft schauen; wo die Halme aus der Erde dringen, Tau und Nahrung finden. Alle schwatzen sie zugleich, und der Baum gibt sein ernstes Wort darein, wenn er seine Frucht fallen läßt. Ja, der König Baum! – Sein lustiges Blättervolk sitzt an seinem Stamm, er gibt ihnen allen Nahrung und läßt sie alle plaudern, und will eins fort, so zieht er ihm einen festen roten oder gelben Rock an, und es eilt dahin im Tanze. – Der Morgen, der Mittag, der Abend und die Nacht schleichen alle durch den Wald; eins läßt das andre aus seiner liebenden Umarmung. – Und, siehst du, mein fester Entschluß ist, im Walde zu leben und in seine Tiefe zu entfliehen vor dem Gouverneur Pecavus. Aber ich verstehe mich nicht darauf, meine feingestärkten Halskrausen einzupacken, ohne sie zu verknittern; und wie viele Röckchen ich brauche, weiß bloß der Gouverneur und der Leibdiener.« »Prinzchen, denk doch an dein Volk!« sagte Gritta. – »Ach ja«, rief Prinz Bonus, »an die Bäcker und Brauer meiner lieben Stadt Sumbona!« Nun stand er auf, nahm seine Jagdtasche und ging. – Gritta und Scharmorzel geleiteten ihn bis über die Waldwiese, auf der schon Abendnebel lagen; am Waldrand drückte ihr Prinz Bonus so zärtlich die Hand, daß ihr die Finger brannten, und schied. Sie fand sich zurück durch die Dunkelheit nach der Rauchsäule voll Funken, die aus der Höhle stieg.

So ging es alle Tage; aber einmal, als sie ihm tiefer in den Wald gefolgt war, fand sie den Weg nicht. Es schimmerte auf einmal so hell, und die Bäume warfen große Schatten; sie wußte nicht mehr, wo sie war. Der Mond sah in goldner Ruhe vom Himmel herab und blieb stumm bei jeder bellenden Anfrage Scharmorzels. Sie ging in ein dunkles Gebüsch; es wurde immer dichter, sie drängte sich durch und stand in einem weiten vom Mond beglänzten Waldplatz. Sie duckte sich in den Schatten einer Eiche, denn erstaunt sah sie weiße Spinnweben gleich Gestalten einander nacheilen. Hier flog eine Reihe hoch durch die Lüfte, und dort sank eine hinter einem Busche nieder: es mußten kleine Geister sein. In Ringelreihen flogen sie über das Gras und ließen Streifen darin zurück; dann zogen sie in immer engeren Kreisen bis zum Mond hinauf; andre eilten dicht unter dem Gras weg und warfen sich mit Tautropfen; es war, als spinne der Mond von Zweig zu

Zweig goldne Strahlenfäden, an die sie sich hängten und sich schaukelten. Gritta sah ihn an, er lachte! – Er zog sein goldnes Gesicht zu einem lustigen Gelächter; aber mitten drin hielt er inne und verfiel wieder in einen tiefen Ernst. Da war es, als wenn der Wind die Geister in einem weiten Nebelkreis trieb: so eilig flogen sie und zitterten und flimmerten an den Büschen entlang. – Es wurde eine tiefe Stille, die Zweige des Gesträuchs beugten sich ehrfürchtig zurück, der Mondglanz wurde heller, und Gritta sah in die Dunkelheit eines Laubgangs. – Aus der Ferne schienen kleine leuchtende Sterne herabzueilen; immer näher kamen sie, es waren weiße Elfchen, die Leuchtwürmchen trugen, welche ihre wunderschönen Gesichtchen erleuchteten, die aus den feinen Gewändchen hervorguckten; die roten Rosenwänglein, die blauen Augensterne, so glänzend, und fliegendes Haar! – Je näher sie kamen, je mehr Lichter verloschen; zuletzt schwebte ein Elfchen mit goldnem Krönchen in den Mondschein, so schön wie Gritta nie etwas gesehen. – Ein Kerlchen dünn wie ein Zwirnsfaden folgte ihr; er winkte, und der Kreis schloß sich an, sie flogen dicht an ihr vorbei und fort. – Außer einzelnen, die noch hinter den Sträuchern hervorkamen, war alles leer; ein durchsichtiges Gewölk zog über den Mond. Da zischelte es dicht neben Gritta; sie bog die Zweiglein auseinander. Elfchen schwebten hin und her und suchten sich niederzulassen. – »Rosenermel!« sagte das eine, das über einer großen Blume schwebte, »es wäre doch schön, wenn hier ein weicher Lilienstuhl oder ein Rosenschemelchen wäre, diese Blumen sind so groß!« – Es verlor sich bei diesen Worten ganz in der Blume und steckte nur dann und wann den Kopf hervor, klopfte den Blumenstaub vom Blatt, um sich nicht zu beschmutzen, und lehnte sich auf, um zuzuhören, wenn die andern etwas Besonderes erzählten; sonst verschwand es in ärgerlicher Laune und ließ sich in der Blume vom Nachtwind schaukeln. »Das kenn' ich noch gar nicht – ein Lilienstuhl, ein Rosenschemelchen!« sagte ein anderes, das sich gleich einer Schneeflocke an ein Blatt gehängt hatte. »Das glaub' ich!« rief ein drittes, nachdem sie in Ruhe an allen Zweigen hingen. »Du wirst in Grönland keine solche Stühlchen haben.« – »Nein, wir bauen uns da Nesterchen von dem Pelz, den der Eisbär an den Sträuchern hängen läßt, sonst reiten wir den ganzen Tag auf den Schneeflocken. Wie ich als Gesandter in dieses Land mußte, hatte ich mir mein Lieblingsroß gezäumt. Es war eine beschwerliche Reise hierher; als es wärmer wurde, schmolz das Roß zum Tautropfen; ich ließ es in der Schenke zum Veilchen liegen, aus der ich es wieder abholen werde, wenn ich zurückreise.« – »Du meinst, es war eine beschwerliche Reise«, sagte das in der Blume. – »Ich reiste vor einer Zeit nach dem Zusammenkunftsort bei dem Schlosse des Grafen von Rattenzuhausbeiuns; da flog ich so lange durch den finstern Höhlengang, der am Meere mündet; mir wurde ganz angst, bis ich heraus ins Tal kam.« – »Was machen die dort?« – fragte eins, »der Graf hat ja Hochzeit gehalten!« – »Das ist es nicht allein: – unser Liebling, das kleine Mädchen, die in dem Turme hauste, ist verschwunden. Ich schlief eine Nacht unten auf den Grashalmen im Moor; weil es so kalt und naß war blieb ich wach. Es war noch spät Licht auf der Burg, und ich sah die Schatten der Leute hin und hergehen; es mußte etwas Besonderes vor sein. Der Storch kam gegangen von der Burg her; ich lud ihn ein, bei mir zu bleiben, denn ich ahnte etwas Neues. Er erzählte, er habe der Gräfin ein Söhnlein hingetragen. Er war sehr ärgerlich darüber, daß man ihm den einen Flügel ganz mit Wochentee überschüttet; dazu habe ihm die Gräfin eine Ohrfeige gegeben, weil er sie zu sehr in den Arm gekniffen. – Kurz es sei gar kein ehrenhaftes Geschäft mehr, Storch zu sein.« – »Schnell fort! Da kommt die Königin!« riefen alle. Sie flogen weg und etwas zu nah, so daß Scharmorzel, dem Gritta die ganze Zeit das Maul zugehalten, damit er nicht knurren sollte, nach einem schnappte und beinah sich daran verschluckte; es flog, als es sich befreit, eilig weg. Gritta, erschrocken über Scharmorzels Leichtsinn, Geister für Sperlinge zu halten, und ihm Vorwürfe darüber machend, floh in den dunkeln Wald; aber wieder stand sie still, denn ein bläuliches Licht strahlte sie an; es kam aus einem Eichbaum und erhellte die Blätter, die eine kleine Laubhalle bildeten. Darin saß auf einem knorrigen Ast ein stilles Kind. – War es nicht Wildebeere? Das Stumpfnäschen ragte über einem aufgeschlagenen Buch hervor; über ihr am Zweig hing eine kleine Wunderlampe, von der das Licht ausging. Zwischen den Ästen standen Bücher umher, ein kleines Elfchen schnitt Federn, ein anderes malte Namen auf kleine Violen und kehrte den Staub von Pflanzen, Moosen und funkelnden Steinen. »Ach, Wildebeere!« – sagte Gritta leise. Das Kind wendete den Kopf und sah sie mit großen Augen an, dann sagte es: »Ich bin eine geheime Naturkraft. – Wenn ich höre, wie das Erz in den Bergen wächst, das Meer unaufhörlich braust, die Erde sich unaufhörlich dreht, dann muß ich ewig denken: Störe mich nicht, ich sitze hier auf dem Ast der Weisheit; sonst falle ich als unreife Frucht herunter. Denn wen auf dem Weg zum Himmel die Welt stört, der sieht die Jakobsleiter nicht mehr und muß unten bleiben und rastlos suchen nach ihrem Anfang.« Das Laub rauschte, das Licht schimmerte, Gritta sah nichts mehr. Nur ein kleiner, wilder Feuerfunke eilte vor ihr her; sie eilte ihm nach, bald verschwand er, und sie sah die Waldwiese.

Aus der Höhle zog der Rauch und zeigte ihr den Weg. Alle saßen noch unbesorgt um das Feuer. Gritta dachte die ganze Nacht nach über die Wirtschaft im Walde, und daß die Elfchen Wildebeere zu ihrem Liebling gemacht hatten; sie hatte keiner andern als Margareta von ihnen erzählt, weil es doch zu wunderbar und schön, und sie selbst kaum daran glaubte. Margareta meinte, sie habe geahnt, daß Wildebeere in so schlimmer Gesellschaft sei.

Nach einigen Tagen half Prinz Bonus Margareta und Gritta

Rüben ausrupfen auf dem kleinen Felde, das er mit ihnen angepflanzt hatte. Eine Rübe, die er verzehrte, hatte auf seinem Angesicht und Halskräglein helle und dunkle Schattierungen gelassen. – Voll Fröhlichkeit rief er: »O, das Rübenausrupfen ist ein herrlicher Zeitvertreib; wenn ich auch noch so lang rupfe, kriege ich doch immer etwas heraus, während ich sonst nie etwas herauskriege.« Der Prinz zog seinen Degen gegen eine widerspenstige Rübe und hieb und stach so lange, bis er sie losgemacht hatte; dann wickelte er den grünen Krautschwanz um seine Hand und zog sie heraus. Als er wieder aufblickte, blieb er mit offnem Munde stehen; sein Näschen bekam einen stolzen Schwung, die Augenbrauen verzogen sich zu einem düstern Gewitter, und der goldne Haarschein wallte. – Am Rande des Feldes stand im goldgestickten Rock vom schönsten Pfirsichgelb, schwarzseidnen Strümpfen mit schwarzseidnen Schleifen, aus deren Tiefen der unheimliche Diamant funkelte, ein Mann. Das Gesicht mit den schwarzen Augen, die das Prinzchen unter der weißen Perücke anstarrten, – hatte es Gritta nicht schon einmal gesehen? – Ihr entfielen die Rüben vor Grauen aus dem Röckchen. Prinz Bonus, der im ersten Augenblick die ausgezogene Rübe hinter seinem Rücken versteckte, brachte sie mit edlem Unwillen zum Vorschein und sprach: »Gouverneur Pecavus, sind Sie es? Wollen Sie eine Rübe essen? Sie schmecken sehr würzig.« Bei den letzten Worten stürzte das Prinzchen zwischen das Rübenkraut, denn sein Degen, den es hinter sich versteckt, weil es doch gar zu schrecklich war, mit dem Degen Rüben auszumachen, kam ihm zwischen die Beinchen. »Hier befindet sich ein thronerbliches Haupt auf dem gemeinen Rübenfelde? Eine artige Beschäftigung für ein Prinzchen!« sagte der Gouverneur Pecavus, sprang zugleich herbei und packte das Prinzchen zwischen den Rüben fest. – »Mit Bettelkindern auf du und du zu sein, ihnen Rüben ausrupfen helfen! – Ja, die Jäger konnten blasen, wo die Hasen waren. Alle Tage wollten Sie auf die Jagd. Aber was ist das für eine Aufführung? Was verdienen Sie? – Die Rute!« – Prinz Bonus war dunkelrot geworden über diese sein edleres Gefühl so tiefberührende Bemerkung. Er machte sich los von Pecavus, klopfte sich die Erde vom Westchen, unter dem ein so mächtiges Herz schlug, daß die goldnen Blumen auf ihm zitterten, guckte ihn kühn an und rief: »Was haben Sie mir dies zu sagen, Gouverneur?« – Dann sprang er über sechs Rübenreihen zu Gritta und faßte sie bei der Hand: »Komm«, sagte er; Margareta folgte, er ging graden Weges am Gouverneur vorbei. – »Halt!« rief dieser, – »Prinz, ich muß Sie von einem Ort entfernen, wo Rüben sind.« »Erst will ich dieses Fräulein in die Höhle begleiten«, erwiderte der Prinz Bonus. Der Gouverneur schrie: »Prinz, Sie werden sich eilen!« Und ging ihm nach. – Dies schien er nicht zu wollen, er zog sich langsam die Jagdtasche über; der Gouverneur polierte mit dem Schnupftuch seine goldne Dose, hielt sie schräg und erblickte in ihrem Spiegel, wie der Prinz eben Gritta die Hand drückte und dabei schnell eine Träne mit dem Ärmel abwischte, da das Nasentüchlein heute bei einer Schmetterlingsjagd am Baume hängen geblieben war. – Und sie reichte ihm Scharmorzel an einem Strick, daß er ihn zum Andenken mitnehme. Da ward der Gouverneur ungeduldig, faßte den Prinzen am Rock und trug ihn sanft über der Erde fort zu Höhle hinaus. Prinz Bonus strampelte wild, wendete sich noch einmal um und rief: »Ade, liebste Gritta, weine dir die Augen nicht rot um so einen garstigen Kerl wie der Gouverneur ist! Mein Herz bleibt dir! Lauft ihr aber fort von hier! Denn wenn der Gouverneur nach Hause kommt, schickt er sechs Mann Miliz, euch ins dunkle Loch zu holen. Doch wenn ich König bin, so« – – Pecavus packte ihn von neuem und trug ihn fort hoch über der Erde; er verhedderte sich noch einmal aus Widerstand in einem Brombeerstrauch, dessen grüne Äste herüberlangten, dann verschwanden beide in den Büschen, und die Fetzen von des Prinzen Röckchen wehten einsam am Brombeerstrauch, bis

Gritta sie zusammenlas und zum Andenken einsteckte. Nun standen beide Kinder allein und schauten einander an! – »Wir müssen fort!« sagte Gritta; da kamen singend die andern heim, die nach Brombeeren gewesen waren; sie erfuhren voll Staunen, daß es wieder fortgehe in die weite Welt. »Wir suchen uns bloß einen andern Ort im Wald, wo wir wohnen können«, sagte Gritta. Margareta packte, was sie finden konnte, ein und jedem etwas auf. Endlich war alles bereit, Margareta ging voran, dann folgten die andern, und zuletzt Kamilla mit der Ziege und Gritta, die den Vögeln noch ein paar Käsekrümel aus dem Käsekorb herab streute. Keins sprach ein Wort beim Abzug. Nur Margareta und Gritta riefen zuweilen nach Wildebeere, aber sie kam nicht. Bald war es wieder einsam um den Wohnort der wandernden Kinder: die Eichkätzchen wurden wieder wild, die Vögel verloren die zahme Liebenswürdigkeit, und das Gestrüpp überwuchs die alte düstere Höhle, die melancholisch gähnte, daß in ihrem Schlund nicht mehr das lustige Treiben waltete.

Es war in einem dunklen Eichwald, nicht weit von einem Städtchen, durch welches vor nicht gar lang zwölf staubbedeckte Kinder pilgerten, worin sich eine wandernde Familie gelagert. Der alte Herr im Schweinslederrock und seine Frau sahen wenig geschmückt aus: es war der Hochgraf von Rattenzuhausbeiuns und seine Gemahlin; sie saßen nebeneinander und hatten sich friedlich die Hand gereicht. Auf der Hochgräfin Rücken saß eine Art Treppengebäude mit Stangen verwahrt; inwendig war ein großer Vorrat schön glänzender irdner Kannen und Töpfchen von roter, brauner, grüner und andrer Glasur. Sie malte Grillenhäuschen, der Graf schnitzte Quirle und hatte mehrere eben verfertigte Mausefallen bei sich stehen. Sie hatten rechte Muße zu alledem, deswegen ließen sie auch die Zeit vergehen und schauten auf einen Knaben, der im Grase lag und Blumen und Gräser ohne Unterschied um sich ausraufte. Sein voller Mund mit Doppelkinn zeigte das echte Stammgräflein; er hatte schöne schwarze Erbaugen, mit denen er wunderlieblich umherleuchtete und dazu lächelnd zwei Stammzähnchen zeigte, mit denen er die Welt begrüßt und deren Schärfe wegen er mit Wurst statt mit Milch groß gepäppelt war. Doch mit den schönen Augen konnte er nicht sehen; dies war der Gräfin Trauer, und wie man glaubte, war die Ursache eine Ratte, die es ihm wie die Schwalbe dem Tobias gemacht hatte. Wie die Ratten dann auch daran Schuld waren, daß die Grafenfamilie von ihrem Erbsitz fern auf Wald- und Feldsitz kampierte. Es war heilloses Unglück nach Grittas Verschwinden durch sie über das Schloß gekommen: erst geschahen kleine Neckereien, es blieb nichts unangeknabbert, leise fraßen sie sich hinter den Tapeten entlang, bis diese raschelnd herab flatterten. Doch immer stärker schienen sie sich zu mehren, in Scharen liefen sie die Treppen herab, den Pagen um die Füße herum, daß sie stürzten. So manchem bissen sie in der Nacht das pomadierte Haar ab und zwickten und neckten ihn, daß er wie toll aufsprang, oder machten die Runde um das gräfliche Lager und sprangen vom Betthimmel in des Federbettes Tiefe. Saß sie tags am Stickrahmen, so blickten sie mit funkelnden Augen aus den Gardinenfalten, sprangen ihr über den Nacken und die Hand; fiel die Seide, wuppdich waren sie damit in ihren Löchern. Wie oft fuhr der Graf mit dem Schwert hinter ihnen drein, aber es gelang ihm nie, eine zu treffen. Zuletzt stürzten sie über die vollen Eßtische in Scharen weg, und ein paar unglückliche Katzen, die angeschafft waren, um Jagd auf sie zu machen, hoben die Pfoten auf, damit sie nicht von ihnen umgerannt wurden. Auf einmal war das Testament des Vaters der Gräfin von den Ratten gefressen, grade um die Zeit, als sie mündig wurde, und zugleich meldete sich das Kloster, dem nach einer früheren Bestimmung, sobald kein anderes Testament da war, alle ihre Besitzungen zufielen, wenn sie nicht ins Kloster ging.

Nun war es aufgefressen und die Gräfin dadurch arm geworden. Da es nun nicht mehr so hoch herging im Schlosse und man allmählich wieder auf das lang verschmähte Grützenleben überging, so dankten die treulosen Pagen ab; nur Peter blieb. Der Graf und die Gräfin wurden so von den Ratten geplagt, daß sie eines schönen Morgens auswanderten, den jungen Erbgrafen auf dem Rücken in einem Leinwandsack, aus dem nur der Kopf hervorguckte. Sie schritten ohne Ziel in die Welt hinein und verdienten sich unterwegs ihr Brot mit Quirlschnitzen und mit einem kleinen Topfhandel, den die Gräfin dazu angelegt hatte. – In jedem Ort, wohin sie kamen, suchte Peter nach Gritta umher unter den Kindern, die zusammenliefen, um den Mausefallenkrämer anzustaunen.

Sie standen jetzt auf und setzten den Majoratsherrn zwischen die Mausefallen auf des Grafen Rücken. Da sie nicht wußten wohin, so wanderten sie aufs Geratewohl zu; ein jeder kaufte gern eine Mausefalle um des schönen Buben willen, der aus dem Korbe den Leuten entgegenlächelte, ohne sie zu sehen. Peter, der jetzt zur Familie gehörte, da die Gräfin klug und gütig und der Graf weniger stolz durch das Unglück geworden war, unterstützte sie, so viel er vermochte. So kamen sie von Ort zu Ort und endlich nach einer Seestadt. Sie standen am Hafen, die Gräfin schaute sich ein wenig um und steckte die von dem vielen Quirlschnitzen zerstochnen Hände unter die Schürze, und das Bübchen zwischen den Mausefallen jauchzte über das Wellengeräusch. Da kam ein Mann mit einem Schifferhut auf sie zu und rief: »Was steht ihr da und seht? Kommt mit in ein fernes schönes Land, wo euch die guten Früchte in den Mund wachsen, wo das Zeug gewebt von den Pflanzen fällt und ihr über das Gold stolpert.« Der Graf machte große Augen nach dem gelobten Lande, und der Gräfin schimmerten schon alle Herrlichkeiten in Gedanken vor. »Aber freilich, etwas Geld braucht ihr, um hin zu kommen«, sagte der Mann. Der Graf und die Gräfin blickten einander traurig an, als Peter mit dem Käsemesser den Ärmel auftrennte und einen stillverborgnen

Schatz, seinen Lohn, aus ihm hervorholte. »Das reicht zu«, sagte der Mann. Gerührt schaute der Hochgraf den Peter an und rief: »Ich lasse nichts ohne Dank!« Peter hatte aber einen andern Grund als den Dank des Grafen, warum er die Reise begünstigte: es war wegen eines Traumes, den er eines Nachts auf seiner Warte gehabt. Er saß und dachte an die kleine Hochgräfin; in Sinnen verloren blickte er nicht auf, bis eine feine Stimme seinen Namen rief; verwundert sah er um sich. – Das Tal war belebt, weiße Nebelgestalten zogen hindurch, kamen hervor aus den dunklen Höhlenöffnungen in den Bergen und spielten im Schaum der Wasserfälle, hingen an den Erlenbüschen, flogen zu den Sternen in die Höhe und zogen am Boden entlang tief im Tal. Noch einmal rief es: »Peter!« – und sieh – auf seiner Schulter saß nicht eine Nachtmotte, für die er es erst gehalten, sondern ein feines Nebelwesen. Es sah wie Spinnweb aus, so fein, deswegen fürchtete er sich hinzusehen, und er blinzelte nur aus den zugekniffenen Augen es an. »Du hast einen sehr rauhen Rock«, sagte es, »aber dein Herz ist zart und lieblich. – Ich weiß wohl, du hast Sehnsucht nach dem kleinen Gräfinlein; aber es ist weit weit über dem Meer, im Paradies, ganz gesund und fröhlich, das sei dir zum Trost gesagt, du mußt zu ihr wandern.« Eben wollte Peter fragen, welcher Weg dahin führe. Auf einmal wurde ihm so schläfrig zumut, das Spinnwebchen streute ihm wohl Mohn in die Augen; er verschlief die ganze Nacht und hatte am Morgen nur noch die Erinnerung eines Traumes. Unterwegs forschte er stets heimlich nach dem Paradies, und um übers Meer zu Gritta zu gelangen, gab er das Geld. Am andern Morgen bestieg die hochgräfliche Familie das absegelnde Schiff.

Die Kinder waren auf ihrer Flucht im Wald noch nicht lange zugegangen, als er immer dichter und finsterer wurde. Gritta ging zur Seite an Buschwerk und alten Eichen vorüber, das sie den andern einen Augenblick verbarg, als sie ein wunderbares Geklingel vernahm. Die Äste knackten neben ihr und rauschten, und aus ihnen hervor kam Wildebeere angesaust auf einem bunten Roß. – War es die in den tiefsten Wäldern wachsende Springwurzel oder wirklich ein wunderbares Pferd? Sie konnte es nicht erraten. Vorn auf dem grünen Zweig mit roter Glockenblume saß luftig schwankend Wildebeere, die Wurzeln setzten wild in die Erde, daß die roten Glocken flogen; schon war sie vorüber. Da hielt sie einen Augenblick, schaute Gritta tiefsinnig an, nickte und sagte lächelnd: »Sie wird bald nicht mehr scheinen, die Sonne, sie sucht nur ihre goldnen Morgenschuhe, die sie verlor, als die Erdachse schief zu liegen kam und sie grade vorbeiging. Nun scheint sie in alle Täler und tiefsten Tiefen, um sie zu finden; aber wo sind die hingerutscht bei der Verwirrung der Welt? Ist dir jetzt klar, warum die Sonne scheint?« Sie schnalzte mit der Zunge, schlug das Pferd mit einem Blütenzweig, es bäumte sich und fuhr rauschend durch das Laub. – Gritta kam jetzt zur Besinnung; sie wollte sie ja rufen und ihr alles sagen, nun ritt sie davon und zog nicht mit ihnen. Sie sprang ihr nach und rief: »Wildebeere!« – Bald hatte sie sie fast erreicht, doch sie entfloh dicht vor ihr ins Laub; bald eilte sie durch eine offne Waldgegend ihr nach, doch sie verschwand hinter den Bäumen. Es schien, als winke und lache sie Gritta zu, auch war es, als unterhielten sich die Vögel mit ihr, wo sie durchflog, denn sie schrieen lustig untereinander. Gritta stolperte über Wurzeln, fiel in Löcher, es wurde ihr ganz heiß, und sie erreichte sie doch nicht; auf einmal war sie fort. Gritta stand erschrocken und allein, sie rief nach den andern, nichts ließ sich hören; nur der Specht klopfte an die Bäume, es wurde immer dunkler und eine immer tiefere Stille; sie ging schweigend durch die Bäume, da vernahm sie eine feine sanfte Stimme, die aus dem Boden zu kommen schien: »Er sitzt schon wieder oben, und ich bin ganz allein, gefällt mir auch nicht mehr, denn die Vögel schweigen und es wird kalt.« Dies sprach ein Kind in einem Rock von Schilf, es saß auf der Erde, hatte wilde Blumen gepflückt und zerriß sie mit den Händchen. Gritta sah in die Höhe, denn sie hörte oben Geräusch. Es war ein freier einsamer Waldplatz, ein paar hohe Bäume standen in der Mitte. Auf einem war ein großes Nest, viel größer als ein Storchnest; über des Nestes Rand hingen ein Paar lange Beine mit alten Stiefeln versehen, sie stachen grell gegen die Abendsonne ab, die untergehend das Nest beschien. Gritta erkannte an diesen langen Beinen den alten Hochgrafen, ihren Vater; sie rief laut in die Höhe, der alte Hochgraf schaute schnell über den Rand. Schier wäre er herabgesprungen vor Freuden, er hüpfte in dem Nest hin und her und guckte über den Rand, bis er sich endlich entschloß, herab zu steigen; er ließ eine lange Strickleiter von Binsengras herunter und kletterte daran zur Erde nieder. Gritta bewunderte unterdes seinen Wams von grünem Moos, besetzt mit den schönsten Kienäpfeln, die Hosen, an denen kein Flicken gespart und deren untere Hälfte mit zwei Ziegenfellköpfen verlängert waren. Endlich langte er an, nahm Gritta auf den Arm und konnte sie nicht genug küssen und ansehen. Gritta vergrub sich in seinen großen weißen Bart, und ihre Tränen und seine Tränen hingen gleich silbernen Tropfen in den weißen Fäden. Eben kam die Hochgräfin mit einem Bündel Gras und Peter heim. Die Freude nahm gar kein Ende, bis die Gräfin den kleinen Hochgrafen Tetel, das war das Kind im Gras, auf den Arm nahm und sie in die Hütte gingen, die von Reisig, Gras und Lehm zusammengeklebt war. Der Hochgraf nahm Gritta auf den Schoß und rückte an das Feuerchen, das die Gräfin angezündet hatte. Gritta legte zum zweitenmal in ihrem Leben ihren Kopf an sein Herz und begann, alle Abenteuer zu erzählen; – während dem rührte die Gräfin eine Milchsuppe; Peter hörte aufmerksam zu und wiegte im Hintergrund in einer aus Schilf geflochtnen Wiege, die an der Decke befestigt war, den kleinen Tetel, der ein löwenzerreißendes Geschrei anstimmte aus Ankunftsfreude und Liebe zur Freiheit. Als Gritta geendet, erzählte der Graf von den Ratten, und wie sie auf dem Schiff gesegelt waren. Die Fahrt war gut gegangen, nur hatte er immer an der schlimmen Seekrankheit gelitten; auch der kleine Tetel konnte das Wasserfahren nicht vertragen. – So hatten sie das verheißne Land aufgegeben, und als das Schiff nicht weit von der großen Stadt Sumbona gelandet, waren sie gleich ausgestiegen und abgewandert. – In den Dörfern hatten sie gehört, daß kein Fremder das ganze Jahr in die Stadt eingelassen werde; es sei nur möglich, wenn man dem Gouverneur ein Trinkgeld gebe. Sie erblickten schon in der Ferne das Stadttor, als ihnen ein Mann entgegen kam, der ein so schlechtes diebisches Gesicht hatte, daß der Graf nicht umhin gekonnt, ihm eine Ohrfeige zu geben. Dies war grade der Gouverneur Pecavus. Der ließ sie nun verfolgen, bis in die tiefste Wildnis, wo kein Verfolger noch hingekommen war. »O, liebe Gritta«, fügte der Graf hinzu, »ich bin seit der Rattenzeit und seit des kostbaren Testaments Verschwinden in tiefem Nachsinnen über eine Geldschrank- und Papierverschließungsmaschine. – Siehst du den Kasten, der dort in der Ecke steht? – Das ist eine ganz merkwürdige Maschine.« Der Graf blickte mit der größten Liebe den Kasten an: »Siehst du«, fuhr er fort, »ich hatte bisher kein Material; so hab' ich ihn aus Kienholz gemacht. Sollte es irgend einer Ratte oder einem Menschen einfallen, den Geldschrank zu öffnen, so stürzt ein Balken von oben herab und schlägt ihn nieder.« »Ei, da brauchen die Ratten nur nicht grade vorne hereinzugehen. Wie geht's aber den Menschen, denen das Geld gehört und die davon haben wollen?« – »Ja, Gritta, die werden auch geschlagen, das ist das Beste daran; die werden keine Verschwender. Willst du einmal probieren? Es tut nicht sehr weh, sind jetzt nur Kienäpfel darin, die kannst du dir gleich heraus holen!« Gritta drückte fest die Augen zu. – »Ich glaube gar, das Kind schläft«, sagte der Graf, und trug sie sanft auf das Mooslager von Peter.

Die letzten Kohlen glühten auf dem Herde, und der Hochgraf schnarchte wie früher auf der Burg, wenn Gritta ihn heimlich an der Tür belauschte. Da ward ihr sehr wohl und friedlich, und nichts drückte sie als die Sorge um die fernen heimatlosen Geschwister.

Der edle Hochgraf von Rattenzuhausbeiuns hatte das Nest auf dem Baum zu seinem eignen Zweck erbaut, es war nicht etwa das zurückgelassne eines Vogels. Er hatte die tief mystische Gedankenfolge gehabt, daß man mit jenen fernen Sternwelten und dem Mond in Verbindung treten könne; ja, er glaubte sogar schon, in mehreren Nächten einen kleinen Mann auf dem Gestirn des großen Bären stehen gesehen zu haben, der gleich ihm eine Stange mit Lappen bewegte. Nun machte er alle Tage Zeichen mit der Stange, und in der Nacht, nachdem er eine Weile geschlafen, sah er nach der Antwort. Auf welche unermeßliche Höhe der Forschungen hoffte er zu kommen und welche unergründliche Tiefe der Ergründungen dachte er zu erreichen! – Am andern Morgen saß der Graf schon auf der Warte und steckte eine Stange mit seiner früheren Ritterkleidung auf, die er, nachdem sie abgenutzt war, dazu gebrauchte. Bald ließ er seine Hosen wehen, bald einen alten Rock der Gräfin. Das war für die Menschen auf der Welt eine unverständliche Frage, aber für den Mondmann sehr verständlich; der Hochgraf schrie dabei so laut, indem er wilde Gesten machte, daß Gritta aus ihren Träumen auffuhr.

Gritta würde sich nun ganz wohl bei ihrem Vater befunden haben, hätte sie nicht an das Prinzchen und ihre Schwestern gedacht. Dann tat es ihr leid, daß die Gräfin traurig war über das Bübchen und sich nach der Stadt sehnte, weil sie hoffte, dort könne ein großer Wunderdoktor es heilen; auch fehlte ihr ein Schloß mit vielen Herrlichkeiten; obwohl sie sich dies nicht merken ließ, so erriet es Gritta doch. – Der alte Hochgraf war auch oft mißmütig, daß er keinen Stoff zu Maschinen hatte und alles aus Holz machen mußte. Die Kälte und Nässe auf dem Baume setzte immer mehr Rost bei ihm an; sie fürchtete, nächstens würden Moos und Steinpilze auf ihm wachsen. Wie gern hätte sie ihm eine Sternwarte gebaut, von der er bequem das Firmament beobachten könne! Über dies alles nachzugrübeln, vergaß Gritta nur dann, wenn sie mit Peter in den Wald lief, um die hochgräflichen zwei Ziegen grasen zu lassen; das Bübchen lief an ihrem Rock sich haltend immer hinterdrein. Auf dem Weideplatz legten sie ihn dann ins hohe Gras, er blieb zufrieden liegen und träumte. Während sie Reisig zum Feuer suchten, erzählten sie sich allerlei, was ihnen begegnet war; manchmal setzten sie sich auch ins Gras und flochten Körbchen aus Weiden oder Binsengras und beklebten sie mit Tannenzapfen und Moos. Es war als helfe ihnen eine heimliche Macht dabei; denn die schönsten Steinchen und bunten Käferflügel blitzten im Moos, ein leiser Wind trieb glitzernden Sand auf das Geflecht in zierlichen Arabeskenmustern von wilden Ranken, Eichhörnchen, Vögeln und fernen Landschaften mit bunten Palmen. Gritta wußte, es müßten die Elfen sein; denn sie machten sich so gar oft merklich, flüsterten mit dem kleinen Tetel; eh' die Kinder sich's versahen, hatte er eine Rohrpfeife im Munde und blies, so gut er konnte. Dann spielten sie in Grittas Haar, flochten es, und verwebten es mit dem Winde vereint in wilde Schlingen. Lachte Peter darüber, so fuhr ihm wie vom Winde getrieben eine dornige Ranke übers Gesicht; freilich tat es weh, aber nachher hingen die schönsten rotgesprenkelten Äpfelchen daran. Die Ziegen standen meistens auf den Hinterfüßen und schnappten nach unsichtbaren Leckerbissen. – Waren die Körbchen fertig, so trug Peter sie zum Verkauf in die Stadt. Ein Bauer, den er kannte, nahm ihn mit und gab ihn für seinen Sohn aus; mit dem gelösten Gelde kaufte er alle Bedürfnisse ein und kam des Abends reich bepackt und mit vielerlei Neuigkeiten heim. Eines Abends brachte er die Nachricht, der König Anserrex leide an einem so starken Stockschnupfen, daß jedesmal, wenn er genießt, ein Bülletin angeschlagen werde. Einen andern Abend erzählte er,

der König habe auf die Gänse, die allmorgendlich zum Verkauf in die Stadt hereingetrieben wurden, eine Steuer gelegt, nämlich daß er von jeder Gans den Leib bekomme, und die Verkäufer sollten nur Kopf, Hals, Flügel, Steiß auf den Pfoten eintreiben. Die Leute wollten sich darein garnicht finden und schlugen großen Lärm; es sei aber befohlen, die Bäcker- und Fleischerläden der guten Stadt zu schließen, welche Maßregel gewiß den besten Erfolg haben werde.

Am andern Morgen saß Gritta unter den Weidenbüschen am Quell. Sie flocht einen Korb, Peter saß über ihr in einem Weidenbaum und warf die feinsten Zweige herab; dabei erzählte er ihr, was ihm gestern im Walde begegnet war. Er hatte einen hellen Feuerschein im Gebüsch gesehen; als er etwas tiefer hinein gegangen war, erblickte er ein Kind, so groß wie Gritta, das vom aufwirbelnden Rauch umgeben auf einem Laubzweig saß, der beinah ins Feuer hing. Unten sprangen kleine Elfenkerle hin und her und gruben in eine goldne Glocke wunderliche Figuren und Zeichen ein; es ging so geschwind, sie hämmerten drauf los, daß die Funken umher stoben. Alle Zweige saßen voll Kerlchen, die ihnen zur Arbeit sangen. »Wart einmal, ich weiß noch wie es lautet!« sagte Peter. –

»Du, aus goldnem Erz gegossen,
In ein edles Rund geflossen!
Feuerzungen dich durchdrangen,
Härteten die güldnen Wangen,
Daß, wenn du wirst oben hangen
Und es kommen dann die jungen
Wilden Winde angesprungen,
Wollen spielend Klänge rauben,
Artig nur zu schmeicheln glauben,
Du nichts fühlest von den wilden Scherzen,
Weil du reines Gold bist von der Wange bis zum Herzen.«

Peter sah, daß Gritta nicht vergnügt war. »Was fehlt dir denn?« fragte er. »Ja, siehst du, das war gewiß Wildebeere«, sagte sie, »dabei sind mir meine fernen Schwestern eingefallen. Ach, wenn es das Prinzchen wüßte, er würde gewiß helfen sie suchen. Dann tut mir leid, daß die Mutter traurig ist um den kleinen Tetel; ach, wenn das der Prinz wüßte! – Und der Vater ist am allertraurigsten, daß er nichts hat seine Maschinen zu bauen. Wenn der Prinz das wüßte!« – »Ach Gott, was so ein Prinzchen nicht kann!« sagte Peter, »ich will hinlaufen und ihm alles sagen.« »Willst du das?« rief Gritta und guckte vergnügt hinauf. In diesem Augenblick arbeitete sich etwas durch die Weidenbüsche; Scharmorzel war's, sein schwarzer zottiger Kopf guckte durch die Zweige; er sprang hoch auf vor Freuden an ihr herauf, und sie liebkosten sich zärtlich; endlich bemerkte sie, daß um seinen Hals ein rosaseiden Band mit einem großen Brief befestigt war, sie band es ab. – Was war das für eine Handschrift! – Als wäre eine Spinne aus dem Tintenfaß über das Papier gelaufen, und ein Siegel so groß wie der Mond, auf dem eine gebratne Gans, eine Zitrone in der einen und einen Lavendelstengel in der andern Pfote haltend, abgebildet war. Peter kam eiligst herunter; sie buchstabierten lange hin und her und kriegten endlich heraus: »An meine herzallerliebste Gritta.« – »Ach, ein Brief vom Prinzchen!« rief Gritta, brach das Siegel und entzifferte mühsam die Schriftzüge: »Meine liebste Gritta, ich sterbe schier vor großer Sehnsucht! Mein Herz ist mir so schwer wie ein Stein, der an einem Zwirnsfaden über dem Abgrunde hängt! Sollt' ich Dich nicht mehr sehen, so fällt es in den Abgrund der Traurigkeit! – Ich habe mich nun immer besonnen, wie ich Dich zu mir bekommen könne. Scharmorzel durft' ich gar nicht heraus lassen, denn sonst wäre er zu Dir gelaufen, und das brachte mich eben auf eine kluge Idee an einem klugen Tag; ich habe nur einen in der Woche. Den Montag muß ich arbeiten bei dem schwarzen Gouverneur Pecavus, am Dienstag muß ich spazieren fahren und die Untertanen grüßen, am Mittwoch lehrt mich der Vater regieren, auf beiderlei Weisen: im königlichen Ornate und im Schlafrock. Am Donnerstag kann ich gar nichts denken, weil ich einen engen Säbelgurt tragen muß, weil Hofdiner ist; Freitag muß ich die Briefkonzepte vom Pecavus abschreiben an das Prinzeßchen, das ich heiraten soll, und am Abend gelehrte Fragen an die Hofgelehrten tun. Aber am Sonnabend mach' ich mich davon und fliehe in den alten Teil unseres Landschlosses, wo niemand ist, weil es dort spukt. Dort denk' ich denn an Dich, und dort fiel mir auch ein, daß, wenn ich Scharmorzel losließe, er Dich gewiß auffinden werde; drum werd' ich ihm diesen Brief anbinden. Komm, liebste Gritta, besuche mich, ich darf nicht mehr fort vom Schloß. Wenn Du kommst, wart am Waldesrand, bis es Nacht wird; dann geh über die Wiese bis zum Schloß, aber nicht zum Tor herein, sondern links nach dem alten Teil, da stehen zwei Türme, zwischen denen will ich Dir etwas herablassen, worauf Du Dich setzen kannst. Dann zieh ich Dich zu mir herauf, dann wollen wir uns zusammen besprechen, was werden soll. Heute, morgen und übermorgen Abend harre ich auf Dich; kommst Du in dieser Zeit nicht, so denk' ich, Du bist rein weg von der Welt, und mein Herz plumpst in die dunkelste Schwermut. Ach, wie gern entflöh' ich mit Dir! Aber ich verstehe gar nicht, meine feinen Halskragen einzupacken, daß sie nicht verderben. Ade! Bonus. «

Der alte Hochgraf hatte nichts dawider, daß Gritta sich auf den Weg mache; er meinte, sie solle durch den Prinzen auszuwirken suchen, daß sie frei in der Stadt leben könnten. Gritta flickte noch alle Löcher in ihrem Röckchen, nahm ihr Bündel, von der Hochgräfin mit Brot gefüllt, küßte den kleinen Tetel und wanderte ab; der Hochgraf stieg auf sein Nest und schaute ihr nach. Peter begleitete sie ein Stück Weges; er wäre gern ganz mitgegangen, aber Gritta wollte, er solle bei der Familie im Wald bleiben. Nachdem er genau den Weg beschrieben, schied er von ihr und kehrte zurück. Scharmorzel lief mit, sie wanderten getrost zusammen durch den einsamen Wald. –

Bald ward es Nacht; der Mond spielte durch das Laub, es war wieder ganz so herrlich wie damals, wo sie die Geister sah. Als sie tiefer in den Wald kam, begegnete ihr ein Zug weißer Elfen, der an ihr vorbei flog, sie verschwanden in den Bäumen. Es war alles so still, Gritta lauschte, die alten bemoosten Eichen schüttelten ihre Laubkronen im Nachtwind. – Sie wollte schon weiter gehen, als ein Elfchen auf sie zugeflogen kam; der kleine weiße Geist ließ sich auf ihre Schulter nieder. »Es ist gut, daß ich dich hier treffe«, rief er. »Wie wußtest du denn, daß ich kommen würde?« fragte Gritta. »O, der Großvater, der Mond, hat's mir gesagt. Er hat dich schon lange gehen sehen, er bewacht dich immer des Nachts und auch zuweilen am Tage, wenn er ganz unnütz vom Himmel herab sieht. Doch komm, ich muß dich zu meiner Herrin führen.« Das Elfchen flog voran durch einen dunklen Laubgang; am Ende desselben schlüpfte es in eine hohle Eiche. Gritta folgte, sie standen im Innern des Baumes! – »Leise!« sagte das Elfchen und legte den Finger auf den Mund. Es war halb dunkel; eine blaue Glockenblume, in der ein Glühwürmchen ruhte, verbreitete ein sanftes Licht und hing über einem weißen Bettchen, von Gold gedrechselt, mit Spinnweb überzogen; der gute Nachbar und Wirt, der Maulwurf, hatte sein Samtfellchen bei seinem Tode den Elfen im Testament vermacht: es war als Teppich ausgebreitet. Die Wände waren rings mit grünem Moos tapeziert. Zur Seite saß die Elfenfürstin, ein Elfchen strählte ihr das Haar; der Tautropfen, der als Spiegel aufgehängt war, ließ ihr nachdenklich trauriges Gesicht sehen. – Keins sprach ein Wort, es war so leise dämmerig im Gemach der sanften Elfe. Das Kammerelfchen winkte mit höchst bedenklichen Mienen zu schweigen; doch plötzlich drehte sich die Gebieterin um; als sie Gritta gewahrte, winkte sie den Elfen, und sie verschwanden. »Liebe kleine Hochgräfin, setz dich auf die Erde, daß du besser hörst was ich dir zu sagen habe!« rief sie freundlich. – Gritta hockte sich neben sie und bog den Kopf nieder. Ihr Haar bildete eine goldne Leiter bis zu der Elfe, sie stieg daran hinauf, hängte sich hinein und begann: »Liebes Kind, schon lang bekümmere ich mich um dein Schicksal und führe über dich die treuste Aufsicht, du bist mir anempfohlen durch einen Geist; wir begegnen uns so oft auf dem Erdkreis mit den Geistern der Menschen; weil sie wie wir zur Nacht ihre rechte Lebenszeit haben, so haben wir auch Freundschaft mit ihnen geschlossen. Als ihr ans Land getrieben wurdet nach jenem Sturm auf dem Meer, haben wir euch errettet; der Schmetterling, der dich in die warme Mooshöhle, euern Wohnort, lockte, war von mir gesandt. Meine Elfen machten die zwei Ziegen eines Hirten wild, der in der Nähe hütete, und jagten sie euch zu, damit ihr Nahrung haben solltet; ja, so manches haben wir für euch getan, wovon ihr nichts geahnt habt. – Jetzt, da ich vernehm', daß du zum Prinzchen gehst, hab' ich dich vor einer Gefahr zu warnen, vor dem Gouverneur Pecavus: er ist niemand anders als der Pater Pecavi aus dem Kloster. Die alte Nonne Sequestra gab den Ratten jährlich eine Speckabgabe, daß sie nie in das Kloster kommen durften, als wenn sie sie rufen ließ. Sie hatten ihr aber eine Nachricht zu bringen und hörten ungeahnt von ihr, wie sie mit dem Pater sich lustig darüber machte, die Ratten betrogen und ihnen verheimlicht zu haben, daß dich die Gräfin richtig ins Kloster geschickt und nicht im Wald umbringen lassen oder in die weite Welt gejagt. Zu Anfang ließen die Ratten ihren Zorn nicht merken, bis sie in einer Nacht mit allen Goldsäcken der Erbschaft deiner Mutter entflohen, die Sequestra im Kloster aufgespeichert hatte. Deinen Vater, von dem sie meinten, er habe drein gewilligt dich zu verstoßen, hatten sie schon verjagt und konnten also nichts wieder gut machen. Aber von nun an hinderte nichts ihre blutige Rache an den alten Nonnen: sie bissen ihnen des

Nachts in den großen Zeh und in die Nase, zwickten sie, wo sie ankommen konnten, und zerstörten alles, so daß sie nicht mehr wußten, wohin. Dem Pater Pecavi ging's in seiner Waldklause nicht besser; zuletzt löste sich das Kloster auf, die alten Nonnen wie die jungen gewannen einstweilen ihre Freiheit wieder, bis die Ratten vertrieben seien. Sie werden aber dann gewiß auch nicht zurück gewollt haben. Der Pater Pecavi, der nun keinen Anhalt mehr hatte, reiste nach fremden Ländern, kam endlich hierher nach Sumbona und wurde Gouverneur.« Gritta war ganz verwundert: warum hatte sie das nicht gleich entdeckt, daß er das Paterchen Pecavi war? »Schöne, liebe Fürstin«, rief sie, »nun ist keine Not mehr für mich, ich brauche bloß zu dem großen König Anserrex zu sagen, der Gouverneur Pecavus ist niemand anders als das Paterchen Pecavi, eine tiefgesunkene Seele!« – »Und meinst du denn, der König würde das glauben?« unterbrach sie die Elfenfürstin. »Eh' du es sagen kannst, erwischt dich auch der Gouverneur Pecavus und steckt dich ins schwarze Loch, und wenn du es sagst, macht er doch dem König weis, du lügst, aber hier«, sagte sie und langte aus dem Moos einen Brief mit großem Siegel hervor, »suche dem König diesen Brief heimlich beizubringen! Wenn er ihn liest, so ist dir und dem Volk geholfen; aber kannst du ihn ihm nicht heimlich geben, so läßt er Pecavus ihn vorlesen, und der liest nichts heraus. Gehst du durch das Tor ein in das Landschloß, so erfährt es Pecavus, steckt dich entweder ein oder gibt acht, was du machst. Dies alles muß ich dir überlassen, meine liebe Gritta, dir und deinem feinen Verstande. Bleib jetzt noch ein Weilchen bei mir, dann kannst du fortgehen.« Vor der Baumhöhle schimmerten weiße Gestaltchen, es waren die kleinen Elfen. Die Fürstin rief Gritta, ihr zu folgen, flog hinaus und schwebte dem Zuge voran. Gritta lief neben der kleinen Elfe, die sie hergeleitet hatte. »Elfchen«, sagte sie, »setz dich auf meine Schulter und sage mir, warum ist eure Gebieterin so traurig?« »Ach«,

erwiderte es, »ihr Bräutigam ist vom Mond bei seinem letzten
Herbstschnupfen weggeniest worden. Wer weiß, ob wir ihn je
wiederfinden!« Sie langten auf einem mondbeschienenen
freien Waldplatz an; die Elfchen setzten sich in luftigen Reihen
auf die Grasspitzen, und Gritta wurde neben die Königin
gesetzt. Die kristallnen Becher klangen, die Elfchen schrien
untereinander, sanft vom Tau berauscht. Der Elfenkammer-
herr, im weißen Lilienblättersammet, mit Taudiamanten besetzt, erzählte in einem fort Geschichten ohne Pointe und
amüsierte damit den Hof. Eine Menge junger mondsüchtiger
Elfenhofdamen wurden anmutig rot, wenn er feine Liebesan-
spielungen machte. Alles schmeckte Gritta süß nach Blumen
und Honig; dabei wurde eine sanfte Tafelmusik gemacht, die
man kaum hörte. Der Mond schien besonders guter Laune, er
lächelte zuweilen herab. Obschon ihr alles sehr wohl gefiel, so
meinte sie doch, sie müsse fort, und nahm Abschied. »Leb
wohl!« sagte die Fürstin, flog in die Höhe und klopfte sanft der
kleinen Hochgräfin die runde rote Wange. »Wenn du mich
nicht wiedersehen solltest, so werd' ich doch um dich sein. Sei
weise und wandle wie bisher in den Kinderschuhen!« Gritta
ging; am Waldesrand drehte sie sich noch einmal um und sah
nach dem wilden lustigen Fest, wo die Elfen im Mondschein
gleich bis zum Himmel tanzten. Dann schritt sie schnell und
eilfertig ihres Weges.

Als sie aus dem dunklen Eichwald trat, lag vor ihr eine
mondbeglänzte Ebne, auf der zuweilen kleine Nebel schifften.
In der Mitte stand ein stolzes Schloß: seine Fenster und vielen
Zinnen blinkten im Mondlicht, der Wetterhahn auf dem
Mittelturm leuchtete beim Drehen im Nachtwind wie gegoß-
nes Silber. Scharmorzel sprang lustig ihr voran durch das Gras,
daß die hellen Tautropfen aus den Blumen aufsprangen. Als sie
an die Anhöhe gelangten, auf der das Schloß lag, klimmte
Gritta links herauf; denn sie wußte, daß sie links vom Schloßtor abbiegen mußte, das hinter jungen Bäumen hervorsah. Sie

ging an der Hinterwand des Gebäudes entlang; die Kellerfenster waren hell, neugierig blickte sie hindurch: vor dem prasselnden Küchenfeuer stand der Koch in weißer Schürze und Zipfelmütze. Die Küchenjungen sprangen hin und her, kletterten in den Rauchfang nach den Würsten, zogen die Hasen ab, rupften die Hühner, brachten die Zutaten, hackten, backten, klopften, stopften und lachten und stießen sich, wenn immer das Beste von allem in des Kochs Maul flog. – Gritta schlich weiter. – Noch ein Eckchen, so mußte der unbewohnte Teil des Schlosses kommen, wo es spukte. Es kamen alte graue Mauern, ein Turm und dann noch einer, der tief in das Gebäude hinein lag; sie waren wild mit Ranken überwachsen. Gritta übersprang Steine, Dornen und Brennesseln. Außer Atem hielt sie an und lauschte; da erblickte sie etwas Schwarzes zwischen beiden Türmen hängend. Es war der Brustharnisch eines Ritters; das Prinzchen hatte ihn zur größeren Sicherheit mit einem Netz in manch heimlicher Stunde umknüpft. Sie hockte sich hinein, er setzte sich in Bewegung, und es ging hinauf, der Strick raspelte an der Mauer; sie getraute sich nicht, hinab zu sehen in die schwindelnde Tiefe nach Scharmorzel, der leise knurrte. Der Harnisch stieß an, Gritta steckte den Kopf heraus, sie war an einer Fensteröffnung angelangt. Kaum hatte sie sich umgeguckt, so sprang sie hinein, denn es schaute sich schrecklich tief hinab. –

Sie war in einem düstern Kreuzgang. Vor ihr stand das Prinzchen, seine Augen leuchteten vor Freude durch das Dunkel. Wie schön war's, daß sie ihn wiedersah! – »Ach, Gritta«, sagte er, »ich seh dich wieder!« – Er faßte sie zärtlich am Rock und zog sie mit sich. »Komm, dort in die Stube!« Er holte einen Schlüssel heraus und schloß ein Türchen in der Mauer auf; es knarrte und öffnete eine gewölbte Kammer. Ein alter Tisch stand darin; die Überbleibsel der Rüstung lagen in der Ecke, und ein mächtig großer Schrank schnitt ärgerliche Gesichter über die herumschwärmenden Geister. Der Prinz kletterte an der schrägen Wand herauf und machte ein kleines Fenster auf – nun wurde es heller; der gestirnte Nachthimmel sah herein. Sie setzten sich auf den Tisch, schwiegen eine lange Weile still und schauten einander an. – »Ei, dir ist's gewiß wohl gegangen« sagte endlich das Prinzchen, »du hast eine so schöne lange Nase bekommen! – Ich bin dir so von Herzen gut – so lange warst du fort! – Deine Zöpfe sind viel länger gewachsen! – Aus Sehnsucht hab' ich manchmal wirklich nichts gegessen in dieser Zeit der Trennung. Wenn du willst, bleibe hier in dem alten Turm, bis ich König werde, dann wirst du Königin.« – Gritta meinte, das gehe doch nicht; das wäre, als sei sie ein wildes Tier, und im Winter würde sie einfrieren. – »Ach nein«, sagte das Prinzchen, »es soll schon schön hier oben sein! Ich stelle meine Blumen um dich her, ich hole meine goldne Krone und alle meine Edelsteine, und du bist in der Mitte der schönste Edelstein und auch die schönste Blume.« – Gritta lachte und sagte, sie wollten lieber in den Wald zusammen gehen. Sie flüsterten noch lange und erzählten einander, was sie erlebt hatten; doch die Zeit verging, das Prinzchen sprang endlich vom Tisch herab, um zur Tafel zu gehen, bei der es nicht fehlen durfte, denn der König hielt streng auf die rechte Zeit. Kaum konnte er scheiden, so viel hatte er noch zu sagen, bis Gritta ihn sanft zur Tür heraus schob. Er drehte den rostigen Schlüssel um, und sie war allein in der Kammer. Sie setzte sich wieder auf den hohen Tisch, rieb die von der Nachtkälte erfrornen Finger und zählte die verschwindenden Augenblicke.

Das Prinzchen Bonus lief schnurstracks nach dem Speisesaal. Der Koch hatte alle Prozesse mit den Speisen vollendet, sie prangten schon auf der Tafel. Mit weißgepuderten Zöpfen standen die Diener hinter dem Tisch und beobachteten den Dampf, der von den silbernen Schüsseln aufstieg. – Man hörte jede Fliege summen; augenblicklich entfernte auch der Leibkammerdiener solch einen Störenfried, ließ er sich hören, mit der Serviette; dann stand er wieder wie eine Mauerparade und lauschte, wie zuweilen der goldne Sessel mit den schwellenden Kissen nach seiner königlichen Last seufzte. Das Prinzchen setzte sich zur Rechten des königlichen Platzes auf seinen goldnen Stuhl nieder und amüsierte sich damit, bis der König kam, Brotkügelchen zu drehen, sie anzufeuchten, zu zielen und auf die lange Reihe zur Jagd ziehender oder tafelnder Vorfahren, die die Wand entlang gemalt, zu werfen. Schon mancher von den alten steifen Herren besaß eine Warze: er wußte nicht wo. – Eben hatte er die Nase eines dicken Herrn auf dem Korn, und die Diener duckten ehrfurchtsvoll den Kopf, daß die Kugel nicht in der Puderperücke hängen bleibe, als die Tür knarrte. Der Oberkammerdiener strich zum letztenmal die Falten vom königlichen Sitzkissen, und der König trat ein. Alles flog herbei! – Der König sank in den Stuhl. Nachdem er den Tisch überblickt hatte, schaute er ungeduldig nach der Tür, denn die braungerösteten Semmelbröckchen zur Suppe ––– sie fehlten! – Da kriegte das Prinzchen Bonus eine so große Sehnsucht nach Gritta. – Es fiel ihm eine List ein fortzukommen. Er wollte nur erst etwas für Gritta zum Essen stehlen; während die königlichen Blicke noch auf der Tür ruhten, langte er mit geschwinder Hand einen großen braunen Pfefferkuchen unter dem Konfekt hervor und brachte ihn glücklich unter das Tischtuch. – Der König wandte sein Antlitz, da wankte der untergrabne Konfektturm; die Diener sprangen herzu, er stürzte und die Süßigkeiten rollten umher. »Was hast du gemacht?« fragte der König, Unrat merkend. Das Prinzchen errötete und haschte nach dem fallenden Konfekt. – Der König ließ es dabei bewenden, schielte aber seinen Sohn von der Seite an, und da er ihn so aufgemuntert wie noch nie sah und auch die zerknitterte Halskrause bemerkte, faßte Verdacht in seiner Seele Raum. »Mir ist sehr schlimm«, sagte der Prinz und sprang auf, »ich muß fort.« »Gehe«, sagte der König – aber er wollte nur sehen, wohin er ging. Kaum war er fort, so warf der König auf die dampfende Suppe einen letzten Blick, lief in sein Geheimkabinett, warf seinen Pudermantel über und schlüpfte zur Hintertür hinaus. Eben schlüpfte vor ihm her das Prinzchen aus dem Vorsaal in einen Gang hinein; der König schlüpfte nach, es ging durch viele dunkle Gänge, – nicht in des Prinzleins Gemach, nein, in den Gespensterteil des Schlosses. Den König ängstigte es, daß die Geister ihn in dem weißen Pudermantel für ihresgleichen halten könnten; da sah er, wie sein Söhnlein auf eine Tür zulief, um sie zu öffnen. Rasch sprang er auf ihn zu, wickelte ihm sein Taschentuch um den Mund, band ihn mit seiner Leibschärpe, nahm ihm den Pfefferkuchen ab und praktizierte ihn in eine dunkle Ecke. Nun besann er sich, was konnte in der Kammer sein? – Sollten es vielleicht ein paar von den kleinen Landstreichern sein, von denen ihm der Gouverneur Pecavus so viel Schlimmes erzählt hatte, um die der Prinz so viel trauerte, als man ihn gewaltsam von ihnen getrennt und nicht mehr allein in den Wald gelassen, weil man sie nicht fangen konnte? Was sollte es anders sein? – Der König schloß die Tür auf.

Gritta hatte unterdes auf dem Tisch gesessen und gelauscht. Sie hörte draußen ein Geräusch, als wenn etwas niederfalle; es folgte eine kleine Stille, dann öffnete sich die Tür, und ein Kopf guckte herein. Nicht der des Prinzchens, nein, – ein runder, mit einem majestätischen Doppelkinn und großen glänzenden Augen. Gritta war pfiffig; – als die Gestalt nachfolgte und sie unter dem weißen Pudermantel etwas blitzen sah, wußte sie gleich, wer es war. – »Ich bin ein Diener«, sagte der König, der erst die Sache untersuchen wollte, – »weil der Prinz nicht kommen kann, schickt er mich mit einem geeigneten Gruß und Pfefferkuchen.« Diese wohlgesetzte Rede machte Gritta noch sicherer. »Hör!« sagte sie, »mir ist sehr kalt, der Wind bläst hier so um das Schloß herum. Hole dort aus jenem Schrank den Pelzrock! Ich will mich drin einhüllen.« Der König hielt den Pudermantel zusammen, öffnete die große

Schranktür, überwand seine Würde, und stieg über die Außenwand in die schwarze Finsternis des Schrankes, um nach dem Rock zu fühlen. Aber paff, fuhr hinter ihm die Tür ins Schloß, und der erstaunte König war allein mit sich und den Schrankwänden. Gritta draußen schwieg mäuschenstill, kletterte an der schrägen Wand in die Höhe und öffnete das vom Winde geschlossene Fenster, schaute einen Augenblick in den Sternenhimmel und dachte nach, ob der Prinz wohl wegen ihr die Rute bekommen habe; dann nahm sie sich einen frischen Mut und stieg herab.

Sie spazierte mit dem großen Schlüssel in der Hand vor dem Schrank auf und ab; sie hielt ihn fest zwischen den Fingern, als hinge der König daran. Was kamen ihr nicht alles für Gedanken, was sie verlangen könne! Aber, zu großmütig, um von der eingeschränkten Position des Königs Anserrex Vorteil zu ziehen, dachte sie nicht weiter daran, räusperte sich schnell und begann: »Höre, König, du hast unrecht getan!« »So mach auf!« rief der König zornig, nachdem er sich von seinem Schreck erholt hatte. »Ich mache nicht auf!« sagte Gritta, »ich denke mir wohl, daß jetzt auf dem königlichen Tisch die Schüsseln prangen. – Sie dampfen, alles wartet auf dich. Doch du kommst nicht, wenn du mir nicht etwas versprichst. « — — Gritta lauschte, was der König mache. – Seufzte er nicht nach den Speisen? – Der Gedanke nichts zu essen, erschütterte ihn gewiß sehr stark, denn der Schrank knarrte. »Du mußt mir versprechen, freien Ausgang zu meinen Eltern zu lassen, und mir und ihnen erlauben, ruhig in der Stadt zu leben, sonst laß ich dich nicht heraus! – Dann sollst du die armen gedrückten Gänsebesitzer frei von der Steuer geben. Du kennst nicht ihre Not, weil der Gouverneur Pecavus dir nicht die Wahrheit sagt! – Er wird dir gewiß gesagt haben, der Kopf, die Füße, der Steiß und die Flügel seien die Hauptsache an der Gans, darum müssest du dir den Leib immer als Steuer geben lassen. Wenn die Gänsebesitzer ihre Gänse eintreiben, so wird ihnen am Tor

schon die Hauptsache ihrer Gänse genommen: denn glaubst du, daß man aus dem Kopf, Füßen und Flügeln einen Braten oder eine Gänsebrust machen könne?« —— »Gänseklein!« ertönte es aus dem Schrank. Gritta schwieg. »Ach!« sagte der König mit schwacher Stimme, »wenn ich die Gänsesteuer freigebe, so hab' ich keine Gänsepasteten mehr!« – »Was?« – sagte Gritta, eilig vor den Schrank schreitend, »dir macht sogar der tiefgesunkene Gouverneur Pecavus weis, daß die Früchte dieser Steuerhärten alle in deinen Magen kommen? – Er treibt ja schon seit langem einen sehr ausgebreiteten Handel mit Spickgänsen! – Ich lasse dich nicht heraus, versprichst du mir nicht alles, was ich verlange. – Der Staub wird auf den Schrank fallen viele Jahre lang, und der Holzwurm wird deine Stundenuhr sein, wenn du herauskommst, – das heißt – wenn er den Schrank aufgefressen hat. —— Ja, König! – Hundert Jahre werden darüber vergehen, die Türme der Burg fallen, und die Pasteten in Staub zerbröckeln, wenn sie nicht vorher aufgespeist sind; und du wirst noch nicht heraus sein! – Wer wird dich hier in dem Gespenster-Zimmer des Schlosses suchen?« – Sie legte das Ohr ans Schlüsselloch! – Alles war still! »Versprich!« sagte sie und klopfte mit dem Schlüssel ernst an die Tür. »Kind, mach auf!« rief der König, »alles, alles erfüll' ich dir, du sollst selbst mit dem Prinzen Bonus Thronfolger spielen dürfen, wenn du aufmachst! —— Der Staub ist so stark im Schrank, oder es steckt Nießwurz zwischen den Ritzen; ich muß niesen und kann nicht. O Kind, mach auf – ich – ich habe Hunger!« Gritta schloß auf, unbekümmert, ob der König sein Wort halten werde, obwohl ein König gewiß ein ganz anderer im Schranke ist, denn sie konnte ihn doch nicht länger hungern lassen, und sie hätte gewiß auch ohne Versprechen ihm geöffnet.

Er steckte den Kopf hervor, schob langsam nach, dehnte sich und schaute vergnügt umher. »Herr König!« sagte Gritta und zupfte ihn am Rock. Der König zog schnell den Schlüssel aus dem Schrank und steckte ihn in die Tasche. – »Da ist ein Brief!« Sie übergab ihm den Brief der Elfenfürstin, er steckte ihn zu dem Schlüssel und schritt zur Tür hinaus. »Wißt Ihr, Herr König«, sagte Gritta und lief dicht neben ihm her, »der Gouverneur Pecavus ist kein redlicher« – sie wollte weiter erzählen, aber er lief so schnell, daß sie außer Wort kam. Beinah wäre Prinz Bonus von ihm vergessen worden, so beeilte er sich der Suppe entgegen, hätte dieser nicht, als sie an ihm vorbei kamen, wild gegen die Wand gestrampelt; er band ihn los – und rannte dann noch schneller, daß die Kinder nicht eilig genug nachtrampeln konnten.

Im Speisesaal harrten die Diener, in Aufregung über den wunderbaren Einfall des Königs, vom Essen wegzulaufen. Getröstet durch seine Wiedererscheinung sprangen sie herbei und rückten den Stuhl zu seinem Empfang zurecht, wobei der Leibkämmerer nicht ermangelte, eine Freudenträne über die glückliche Zurückkunft auf des Königs Hand zu vergießen. Der König entfernte den lästigen Pudermantel und ließ sich nieder. Auf seinen Wink erhielt Gritta ein Stühlchen dem Prinzen Bonus gegenüber. Sie konnten sich nur zuweilen anlachen, wenn sie sich streckten, denn eine große Kuchenpyramide war die Mauer vor ihren Blicken. Man speiste ganz still. – Gritta wußte nicht, ob der König gnädig oder zornig gesinnt sei; er schien alle weitern Gefühle bis nach dem Essen aufzusparen. Endlich erreichte dies sein Ende. Der König steckte das Schnupftuch in die Tasche und kriegte dabei den Brief zu fassen; er legte sich in den Stuhl zurück und brach das goldne Siegel von dem feinduftenden Papier. Eilig schneuzte der Leibdiener die goldne Kerze. »Aber das ist Augenpulver!« sagte der König. »Der Prinz lese, er putze sich aber vorher die Nase!« Der Prinz las:

»Großmächtigster König! In Deinem Lande lebt, was Dir bis jetzt unbekannt sein wird, eine Königin. Sie herrscht in ihrem Reich, im Wald, und was für Dich nur ein kleiner Fleck sein

würde, ist für sie ein Land. Du kennst das Geschlecht der Elfen nicht, aber Du wirst erfahren haben, daß sie Freunde Deiner Voreltern waren.«

»Was?« sagte der König, »der Brief ist nicht von dem Kinde dort, sondern von einer Königin, die sich in meinem Lande ansässig gemacht hat, ohne mir etwas zu sagen?« –

»Wir sind von Uranfang hier gewesen«, fuhr der Prinz zu lesen fort, »und also lange vor Dir, denn Dein Land ist das Paradies, deswegen es auch nur selten Winter wird, und wenn die Blüten fallen, kommen schon wieder Blüten.« »Also stamme ich von der Familie Adam ab!« sagte der König. – Der Prinz fuhr fort: »Gott-Vater, nachdem sein Zorn über Adams verbotnen Apfelbiß sich gelegt hatte, versetzte es wieder auf die Erde. Alle Engel und Geister, deren Spielplatz es im Himmel gewesen, flohen nun nach allen Seiten aus seinen duftigen Büschen und schwangen sich auf andre Himmelswiesen, um nicht mit hinab versetzt zu werden. Wir kleinsten Geister aber schliefen in den Blüten und Blumen, und als wir aufwachten, da waren wir schon in irdischer Luft und konnten nicht mehr hinauf. Das war die Strafe dafür, daß wir genascht hatten aus Gott-Vaters Bierkrug. Das süße Honigbier lockte uns an wie die Fliegen, wir konnten nicht widerstehen.« »Ich hätte nicht so viel Wesen gemacht um ein bißchen Bier«, meinte der König, »aber was steht nun noch mehr in dem Brief?« –

Der Prinz las weiter: »So klein mein Land ist, so vermag ich doch viel. Wenn Du mich vertriebest, würden die Quellen nicht mehr frisch rauschen, die grünen Wiesen verdorren, und die Zweige auf den Bäumen würden nicht mehr schwer belastet von Früchten sein. Das Laub würde nicht mehr die Sonnenwege beschatten, es würde verzehrt werden von den giftigen Insekten, auf die mein Volk stets Jagd macht, denn aller geheimen Naturkräfte bin ich mächtig, und vergnügt, Dir durch sie zu nützen.« – – »Eine artige kleine Person, die

Königin! Wir wollen sie lassen, wo sie ist!« rief der König. Prinz Bonus fuhr fort:

»Ihr seid ein guter Regent, König, alles könnte unter Eurem Zepter gedeihen; nur eins ist Euer Unglück: – der Gouverneur Pecavus. – Schon lange sehe ich, wie drohende Stürme Eurem Haupte nahen; aber heute bin ich zur Gewißheit gekommen, von wem sie ausgehen. Heute um Mitternacht hat mein Großvater, der Mond, eine Eule, die über den Wald nach dem Meere zuflog, aufgefangen; sie trug einen Brief unter dem Hals an eine Klosterfrau, von niemand anders als dem Gouverneur Pecavus geschrieben. Er war früher Mönch in einem fernen Land und hat dort schon sehr schwarze Taten vollbracht. Ich hoffe, daß, nachdem Ihr die Wichtigkeit des Briefes eingesehen, werdet Ihr die Botin, die kleine Hochgräfin aus dem alten Stamme der Rattenzuhausbeiuns, ehren und ihr um meinetwillen das zulieb' tun, was sie wünscht. Jeden, der ihr etwas zuleide tun sollte, warne ich vor meinem Zorn. Ich grüße Euch und bin Eure ergebene Freundin und Landesverbündete.« – »Lies den Brief unseres Pecavus! Es wird nichts Übeles darin stehen«, sagte der König. Prinz Bonus las:

»Sequestra! Ihr lebt doch noch im Wald, bei dem großen Eichbaum, nach dem Ihr hingezogen seid, als die Ratten Euch vertrieben haben, und ich hoffe, dieser Brief kommt zu Euch. Mir geht es glücklich. Ich sitz' in der Wolle, das heißt in dem Königspelz. Nachdem ich meinen Weg durch fremde Länder genommen, bin ich hier angelangt bei einem sehr dummen König!« – »Was?« rief der König. – »Bei einem sehr dummen König!« – wiederholte Prinz Bonus, mit ausdrucksvoller Betonung. – »Obschon ich nun recht warm sitze, so suche ich mich doch noch höher zu schwingen durch einen Aufstand unter den Gänseverkäufern, indem ich den König dazu bewege, sie zu drücken. Vielleicht, wenn meine Pläne gelingen, werde ich selber bald König sein; dann könnt Ihr kommen mit allen Nonnen, und ich will Euch ein Kloster einrichten. Jetzt müßt

Ihr auch wissen, daß ich die elf entflohenen Kinder entdeckt habe; die könnt Ihr gleich einstecken, wenn Ihr kommt. Allergeliebteste Sequestra, schickt mir doch ein Schmalztöpflein für den dummen König!« – »Halt ein!« rief der König, »ich weiß genug. Diener! – Ruft mir den Gouverneur Pecavus in mein Geheimkabinett!« – Er sprang auf und ging selbst hinein. Alsbald erhob sich drin ein fürchterliches Toben, als werde alles umgeworfen. Gritta und der Prinz lauschten an der Tür, sie konnten nichts deutlich hören, es ertönte bloß ein wildes Geschrei durcheinander; auf einmal geschah ein Knall. – »Ach, wenn er nur meinem Vater nichts getan hat!« rief der Prinz und öffnete. Da stand der König und zog eben noch zweimal mit seinem goldnen Zepter dem Gouverneur Pecavus etwas über. – Dieser hatte sich halb versteckt hinter eine Marzipankiste, das Hauptstudiermaterial im Geheimkabinett. Der Staub fuhr aus seiner Perücke, und seine Augen funkelten glühend hindurch; jämmerlich gekrümmt sprang er hervor und floh vor dem ihn verfolgenden König hin und her. Bald wollt' er sich auf den Schrank retten, bald kroch er unter dem Sopha durch; wie Flügel schwebte der schwarze Mantel in der Luft herum, wenn er die Hände weit vorausspreizte und allerlei unerhörte Worte schrie, wie »König Gänserich!« und dergleichen. – »Ja, ins Loch lasse ich Sie setzen, schändlicher Pecavus!« rief der König erschöpft und blieb stehen. »Die Stadtmiliz steht schon vor der Tür.« – »Glaubst du, ich könne nicht fort? – König Anserrex!« rief Pecavus, »ich bin stets frei und gehe allein fort auf einem Wege, wo deine Stadtmiliz mir schwerlich nachkommen wird.« Bei diesen Worten fuhr er durch den Kamin in den Rauchfang hinein – er lachte noch einmal schauerlich – das Feuer flackerte auf, und er war verschwunden. Ja, es war der Pater Pecavi leibhaftig! Damals hatte ihn Gritta durchs Kamin herein- und heute durchs Kamin hinausfliegen sehen.

Der König, froh, daß er ihn los war, freilich auf eine sehr

unheimliche Weise, steckte das Zepter wieder hinter den Spiegel und wischte sich die Asche vom Gesicht, die ihm angeflogen war, da ein großer Wind bei Pecavis Flucht aus dem Schornstein hereinblies. Dann nahm er seinen Nachtleuchter und sagte sanft: »Geh zu Bett, kleine Hochgräfin, ich werde dir ewig dankbar sein!« Er küßte sie auf die Stirne und ging; Gritta winkte dem Prinzen heimlich »Gute Nacht«; zwei goldbordierte Bediente sprangen mit goldnen Leuchtern vor ihr her bis zur Schlafzimmertür, die sie sehr weit vor ihr öffneten, dann mit ihren Wachslichtern der Ersparnis wegen wieder fortliefen und sie im Dunkeln allein ließen. Aber ein kleines Lämpchen brannte doch und erleuchtete halb das Zimmer. Es war sehr herrlich, so herrlich wie Gritta es noch nie gesehen: die Wände waren golddurchwirkt und voll bunter Gemälde, in denen immer die Hauptperson ein Gantvogel war auf einer zackig geformten, goldnen Schüssel, in der einen Pfote eine Zitrone, in der andern einen Lavendelstengel haltend. Sie vermutete, es möge wohl des Königs Lieblingsgericht sein; denn auch oben an der Decke, wo die lieblichen Göttinnen mit langen Beinen hinter weißen Wolken sich versteckten und zärtlich herab sahen, hielt eine in der Mitte derselben mit feierlichem Anstand solch eine Schüssel. – Aus dem königlichen Schloßgarten strömten Düfte herein, und hinter dem dunklen Laub plätscherten die Springbrunnen. – Es war doch gar zu schön! Gritta verlor sich ganz im Anschauen. – Da öffnete sich leise eine Tapetentür, und eine allerliebst zierliche Hofmeisterin oder Schloßdame trat ein; sie praktizierte Gritta auf eine artige Weise Röckchen und Jäckchen aus und steckte sie in ein schönes kleines Bett; das Prinzchen mochte wohl früher darin geschlafen haben, denn es war fein gedrechselt und ganz übergoldet. Die Hofdame schloß die seidnen Wände der Gardinen und trippelte davon, mit einem »Gute Nacht, liebes Kind!« Gritta lag ganz still in dem seidnen Paradies; Düfte wehten zum Fenster herein und stahlen sich durch die Ritzen der Gardinen. Behaglich dehnte sie sich, so lang sie konnte, und legte sich von einer Seite auf die andre, bis sie still liegen blieb, nachsinnend über den alten Hochgrafen und die Mutter. – »Wie glücklich werden beide nun sein!« dachte sie, »wenn sie eine schöne Heimat haben. Der König läßt sie gewiß holen; es wird mir nicht mehr leid tun, daß der Vater nichts hat zum Maschinenbauen, und die Gräfin wird nicht mehr traurig sein, denn sie werden alles haben. Aber der kleine Tetel!« – – Da raschelten die seidnen Gardinen und öffneten sich. Eine weiße Gestalt stand vor dem Bett, ihre wunderbaren Augen leuchteten durch das Dunkel: »Liebe Gritta«, sagte sie sanft, »ich bin die Ahnfrau vom Rutenbaum! Du hast mich erlöst, denn du bist die erste meines Geschlechts, die gewandelt, ohne die Rute zu verdienen, drum sei von mir gesegnet! – Bald verlasse ich die Erde. Hast du irgend einen Wunsch?« »Ach nein«, sagte Gritta – – »nur der kleine Tetel« – – – Die weiße Frau nickte, deckte sanft das verschobne Federbettchen über Gritta, blickte sie mit den dunklen Augen segnend an und war verschwunden; die Vorhänge rauschten zu. Gritta schlief ein, und goldne Träume spielten mit ihr.

Am andern Morgen flog ein frisch betauter Apfel in die Bettgardinen; Gritta erwachte, ein zweiter flog zum Fenster herein. Sie schlüpfte schnell in ihre Kleider, eh' die artige Hofmeisterin käme, der sie lieber selbst Dienste getan hätte. Es waren aber nicht mehr ihre Kleider, sondern neue von schöner Seide; als sie heimlich sich dreimal darin im Spiegel angeguckt, lief sie ans Fenster. Prinz Bonus wandelte ganz herrlich geputzt zwischen den morgentauigen, von des Königs eigner Hand gepflanzten Kohl-, Rüben- und Spargelbeeten und suchte aus Artigkeit für ihn die Kappes aus, die er auf ein grünes Blatt gelegt, ihm später präsentieren wollte. Er schrie: »Gritta, steh auf! Wie kannst du so lange schlafen, wenn die Welt schon ihr goldnes Taggewand angelegt hat?« – Gritta war schon auf dem Weg zu ihm, als sie den Türmer blasen hörte; voll Ahnung lief

sie an die Schloßpforte. Da stand der alte Hochgraf und die
Hochgräfin vor dem Gittertor, und über der Hochgräfin
Schulter schwebte auf seinem Reiseplatz der kleine Tetel;
hinter ihnen stand Peter, und Scharmorzel, der die ganze
Nacht ausgesperrt gewesen war, bellte mit freudiger Ungeduld.
Unten lag die sonnige Au im Morgennebel, und Gritta meinte,
sie sähe etwas Weißes flimmern, doch merkte sie nicht drauf,
weil sie nicht schnell genug in dem dunklen Torweg an der
Wand in die Höhe konnte, um den Schlüssel aus dem Mauer-
loch zu langen, in das ihn der Torwächter legte, weil, wenn
geklopft wurde, gewöhnlich alle Leute früher aufwachten als
er. – Bald lag Gritta dem Hochgrafen um den Hals.

»Weißt du, warum wir kommen, Gritta?« sagte die Hochgräfin. »Heute Nacht im Traum hab' ich eine weiße Frau gesehen;
die sagte, wir sollten hierher gehen, es sei alles herrlich und
schön mit dem König. Da haben wir uns denn aufgemacht.«

Sie traten nun durch den Torweg in den Schloßhof herein.
Während sich der Hochgraf erkundigte, wie alles gegangen mit
Gritta, schaute die Gräfin nach den Zinnen. Sie leuchteten in
der Sonne, und die Tauben umflogen sie in Schwärmen; ihr
weißes Gefieder blinkte beim Wenden, dann ließen sie sich
nieder zu den Hühnern, die auf den reinen Steinen des Hofes
geschäftig hin und her eilten. Vor einer kleinen runden Tür mit
Steintreppe sammelten sie sich alle. Die kalekutischen Hähne
kullerten, als erwarteten sie etwas; die Hähne stolzierten voll
Aufmerksamkeit auf und ab. Perlhühner und Haubenhühner
liefen gackernd durcheinander und legten ihre Eier im Kreis
vor die Tür zierlich in den weißen Sand. In der Mitte des Hofes
trieb der Brunnen seinen Silberstrahl in die Luft; die runden
Spiegelscheiben in den Fenstern blinkten, und wo sie offen
standen, trieb der Wind mit den seidnen Vorhängen sein Spiel
und ließ die bunten Scherben sehen, in denen die Schloßjung-
fern dunkelrote Nelken zogen.

»Ei, wie herrlich ist hier alles!« sagte die Gräfin, »und wir? –

Wir sind zwar rein gewaschen, aber schau einmal, Gritta, was da viel Löcher in deines Vaters Rock sind! Ich hatte keine Seide zum Nähen und« –– Sie schwieg erstaunt. – Aus der Turmtür, um die sich das Hühnervolk drängte, trat der König heraus, in einem goldnen, mit roten Tulpen bestickten Schlafrock. Mild und blühend lachte sein Antlitz, wie die Hoheit selbst und doch so heiter, nicht ermüdet, wie man vermuten sollte nach einer so geschäftsvollen Nacht, denn der Koch hatte eine Morgenpastete sondergleichen gemacht. Schnell warf er die goldnen Weizenkörner unter das Gefieder, als er den Grafen erblickte. Er nahm sich kaum Zeit, ein paar weiße Eier der artigen Hühner in den Rockärmel zu stecken, kam auf ihn zu und sagte, er habe gleich erraten, wer der liebe Gast sei, und bedaure höchlich, daß der Hochgraf zu Rattenzuhausbeiuns schon so lange in seinem Land sei, ohne zu ihm zu kommen. Er war so mild und gnädiglich und spazierte die Treppe nicht eine Stufe voran beim Hinaufsteigen, und auf seinen Lippen war ein unerlöschbares Lächeln. Der Graf folgte mit tiefen entzückten Verbeugungen. Oben angelangt, ließ der König noch einmal auftragen, der Gäste wegen. Der Hochgraf und die Hochgräfin mußten zu seiner rechten und linken Seite Platz nehmen, er fischte mit seiner Gabel den besten Stücken in den Pasteten nach. Unterdessen erzählte der Graf von einer Maschine, junge Kükel, Hasen, Rehe und Gänse auszubrüten. Die Gräfin wollte mehrmals sagen, daß Hasen und Rehe nicht in Eiern auf die Welt kämen; aber der Graf, der in gelehrten Ansichten keinen Spaß verstand, gab den Bescheid, die Frauen verständen davon nichts.

Gegen Ende der Mahlzeit machte der König ein tiefernstes Gesicht, räusperte sich und sprach mit tiefgefühltem Wohlwollen und Liebeslächeln zum Grafen: »Umarmen Sie mich, edler bewährter Freund! Ich erkenne Ihren großen Genius! Vermählen wir unsre Kinder mit einander! Dies wird das schönste Band zwischen mir und Ihnen sein, fester als alle Kükelmaschinen.

Zwar hatte ich meinem Prinzen eine ernstere Staatsverbindungsvermählung zugedacht; aber sehen Sie, Lieber, diese Ihre große Fähigkeit der Staatsmaschinenkunst würde ja alle politischen Staatsverbindungen bei weitem übertreffen. Sollten Sie nicht als königlicher Hofschwiegervater Ihren Wirkungskreis haben? Das sollte mir leid tun! Zweitens, da das Äpflein nicht weit vom Stamme fällt, so vermute ich, daß das Töchterlein eine talentvolle Königin werden wird; ja, gestern hat sie schon vor mir ihr Licht nicht unter den Scheffel gestellt.« Der Graf verbeugte sich tief. – Gritta war über alle Maßen erstaunt; sie legte einen Pfefferkuchenmann, dem sie soeben den Kopf abgebissen, erschrocken auf den Teller. Aber das Prinzchen neben ihr reichte ihr mit bittendem Blick eine verzuckerte Pomeranze und fragte: »Willst du? – Ich langeweile mich so sehr allein!« – Sie nickte und nahm die Pomeranze.

Eben fischte der König dem letzten Brocken in der Sauce nach, als der Turmwart von neuem blies. Gritta lief zum Fenster, um zuerst zu erfahren, was es neues gäbe. O Wunder! Vor dem Tore standen zehn Mädchen! – Schier wär' die kleine Hochgräfin zum Fenster herausgesprungen, denn die voran an dem Schloßtor rüstig klopfte, war niemand anders als Margareta! Gritta sprang die Treppe herab und lag in ihren Armen. – Was war sie lang geworden! – Gritta wünschte sich ein Schemelchen, um hinauf zu steigen und ihr ins Gesicht zu sehen, in die braunen Augen, so freundlich wie immer, und ihre Wangen zu küssen, so rot wie der schönste Apfel. Sie lief nun von der einen in der andern Arme, bis sie endlich außer Atem stille stand. Eben wollte sie anfangen zu fragen, da erschien der König an der Pforte. »Ach, was für artige kleine Jungfern!« rief er, »das sind also die Landstreicher! – Ach, hätte ich doch noch zehn Söhne! Nun, so wollen wir gleich heut Nachmittag Hochzeit halten, ohne Vorbereitung von großen Spargelkrautpforten und Volksgeschrei, denn es wird

nichts davon erfahren. Ich muß so immer, wenn ich von meinen Reisen komme, acht Tage inkognito bleiben, bis sie sich zum Schreien zurecht gemacht haben, und dann hinaus spazieren fahren, um zum Empfangstor wieder hereinzukommen. – Aber in die große Stadtkirche muß gleich geschickt werden, um alles zurecht zu machen!« »Nein, Euer Majestät!« – sagte Margareta zum König, indem sie ein solches Knixchen aus ihrem Sittenspeicher holte, daß er ganz gerührt wurde. »Wenn Gritta heiraten soll, so laßt die Trauung bei uns sein in unserm Waldkloster!« Der König nickte, etwas verwundert über das Waldkloster, und ging nachgrübelnd umher, ob er es nicht eigentlich auflösen müsse, weil sie ihm sonst die Gänseweide im Wald niedertreten könnten; aber großmütig ließ er später den Gedanken fallen. »Was ist das für ein Waldkloster?« fragte Gritta. »O, wir haben uns ein Kloster im Wald gebaut«, sagte Margareta, »schön und zierlich, von Rohr, Lehm und Feldsteinen, mit kleinen Zellen und Fensterchen! Es ist alles rings herum dicht verwachsen, und ein Gänglein ist in der Mitte des Klosters, da fliegen die Vögel aus und ein und bauen ihre Nester an die Wand.« – »Wie kommt ihr zu dem allen?« rief Gritta, voll Freude, daß es ihnen immer wohlgegangen war. »Das will ich dir erzählen! Wir wollen uns dort auf die Turmtreppe setzen, das Prinzchen hat doch schon die andern hinaufgelockt auf den Taubenschlag. Es wär' uns auch gar nützlich, hätten wir zwei Zuchttauben. —— Also du warst uns abhanden gekommen, und wir liefen überall herum nach dir, doch alles vergeblich. Wie wir nun so ganz unglücklich in die kreuz und quer rannten, erblickte ich etwas Weißes aus Blumen und Distelkraut ragen. Es sah seltsam aus; ich dachte erst, es wär' eine große weiße Pusteblume; aber – Gritta, ich bitte dich, erschrick dich nicht – sie bewegte sich, der alte Jude Abraham vom großen Meerschiff erhob sein weißhaariges Haupt und sah uns an! – Was das für eine Freude war! – Er erzählte uns, sie hätten sich damals alle vom Schiff auf einen Kahn gerettet; er wär' aber so vollgestopft gewesen, daß, als Frau Maria uns noch habe holen wollen, die Leute sie fest gehalten hätten, weil es nicht möglich gewesen sei, daß das Schiff uns noch tragen konnte. Sie seien nun vom Sturm unweit der Stadt Sumbona ans Land verschlagen worden, von wo bald alle wieder abgereist waren, weil der Gouverneur niemand in die Stadt ließ. Nur er sei da geblieben, um sich erst eine kleine Summe mit Weben zu verdienen vor seiner Abreise, weil er immer gehofft, in die Stadt zu kommen. Da dies ihm nicht gelungen, zog er sich in den Wald zurück, und lebte jetzt in einer kleinen Hütte. – Wir blieben nun beim alten Abraham und waren die erste Zeit sehr traurig um dich; – doch fort wagten wir uns nicht, um dich zu suchen, denn der Gouverneur Pecavus ließ im Wald Jagd auf uns machen. Den Jägern war befohlen, jegliches Wild unserer Art einzufangen. So bauten wir uns denn ein Kloster; – hätten die Elfen nicht dabei geholfen, so wär' es wohl nie fertig geworden. Wildebeere kam nämlich eines Tages zu uns, und seit der Zeit war des Nachts immer ein heimliches Treiben: es pochte, hämmerte und bohrte, und immer war am andern Tag darauf das Kloster wieder weiter fertig, und immer schöner ward es. Als es ganz fertig war, machte uns der alte Abraham einen Webstuhl nebst Spinnräderlein und lehrte uns Spinnen und Weben; dann nahm er zu unserm großen Leidwesen Abschied, um in sein Vaterland zu gehen. Wir gaben ihm Briefe mit an unsre Eltern; er versprach, bald wieder zu kommen und uns Nachricht von ihnen zu bringen, und dann wollte er für immer bei uns bleiben, um seine Knochen unserem Kloster als Reliquien zu schenken. So haben wir uns denn ganz eingesponnen und eingewebt im Wald; viel dachten wir an dich, und die Zeit verging. Vor ein paar Tagen noch schenkten uns die Elfen eine goldne Glocke in unsern Klosterturm, mit schönen Figuren drin eingegraben, die sie selbst in dem Wald des Nachts gegossen und graviert haben. Heute morgen auf einmal kam Wildebeere, rief uns wach und erzählte alles, was dir begegnet ist; sie hatte alles von den Elfen erfahren. Früher hatte sie uns nie Nachricht von dir gebracht, wahrscheinlich weil sie sich bloß um die Wissenschaft bekümmerte; wir machten uns gleich auf den Weg hierher. Aber wie schön ist es jetzt im Kloster! Ein jedes hat sein eignes Geschäft: Reseda läutet alle Morgen und Abend, Petrina muß das Kapellchen ausfegen; Lieschen muß es schmücken mit Blumen, sie kann die so schön aus bunten Federchen zusammenbinden, die die Vögelchen vor der Klostertüre fallen lassen, wenn Elfried sie füttert u. s. w. Sonst arbeiten wir zusammen, schwingen den Flachs und spinnen ihn; dazu kommen öfters in den Dämmerstündchen die Elfchen und erzählen uns die schönsten philosophischen Gedanken, und wir spinnen alle so vergnügt im Mondenschein. Dann weben wir und bleichen, wobei wir sehr vorsichtig zu Werke gehen, weil wir bemerkten, daß die kleinen Elfchen gern unter der Leinwand sitzen und allerlei Spuk darunter treiben. Harmoni hat ein wunderbares Instrument zustande gebracht, bei dem ihr die Elfchen beigestanden; darauf musiziert sie in der Kapelle und hält alle unsre Stimmen zusammen. Maieli hat die Kapelle gemalt; aus den beiden wird etwas. Du glaubst nicht, wie schön die Kapellenbilder sind. Ich bin nun die Äbtissin und wünsche nichts, als daß du als Königin unser Kloster genehmigst und es »Zu den zwölf Landstreicherinnen« nennst. Wir besitzen einen Klosterschatz von Bienen, die sich bei uns eingewohnt und ganz zahm und verständig sind; wir brauchen sie als Boten, sie schwärmen von uns zu den Elfchen und von dort wieder her und von einem zum andern, um uns bei Gelegenheiten und Geschäften zu rechter Zeit zusammen zu rufen; von denen sollst du jährlich ein Töpfchen ihres klarsten Honigs als Abgabe haben. Doch jetzt muß ich fort ins Kloster. Wir haben heute das erste Elfenbier gebraut, das möchte überlaufen; dann muß ich auch noch helfen, in der Kapelle die Hochzeitsanstalten machen, und wir müssen uns putzen: da habe ich keine Zeit zu verlieren.« Sie rief die andern vom Taubenschlag und zog eilig mit ihnen ab, außer Kamilla, die zurück blieb, um den Weg nach dem Kloster zu zeigen.

Am Nachmittag, als der Wald vom Sonnenschein durch-glänzt in voller Pracht stand, zog der Brautzug nach dem Klösterchen. Ihm voran ging der alte Hochgraf mit Gritta und Scharmorzel, auf Kamillas Schritte achtend, die als Wegweiser durch den Wald sprang. Sein Bart glänzte weiß und gestrählt über ein neues Wams, und er sah vergnügter als je aus. Dann kam die Hochgräfin mit dem kleinen Tetel; sie war ein wenig still und traurig, trotz ihres prächtigen Seidenrockes mit langer Schleppe, denn sie dachte daran, daß der kleine Tetel nicht die Herrlichkeit des Waldes sähe. Nach ihr kam der König und das Prinzchen mit Peter Hand in Hand. Der König hatte das Gefolge am Waldessaum zurückgelassen. Dieser Umstand und ein leichter Sommerschlafrock, nicht der schwere Thronpur-pur, stimmte sein weiches Gemüt zu einer milden Fröhlichkeit. »Sieh! Prinz«, sagte er, »was meine Pantoffeln naß werden auf dem grünen Boden; was ist das?« »Das ist Tau, lieber Herr Vater!« – »Ach so! Ich bin seit so vielen Jahren nicht in einem Wald gewesen! – Ich glaub', ich war mein Leben kaum einmal drin; man hielt das sonst nicht für einen passenden Ort für die Königswürde, weil Krone, Zepter und Thronmantel gar leicht konnten an den Sträuchern hängen bleiben. – Was ist das? – Wiegt sich dort auf dem schwankenden Zweig in der Sonne ein Krammetsvogel?« – »Das ist ein Zeisig!« sagte der Prinz – »Ach was!« rief der König, »was heißt das, Zeisig! – Solch einen Vogel gibt es nicht; ich weiß wohl von dem Rebhuhn, von der Schnepfe, dem Wasserhuhn, der Wachtel, dem Krammetsvo-gel, der Lerche, dem Haselhuhn, dem Birkhuhn, Fasan und dergleichen, aber von keinem Zeisig hab' ich je gehört. – Horch wie es pfeift!« – und einem unwiderstehlichen Drang nachgebend legte er sich ins kühle Moos. – »Was pfeift da so süß?« »Eine Nachtigall!« sagte der Prinz. – »Ach«, rief der

König, »gewiß ein Rebhuhn! Ja, es schmeckt meinem Ohr zu gut!«

Was den König zum Weitergehen brachte, war ein Ameisenhaufen unter ihm, der sich wild widersetzte gegen die schnelle Besitznahme. – »Gott!« rief er, »ich kenne die Freuden des Waldes noch gar nicht!« stand auf und rieb sich die gebißnen Stellen. Der stockende Hochzeitszug wanderte weiter. Immer vergnügter wurde der König und fing an zu singen: »Die Pinschgauer wollten wallfahrten gehen!« Ob dieser grausamen Tonsätze, bei welchen des Königs Stimme lustig auf den höchsten Höhen irrte und in die tiefsten Abgründe stürzte, entflohen alle Vögel. – Sie sahen endlich das Klösterchen. Es lag tief versteckt im Wald, die runde Tür war umrankt mit wildem Kreuzblatt; aus einem kleinen, dicht mit dunklem Grün bewachsnen Fenster steckte Margarete ihren Kopf; ihr braunes Haar lag so glatt, gleich einem goldbraunen Mützchen um ihr Gesicht, sie sah so weise wie noch nie aus. Schnell verschwand sie, als sie den Zug kommen sah, und bald unterbrach Glockenklang die Waldesstille. Gritta schritt mit dem Grafen über die Steinschwelle. Ein zwitscherndes Vogelpaar über der Tür sendete ihr seinen warmen Gruß aus dem Nest auf das Schleierchen herab, sie schaute freundlich empor und lockte sie – der Zug geriet ins Stocken. Die alten Vögel schickten ihre Jungen, sie flatterten um sie her, sperrten ihre gelben Schnäbel auf und wollten Futter haben, bis der Hochgraf ärgerlich wurde über das zärtliche Gezwitscher, Gritta sanft einen Stoß gab, mit der Hand unter die Vögel fuhr und sagte: »Bedenke doch, Gritta, daß du eine Braut bist!« Sie warf sich schnell wieder in die Brust, daß das Brautkrönlein auf ihrem Haupt zitterte, und trippelte in das dunkle Kreuzgänglein hinein. Sie zählte die Türen an der Seite: es waren grade zwölf, zu jeder Seite sechs, also auch für sie war ein Zellchen bestimmt. Sie machte die Augen zu, um es nicht zu sehen, denn es tat ihr leid, nicht darin wohnen zu können; doch sie

wollte das Heiraten dem Prinzchen einmal zu Gefallen tun.
»Ach, wie schön!« rief da alles um sie her. Und der König
sprach ganz entzückt: »Ei, da ist ja gar etwas in meinem Lande,
wovon ich nicht weiß! Die artigen Klosterjungfern, sie sollen
einen kleinen Orden haben!« Gritta sah auf, es fiel ein helles
Licht in den dunklen Gang, aus dem von Margarete geöffneten
Kapellchen, das am Kloster wie eine Blume am Stengel hing
und in bunter Pracht schimmerte. Sie gingen hinein, eine
liebliche Musik begann, und im Chor fiel der Kindergesang
ein. Der Hochgraf von Rattenzuhausbeiuns wurde nach einer
Weile, als das Entzücken zu lang dauerte, unruhig und räusperte sich. Das Prinzchen stellte sich schnell an Grittas Seite vor
den Altar, und Scharmorzel setzte sich in die Mitte und kaute
an der Altardecke. Doch der Graf sah immer noch zornig vor
sich hin. »Was fehlt dir denn?« fragte Gritta. »Nichts als der
Pfarrer!« – Alle sahen sich verwundert an. »Lieber Hochgraf!«
sagte der König, »ich ernenne Sie zum Hofprediger dann und
wann bei besondern Gelegenheiten, wenn wir ihn nicht
entbehren können.« Der Hochgraf stellte sich vor den Altar in
Positur und hielt eine lange, ergreifende Traurede. Unterdessen sah sich Gritta um. Das Kapellchen war bunt gemalt.
Zwischen beiden Fenstern, vor denen die Baumzweige, vom
Wind geschaukelt, sich neigten, war das Bild der Mutter
Gottes gemalt; unter dem blauen Sternenmantel lachten die
zwölf Bilder der Kinder hervor. Auf dem geschmückten Altar
blühten die Waldblumen, und dazwischen brannten die weißen Kerzlein von dem Klosterwachs. Kamilla schwenkte in
einem fort das Rauchfaß, es war ein sanfter Schein und ein
süßer Duft in der ganzen Kapelle, so daß allen das Herz aufging
vor Freuden und Wohlgefallen. Prinz Bonus stand mit offnem
Mund und sah den Grafen an, ganz mit Andacht übergossen,
sein goldner Haarschein strahlte; Gritta, in ihr Schleierchen
gehüllt, stand tief in sich versunken. Da raschelte Margareta
mit dem Schlüsselbunde hinter ihr. – »Wie schön ist alles!«

sprach Gritta leise, um den Grafen nicht zu stören. »Ja! Siehst du! Das vermögen fleißige Hände«, erwiderte Margareta mit Äbtissinnenwürde. »Wie schön die Farben auf den Bildern sind!« »Sie sind von den Elfen von lauter Blumen zubereitet. Aber sieh einmal, was rührt sich denn da auf dem Boden?« Gritta sah hin. – Die Erde wurde dicht vor dem Altar von innen aufgewühlt, und der graue Kopf einer Ratte bohrte sich durch. Sie fraß sich ganz gemütlich einen runden Ausgang, dann sprang sie heraus und zog an ihrem Schwanz eine zweite nach, diese eine dritte und so fort. Die erste führte den Zug im Tanz zu einer zierlichen Karmagnole um des Grafen Füße, dann zwischen ihnen durch um Gritta und Bonus herum. Der Graf haschte nach Gedanken, wie jemand, der mit der Fliegenklatsche in der Luft nach Fliegen schlägt; sie flogen jedoch ganz fort, als zuletzt drei Ratten mit dem Wappen der Rattenzuhausischen Familie, das über der Burgtür befestigt gewesen, über seine Füße sprangen und es aufstellten. Dann folgten ihrer noch achte mit schweren Goldsäcken beladen. Die Ratten hatten sich einen Tunnel gebaut unter dem großen Meere weg und sich mitten durch die Erde gefressen, um ihr Unrecht wiedergutzumachen, dem Grafen das Wappen seines Stammes und das Erbteil der Gräfin zu bringen. Die weissagende Ratte sagte genau Ort und Stunde der Vermählung Grittas voraus, und sie hatten möglichst präzis gesucht, vor des Grafen Traurede anzukommen. Sie machten nun die artigsten Gesten, worin sie alles dieses deutlich ausdrückten, und demutsvoll um Verzeihung baten.

»O ja!« rief der Hochgraf, »ich verzeihe euch! Sonst wissen die Adligen ihren Adel kaum vor dem Rattenfraß zu retten, und ihr rettet mir meinen Adel. Denn der Oberhofzuckerbäkker, der am allermeisten gilt, hat dem König so schon heimlich Zweifel gesetzt über das Wort ›Hoch‹ vor dem Grafen, obwohl er noch kein anderes als des Königs Wappen in Zucker gebacken, was seine heraldische Kunde sehr in Zweifel stellt;

aber nun, o König! bin ich vor deinen Augen gerechtfertigt, denn sieh, auf dem Wappen sitzt hoch auf dem Berge eine Ratte in den Wurzeln unseres Stammbaumes.« – »Es ist sehr verwischt«, sagte der König. Die Ratten legten einen kleinen Wintermuff von dem Felle gestorbener Lieben, ein Hochzeitspräsent der Königin, vor Gritta hin; dann brachte Margareta ihnen unter den Altar ein Töpfchen mit Eingemachtem, woran sie sich erfrischen sollten, um die Reise gestärkt wieder zurückzumachen.

Der Graf hielt seine Rede ohne weitere Unterbrechung zu Ende und Gritta war Kronprinzessin von Sumbona. Als die Glückwünsche vorbei waren, zerstreuten sich alle im Kloster, um es zu besichtigen. Die Klosterfräulein wußten sich auf artige Weise beim König einzuschmeicheln. Margareta führte ihn in ihre Zelle; zwar konnte er seiner ansehnlichen Person wegen kaum durch die Tür, aber sie schoben alle nach, bis sie ihn drin hatten. Dann langte Margareta aus einem Schränkchen guten, duftenden Honigkuchen, Nonnenseufzerchen und andre berühmte Klostersüßigkeiten. Der König machte es sich bequem und setzte die goldne Krone unter das Bett, auf dem er in Ermanglung seines breiten Thronstuhls Platz genommen. Margareta band ihm ein weißleinenes Vortüchlein um, daß er sich nicht beschmutze. Kamilla kraute ihm auf sein Verlangen sanft auf dem Kopf herum; dabei aß er und ließ sich von den Klosterfräulein etwas erzählen. Nur eine Fliege, die von seiner Nase nicht lassen wollte, gab drei Fliegenwedeln, anmutig im Takt geführt von Elfried, Anna und Lieschen, fortwährend Beschäftigung. – Dies ergötzte den guten König sehr, der für jede Attention eine großmütige Anerkenntnis hatte, obschon dies nach seiner großmächtigsten Gewalt nicht nötig gewesen sein würde. Als er das Beste gekostet, einen süß gerührten Rosinenmatzen, brach er unaufhaltsam in die Worte aus: »Meine lieben, kleinen Klosterjungfern, ihr sollt einen großen Orden haben.«

Reseda hatte das Prinzchen Bonus hinaufgelockt auf den Turm, um ihm die goldne Glocke zu zeigen, und Veronika unterhielt sich mit dem Grafen über eine Maschine, das Kloster auf Rollen zu setzen und im ganzen Wald herumzufahren; nur die Bäume waren hinderlich bei ihren Plänen, sonst nichts. Die Gräfin und Peter hörten mit zu. Also dachte niemand an Gritta; diese war in der Kapelle zurückgeblieben mit dem kleinen Tetel. Er wollte nicht aus der Kapelle, wo es so lieblich duftete, und kroch auf der Erde umher. Es war still und kühl, Gritta lauschte dem Vogelgesang draußen im Wald und sann über ihr Leben nach, wie es gleich einem reinen, wilden Quell durch die Lebensufer dahin geeilt. Alles schwebte ihr wieder vor: die Kindheitsereignisse so deutlich. – Sie saß in der Küche, Müfferts graue Augen blickten durch den Rauch liebreich zu ihr nieder. Wie hütete er sein Pflänzchen mit Sorgfalt, wünschte ihm jeden Sonnenstrahl, der die feinen, jungen Blätter zu lustiger Pracht entfalte. Sie saß auf dem Herd hinter dem rußigen Kochtopf und hatte schöne Zukunftsträume; jetzt war alles da, und Blüten und Früchte fielen über sie, und doch fiel ihr ein, sie wolle zum Kapellenfenster hinaus in den Wald zu dem wunderbaren Vogelsang, und sie hatte keinen Wunsch mehr, als daß der kleine Tetel sehe, und dachte daran, ob die Ahnfrau ihr Versprechen halten werde. Die Sonnenstrahlen spielten mit den Blüten ihres Brautkrönchens und zogen einen Streif über ihr rotes Atlasröckchen. – Wie sie so ruhig saß, flog das Fenster oben auf, und Wildebeere guckte herein. Auf ihrem Kopf trug sie eine große Zwiebel so, daß die Wurzeln gleich einer großen Perücke um sie herabhingen. Sie nickte lächelnd Gritta zu, und kam herabgesaust, als wär' ein hoher Sprung eine Kleinigkeit. Sie ging auf den kleinen Tetel zu, langte eine wunderseltsame Blume aus ihrem Rock, und strich ihm damit sanft über die Augen. Gritta sah aufmerksam zu. – »Siehst du, Gritta«, sagte Wildebeere nach einer Weile, »dies Mittel hat mir nur noch gefehlt; ich habe lange geforscht, was die rechte Heilung kranker Augen sei, und nun hab' ich's gefunden. Als ich heute morgen nach Kräutern suchte, blickte mich von ferne eine blaue Blume an, und trug in ihrem Kelch eine große Tauperle. Ich betrachtete sie nachsinnend, was sie wohl für eine Kraft haben könne, da stand plötzlich eine schöne, stolze Frau vor mir, und sagte: ›Brich sie, es ist Augenheilung. Heile den kleinen Tetel damit und bringe Gritta meinen Abschiedsgruß, denn ich scheide nun von der Erde!‹ – – Aber jetzt muß ich wieder fort in den grünen Wald«, fuhr Wildebeere fort. »Die Blume wird wohl bald ihre Wirkung tun. Du kannst mich einmal besuchen; es ist so schön dort in meiner Höhle, wo die Blätter im Düstern rauschen und selten ein Sonnenstrahl das feuchte Gras küßt. Da hab' ich meine Spiritusgläser, in denen die wunderbaren Kräfte eingesperrt sind, und wo die Sonne hell scheint. Da sitz' ich auf den Spitzen der beleuchteten Zweige und sammle das Sonnengold, und wo ein Baum rauscht geheimnisvoll, da weiß ich, was er erzählt.« Margareta trat in diesem Augenblick in die Kapelle, um Gritta zu suchen. »Aber! Wildebeere!« rief sie, »so verunstaltest du dich? Achtest du denn nicht dein schönes braunes Haar?« – – Wildebeere warf ihr die Zwiebelperücke ins Gesicht und war an ihr vorbei zur Tür heraus. Als sie sich aus den verwirrten Wurzeln losgemacht, saß Gritta schon bei dem kleinen Tetel. Er hielt eine Blume gegen das Licht und lächelte freudig über die bunten Farben; in demselben Augenblick trat der Hochgraf und die Gräfin herein. Gritta trug ihr das sehende Gräflein in die Arme. Der Hochgraf machte einen solchen Freudenlärm, daß der König, der Prinz, Peter und alle zusammenliefen. Jetzt ging der Hochzeitjubel recht los, Harmonie spielte auf ihrem Orgelinstrument dazu, – bis der König daran erinnerte, man müßte nach Hause. Die Klosterschwestern nahmen zärtlichen Abschied von Gritta und sie versprach ihnen, manche schöne Sommerzeit bei ihnen zu wohnen. Sie standen noch lange an der Tür, schauten dem Zug nach und und

sprachen untereinander: »Was das für ein artiger, lieber König ist!« sagte Margareta, »er hat wirklich den Honigkuchen und alles gegessen und hat so artig dabei gelächelt!« – »Ja, ja, das zeigt, daß wir einen Orden kriegen sollen!« rief Kamilla, »den wollen wir über die Tür nageln. « – Der Zug verschwand hinter den Bäumen; sie machten die Pforte zu und kehrten ein in ihre Zellen.

Als der Zug das Ende des Waldes erreicht hatte, standen mehrere goldgeschmückte Kutschen davor. Die Bedienten warfen alles in die Wagen und fort ging es, daß die Rößlein nur so wieherten, durch die fruchtbaren Felder und grünen Wiesen, bis an den Kreuzweg, wo der König nach Sumbona abbiegen mußte, denn er hatte schon sehr lange das Regieren verschoben.

Doch was war das? – Schon von Ferne sahen sie dort einen großen Volkshaufen. Es waren alle Gilden der Stadt Sumbona und sonstiges Volk. Sie hatten sich am Kreuzweg aufgestellt, denn sie hatten etwas gemerkt. Da stand die werte Schneidergilde, die Schuster, die Rademacher, Lackierer, Vergolder, Glaser, Böttcher und so weiter, mit fliegenden Fahnen, aber voran die Bäcker und Fleischer und die Gänsehirten mit den größten Fahnen. Die kleinen Buben waren auf die kleinen Kirschbäume der Oberhofschattenanlegung gekrochen. Ob aus Attention für den König oder die roten Frühkirschen*, bleibt zweifelhaft. Ein Mann mit einem Stock, der sie herabwinkte, meinte, sie sähen unten viel besser; sie aber meinten das nicht, es sei ein zu naher Standpunkt. Die Wagen langten an, da ertönte das gesamte Volksgeschrei und der Gassenjungen Geschrei dazu, »Heil unserm König Anserrex, daß er die bedrängten Gänsbrüste freigegeben!« –– Der König lächelte, denn er hatte heute morgen heimlich einen Boten mit dieser erfreulichen Regierungsmaßregel in die Stadt geschickt. ––

* Kirschen und Äpfel reifen zur gleichen Zeit in Sumbona.

»Heil dem Prinzen Bonus – und Heil der Prinzeß Gritta zu ihrer glücklichen Vermählung! Vivat hoch!« –

Es ward ein so allgemeiner Jubel erhöhter Volkslust, der erhabnen Vaterlandsgefühle der geliebten Bürger, daß der König sich die Ohren zuhielt und Goldgroschen austeilen ließ, worauf die allgemeine Volksbrusterregung in stillschweigender Keulerei endete. Der König fuhr links ab, die andern fuhren nach dem Sommerschloß, und das Prinzchen Bonus führte seine Gritta in die stille Wiege eines glückseligen Lebens, bis sie beide ans Regieren mußten, wenn der König müde war. Der alte Hochgraf hatte genug Stoff zu Maschinen, so daß er bald das ganze Land damit hätte regieren können, was auch später bei verfeinerter Volkskultur geschehen sein soll.

Der alte Müffert kam nach einem Jahr mit Frau Rönnchen, die er abgeholt hatte, um sie zu heiraten, weil Gritta sich nach ihr sehnte. Sie wurden mit dem größten Jubel empfangen. Schon lange hatte der Hochgraf Boten nach ihm ausgesendet, von Reue getrieben, da er aus Grittas eignem Mund gehört, daß sie ihm davongelaufen. Die Hochgräfin sah in die klaren Augen des kleinen Tetel und erzog ihn zu einem besonders liebenswürdigen Grafen, wurde wieder so mutwillig wie früher und machte mit ihm zusammen unartige Streiche gegen den Hochgrafen. Die Klosterfräulein sollen weit den Segen über das Land verbreitet haben. Ihre Eltern schickten ihnen Nachricht, und einige kamen später selbst und siedelten sich an. Peter, Gritta und Bonus liebten sich alle drei gleich. Peter ward wie früher in Rattenzuhausbeiuns Turmwart im Schloß und übernahm dazu das Geschäft eines großen Gänseverwalters. – Wildebeere blieb im Wald und wurde Medizinalrat bei besondern Gelegenheiten, und wo's im Lande wirklich ans Sterben ging, erschien sie zur Hilfe. Deswegen starb auch niemand außer denen, die so krank waren, daß es nicht anders ging.

Hier endet das Lebenbeschreibendemanuskript der Hochgräfin Gritta von Rattenzuhausbeiuns – dem weißen Wickelkinde, dem klugen Kinde und dem Muster aller Bräute, die später ein Muster der Königinnen ward und ihr Licht nie unter den Scheffel stellte, woran ein jedes Kind ein Exempel nehmen kann.

Aller Wahrscheinlichkeit nach hat Gott-Vater das Paradies Sumbona wieder an den Himmel geklebt, weil die Menschen unter Grittas Regierung dort so weise geworden sind, daß sie sich sehr dazu eigneten, ein himmliches Amt zu übernehmen. – Sonst würde ich einmal raten, auch hinzureisen.

NACHWORT

Das Leben

der

Hochgräfin Gritta

von

Rattenzuhausbeiuns

von

Marilla Fitchersvogel

übersetzt aus dem Tyroler Dialekt in's Hochdeutsche.

Herausgegeben

von

J. F. Klein,

Faktor der Buchdruckerei von Trowitzsch und Sohn.

Charlottenburg,

bei Egbert Bauer.

1845.

> Schreiben sollen wir nur weil wir empfinden, –
> und weil wir, hätten wir in einer Zeit gelebt wo
> die Welt noch zuthunlicher war, – unter das Volck
> gegangen wären und ihm unsre Treumen und
> Wahrheiten erzählt hätten als Profeten [. . .] – die
> drucken schwärze ist nur dazu da – um das durch
> einen andern Mund zu reden was uns Zeit und
> üble Sitte verhindert.[1]

Für Gisela von Arnim war die Märchenerzählerin ein wichtiges Vorbild. In einem Brief von ca. 1856 an ihren späteren Schwiegervater Wilhelm Grimm beschreibt sie deren Eigenschaften: Sie habe »zwei große Warzen, in der einen war Pfantasie, in der andern Oriegienalitet[2]«. Zu diesem Kreis gehört auch sie selbst, denn ihre Märchen sprudeln von Phantasie, wenn auch nicht immer gerade von Originalität. Während ihr sonstiges Œuvre – vor allem die *Dramatischen Werke* und Essays – mit oder ohne Recht als bloß mittelmäßig gerügt wird, sind sich selbst die schärfsten Kritiker in diesem Punkt einig: Giselas Stärke lag im Märchenschaffen. Und wenn diese Märchen auch heute kaum noch bekannt sind, erlebten sie doch zu ihren Lebzeiten mehrere Auflagen, Bewunderer meldeten Interesse an Übersetzungsrechten an, und in den 50er Jahren konnte Gisela von Arnim das gleiche Entgelt für ihre Märchen verlangen – und erhalten – wie Hans Christian Andersen.

Geboren am 30. August 1827 als dritte Tochter und letztes Kind von Ludwig Achim und Bettine von Arnim, wuchs

1 Gisela von Arnim an Wilhelm Hemsen, ca. 1860. Hessisches Staatsarchiv Marburg, 340 Grimm, Br1823.
2 Berlin, Staatsbibliothek Preußischer Kulturbesitz, Handschriftenabteilung, Grimm-Schränke Nr. 373.

Gisela in ein Milieu hinein, das intensiv durch die Arnim-Brentanosche Familientradition der Romantik und des Märchens geprägt war, so daß sie sich später selbst »Märchenkind« titulierte. Sie war die Nichte von Clemens Brentano und auch durch ihren Mann, Herman, mit der Familie Grimm verschwägert. Ihr Vater, ihre Mutter, ihr Onkel, sogar ihr Bruder sammelten, verfaßten und veröffentlichten Märchen. Sie wuchs demzufolge im Umkreis und mit der Lektüre der romantischen Dichter auf. In der Märchen-Tradition erzogen, blieb Gisela ihr stets verpflichtet und verbunden, eine Verbundenheit, die noch verhängnisvoll für die Rezeption ihrer späteren Werke werden sollte. Zeitgenössische Kritiker, die sie als »geborene Dichterin« und »Dichterkind« bezeichneten, fügten einschränkend hinzu, sie sei »eine nicht oder verkehrt geschulte, ein verzogenes Kind der Romantik«[3] gewesen.

Gisela von Arnim genoß tatsächlich keine geregelte Schulausbildung, vielmehr ersetzten die älteren Schwestern Maxe und Armgart Lehrer und Schule. Erste Lektüre und Fibeln für Recht- und Schönschreibung waren überwiegend Märchensammlungen der Romantiker[4]. Rückblickend scheint dieses und das umgebende Milieu für Giselas weiteres Schaffen ausschlaggebend gewesen zu sein. Ihre ersten kreativen

---

3 L. Seeger, Rezension »*Dramatische Werke* von Gisela von Arnim. Zwei Bände. Bonn, 1857.« *Morgenblatt für gebildete Stände* 52:39 (26. September 1858), S. 933.

4 Besonders interessierte sich Gisela (und andere in ihrem Bekanntenkreis) für Wilhelm Hauff, und dieses Interesse hielt, soweit feststellbar, in die 50er und 60er Jahre hinein an. Einen stark gekürzten *Kalif Storch* hat sie z. B. mit Zeichnungen versehen und als Teil einer Brief-Serie von illustrierten Kindergeschichten und -märchen an Bettines ersten Enkel, Achim von Arnim, geschickt. Diese illustrierten Märchen erscheinen 1987 bei Edition Leipzig in Kooperation mit Insel Verlag (Frankfurt) als Faksimile-Ausgabe, hrsg. von Shawn Jarvis.

Schreibversuche waren Märchen – die Gattung, die sie ihr Leben lang bevorzugte.

Den Einfluß des literarischen Vermächtnisses von Arnim, Brentano und den Brüdern Grimm spürt man jedoch auch in Giselas Gesamtwerk. Märchen und deren Motive ziehen sich durch das ganze Schaffen, durch ihre Briefe, ihre Schauspiele, ihre Essays, durch ihr Leben schlechthin. Denn für sie waren »Dichten und Leben etwas, das sich nicht trennen ließ [...]«[5]. Der Zeitraum ihrer Märchenproduktion umspannte mehrere Jahrzehnte und durchlief verschiedene literarische Formen, von Kunstmärchen, Märchen-Gedichten und -Romanen in den 40er Jahren, Opern-Libretti, Märchen-Briefen und Sagenbearbeitungen ein Jahrzehnt später, bis hin zu ihren Märchenspielen in den 70er Jahren. Am produktivsten waren die Jahre von 1843–1848, der Blütezeit des KAFFETERKREISES. Dies war zu Beginn ein von den Arnim-Töchtern begründeter »Jungfrauorden«, wurde jedoch später ein regelrechter literarischer Salon[6]. In diesem Kreis sind Giselas veröffentlichte Märchen *Mondkönigs Tochter* und *Aus den Papieren eines Spatzen*[7], vielleicht sogar *Gritta*, entstanden, sowie auch andere unveröffentlichte und teils verschollene Märchen.

5 Herman Grimm, »An die Freunde« (Nachruf auf Gisela von Arnim), »Vorwort« zu *Alt Schottland. Drama von Gisela von Arnim,* Berlin: Verlag von Wilhelm Hertz, [2]1890, S. IX.

6 Die Gesellschaft ließ später auf Giselas Drängen hin männliche Mitglieder zu und führte z. B. Märchenspiele für den König und die Berliner »high society« auf. Ehrenmitglieder waren u. a. Hans Christian Andersen und Emmanuel Geibel.

7 Beide unter dem Pseudonym ›Marilla Fitchersvogel‹. *Mondkönigs Tochter* erschien 1844 in der ersten Auflage bei E. Bauer, Hg. J. F. Klein; 1845 erneut, aber nie mit *Gritta* zusammen [siehe unten]; 1849 zweite Auflage bei Expedition des v. Arnimschen Verlags (Reuter und Stargardt) und 1853 im illustrierten Sammelband *Drei Märchen* (samt dem

In den 50er Jahren wandte sich Gisela einer dem Märchen verwandten volkstümlichen Form zu: der Sage. Neben den Märchen-Briefen mit »sagenhaften« Elementen verarbeitete die auch musikalisch talentierte Dichterin verschiedene Sagenstoffe zu Opern, Liedern und Gedichten. Auch ihre *Dramatischen Werke* begannen in dieser Zeit zu entstehen; sie sollten mit mehrfachen Umarbeitungen Gisela bis kurz vor ihrem Tode am 4. April 1889 beschäftigen. Trotzdem fanden die Dramen nie rechten Widerhall beim Publikum und wurden auf keiner Bühne aufgeführt. Die Dichterin wurde von der zeitgenössischen Kritik vielmehr als eine Gestalt gesehen, »[die] aus einem versunkenen Geisterreich herein[ragt] in die moderne Welt und [...] den Eindruck einer fremdartigen, der jungen realistischen Generation kaum verständlichen Erscheinung [macht]. Von der Welt der Wirklichkeit wendet sich diese dramatische Dichterin entschieden ab [...]«[8]

Schließlich gelang es Gisela doch, das Märchen in dramatischer Form zu gestalten. Die letzten Blüten ihres Märchenschaffens waren die Märchenspiele *Das Licht* und *Die gelbe Haube*, die in den 1870er Jahren erfolgreiche Aufführungen erlebten. Und ein Wort aus eben diesen letzten Märchen faßt Giselas Einstellung zum Märchen überhaupt aphoristisch zusammen:

> [...] wo die Wahrheit sich dem Mährchen bindet,
> Im heiligen Symbol sich neu verkündet,
> Da ist es möglich, daß sich Rettung findet [...]
>
> *Das Licht, 1870*

Märchen *Das Heimelchen* von der Schwester Armgart). *Aus den Papieren eines Spatzen* erschien 1848 in der ersten Auflage bei Expedition des v. Arnimschen Verlags (Reuter und Stargardt) und 1853 zusammen mit den *Drei Märchen.*

8 L. Seeger, a.a.O., S. 929.

Gisela von Arnim fand im Märchen eine verklärte Wahrheit; das »Märchenkind« hatte sich an den Brüsten der Märchenerzählung »recht satt getrunken«[9] und lebenslange Nahrung gefunden.

Viele Schriften der Gisela sind nicht mehr erhalten. Viele wurden nie veröffentlicht, wie zum Beispiel das vorliegende Buch, das erst ein knappes Jahrhundert nach seiner Niederschrift an die Öffentlichkeit kam. Doch es ging nicht als Giselas Werk in Druck, sondern als unvollständiges Werk der Bettine von Arnim, Giselas Mutter. Seitdem ist es unter Bettines und Giselas Namen sechsmal in verschiedenen Verlagen wiederaufgelegt worden. Es wurde sogar einmal verfilmt.[10]

Es erscheint hier zum ersten Mal als vollständiger Textkorpus. Wie es dazu kam, ist eine spannende und erzählenswerte Geschichte für sich.

Man muß sich einmal vorstellen, daß die Teile des Gesamtwerkes willkürlich und unzusammenhängend in verschiedene Kisten verpackt und dann an verschiedene Orte zur Aufbewahrung verschickt wurden. Jahrzehnte später kramt jemand in den verstreuten Kisten, gräbt Stückchen für Stückchen, mitunter zerfleddert und zerfetzt, wieder heraus. Nur weiß niemand mehr so recht, zu welchem Puzzle welche Teile aus welcher Kiste gehören. Hat man das Glück, wenigstens den Rahmen eines Werk-Puzzles zusammensetzen zu können, so bleiben immer noch ein paar Stücke und Teile, die beim Verpacken neben die Kisten gefallen sind oder zwischenzeitlich als Einkaufszettel gedient haben mögen, unauffindbar.

9 *Berlin, Staatsbibliothek Preußischer Kulturbesitz, Handschriftenabteilung, Grimm-Schränke Nr. 373.*

10 *Das Märchen wurde in der DDR nach Christa Kožiks Szenarium von Jürgen Brauer verfilmt. Der sehr erfolgreiche Film gewann 1986 eine lobende Erwähnung von der UNICEF-Jury auf den Westberliner Internationalen Filmfestspielen.*

Die erste Zusammensetzarbeit begann Otto Mallon im Jahre 1925, als er auf der Suche nach einem ganz anderen Puzzle in den Kisten der Grimm-Schränke kramte und dort ein Paket fand. Es lagen darin elf Druckbogen und drei mehrfach vorhandene Korrekturbogen, ohne Titelblatt, aber mit der merkwürdigen Überschrift *Das Leben der Hochgräfin Gritta von Rattenzuhausbeiuns.* Als versierter Bettine-von-Arnim-Forscher erkannte er sofort ihre unverwechselbaren Schriftzüge auf den Fahnen. Ferner stammten zehn engbeschriebene Manuskriptseiten und ein vermeintlicher Schlußabsatz von ihrer Hand. Nur zwischen den gedruckten Seiten und dem handschriftlichen Schlußabsatz fehlte der gedruckte Schluß, so daß die Märchenhandlung sozusagen am Altar, aber vor der Eheschließung abbrach. Dem Anschein nach war dies also ein bis dahin völlig unbekanntes, nie veröffentlichtes, vielleicht nie vollendetes Werk der berühmten Schriftstellerin. Der einzig sichere Anhaltspunkt für eine Arnimsche Verfasserschaft überhaupt war die beiliegende Notiz von Reinhold Steig, dem Arnim/Brentano-Forscher und Verwalter des Grimm-Nachlasses, vom 23. Januar 1906:

Ich hatte meine Bücher und Papiere geordnet und wieder die Bogen
»Das Leben der Hochgräfin Gritta
von Rattenzuhausbeiuns«
gefunden. [...] Fräulein Grimm [Auguste, Herman Grimms Schwester und letzte Erbin] erinnerte sich sofort der Sache, des Titels mit Sicherheit, und sagte: »Das ist von meiner Schwägerin (Gisela Grimm), sie hat mir oft daraus erzählt und vorgelesen, es war sehr schön, sie hat es aber nicht fertig gemacht.«

Auf meine Bemerkung: »Es sind aber auf den Bogen zahlreiche Korrekturen von Bettinens Hand, und ganze Seiten Manuscript von ihr« – sagte sie: »Ja, dann hat Gisela zu Bettinen gesagt: ›Schreib du nur weiter‹, und so ist es dann gekommen.«

Zeit anlangend, meinte sie: »Ja, so in den vierziger Jahren.«[11]

11 Berlin, Staatsbibliothek Preußischer Kulturbesitz, Handschriftenabteilung, Grimm-Schränke Nr. 684.

Diese Worte haben die Überlieferungsgeschichte des *Gritta*-Märchens über Jahrzehnte bestimmt und zu manchen Irrungen und Wirrungen geführt.

Aufgrund dieser Steigschen Aussage vermutete man nämlich in der Folgezeit eine gemeinschaftliche Verfasserschaft von Mutter und Tochter. Dies wäre keineswegs außergewöhnlich gewesen, da Bettine auch andere (jedoch viel kürzere) Märchen geschrieben hatte und man schon lange angenommen hatte, daß wiederum andere Märchen gemeinsame Produkte von Bettine und Gisela waren. Die Beziehung zwischen Mutter und Tochter war bekanntermaßen »ein unzerreißbares Band, [das] beide Existenzen wie zu einer einzigen werden ließ«[12]. Nur waren diejenigen Wissenschaftler, die Beweise für solche Verfasserschaftsfragen erbracht haben, immer und in erster Linie Bettine-Forscher. Viele von ihnen versuchten, zuweilen verkrampft und teils bewußt oder unbewußt verfälschend, das Werk für die Bettine-Forschung zu gewinnen. Man fahndete nach weiteren Indizien für Bettines Verfasserschaft, aber das Werk wurde weder in Bettines bisher bekannten gedruckten und ungedruckten Briefen noch in anderen zeitgenössischen Berichten erwähnt.

Da sich seinerzeit zum Bedauern aller Beteiligten keine weiteren dazugehörigen Puzzleteile auftreiben ließen, fing man an, nach schlüssigen Beweisen für Bettines Urheberschaft im Text selbst zu suchen. Jene reichten von logischen Indikationen bis hin zu absurden Vermutungen. Der Textkorpus bot jedoch keine besonders beweiskräftigen Indizien für Bettines Anteil: Nur wenige Fahnen wiesen, neben Verbesserungen technischer Art von fremder Hand, Korrekturen von ihr auf, und allein zehn beidseitig beschriebene Manuskriptblätter aus einer Gesamttextlänge von über 200 Druckseiten waren von ihrer Hand geschrieben. Weder Steig noch Mallon, noch sonst

12 Herman Grimm, a.a.O., S. VII.

jemand, der Einsicht in den Urstoff nahm, erwähnte ein wichtiges und entscheidendes Indiz gegen Bettines Hauptverfasserschaft, daß nämlich Bettines Tinte-Korrekturen zu fast 95 Prozent direkt auf wegradierten Bleistift-Korrekturen von Giselas Hand geschrieben worden waren. Um ihr zuweilen fast unleserliches Manuskript les- und setzbar zu machen, hätte Giselas Text einer Reinschrift bedurft [siehe Faksimile], die die Mutter mit ihrer gut leserlichen Schrift leisten konnte und hier auch geleistet hat.[13] Mit dieser Erkenntnis wäre Bettines Anteil beizeiten in ein anderes Licht gerückt: nämlich in das einer Sekretärin und Redakteurin. Die Erbringung solcher Zuliefererdienste durch die berühmte Schriftstellerin wäre aber doch wohl eine weniger brisante Entdeckung als eine Hauptverfasserschaft. Die Forscher suchten also weiter.

Sie zogen nunmehr die Eigenarten der Interpunktion im Werk selbst heran. Bettine hatte immer in ihren Texten zahllose Gedankenstriche verstreut, und es scheint, sie hat, wie viele andere Frauen im 19. Jahrhundert auch, Interpunktionsregeln weitgehend nicht angewendet bzw. nicht gekannt. Aber Tochter Gisela kannte sie eben noch weniger und benutzte fast nur Gedankenstriche anstelle aller anderen Satzzeichen. (Ohne den Herausgeber J. F. Klein, der auch die Redaktion von Bettines Werken betreut hatte, wäre der *Gritta*-Druck sicherlich noch freigebiger gespickt mit den Gedankenstrichen.) Andererseits waren Gisela und ihre Werke für die Forschung ein weitgehend unbeschriebenes Blatt. Sachkundige Forscher zitierten[14] beispielsweise Giselas Heiratsjahr un-

---

13 Siehe das beigelegte Faksimile einer *Gritta*-Manuskriptseite in Giselas Handschrift als Beleg für die Notwendigkeit einer Reinschrift-Fassung. Freies Deutsches Hochstift/Frankfurter Goethe-Museum, 15462

14 In seinem Nachwort gibt Mallon irrtümlich das Jahr 1856 als Giselas Heiratsjahr an. Sie hat aber erst nach Bettines Tod 1859 Herman Grimm geheiratet.

Eine Manuskriptseite in Giselas Hand vom *Gritta*-Märchen (Vorstudie zur Seite 134 dieser Ausgabe). Das Erscheinungsbild dieses Blattes samt der vielen Kritzeleien und Zeichnungen ist repräsentativ für Giselas eigenwillig uneinheitliche Schreib- und Arbeitsweise.

Freies Deutsches Hochstift/Frankfurter Goethe-Museum, 15462

richtig und schrieben ihr einige, von anderen verfaßte Märchen irrigerweise zu[15], übersahen auch ihre eigentlich unübersehbare Handschrift auf den Original-Korrekturbogen und vernachlässigten die Untersuchung der Charakteristiken *ihrer* Zeichensetzung.

Ließ sich Bettines Autorschaft nicht aus der Märchenhandlung beweisen? Sicherlich, denn einige Momente der Handlung schienen den Bettine-Forschern autobiographisch auslegbar: Bettines bekanntermaßen unangenehmen Erfahrungen in der Fritzlarer Klosterschule z. B., die sich möglicherweise in der Klosterhandlung in *Gritta* widerspiegeln. Da es sich aber um ein vermutlich gemeinsames Projekt handelte, hätten eben andererseits auch *Giselas* Erlebnisse und Eindrücke beachtet werden müssen, und seien sie scheinbar so beiläufig wie ihre nächtlichen Erfahrungen mit den zahllosen Mäusen in den alten Gemäuern des Arnimschen Ritterschlößchens Bärwalde, vor denen sie fast jede Nacht Rettung in der Schwester Bett suchte. (Es ist wohl kein Zufall, daß im Märchen das Schloß Rattenzuhausbeiuns früher der Wohnort des Fräuleins Bärwalde war.) Zu solchen Erwägungen kam es aber nicht, denn keiner hatte sich intensiv genug mit Gisela befaßt.

Die eingebrachten formalen, interpretativen und inhaltlichen Argumente für Bettines Hauptverfasserschaft konnten also nicht gänzlich überzeugen, und schließlich mußte eingestanden werden, daß kein erkennbarer Stilbruch den alleinigen Anteil der einen oder anderen Verfasserin verrät, daß das Werk vielmehr eher in die epigonenhafte literarische Landschaft der Tochter hineinpaßt. Josef Körner und Max Koch bewiesen fährtensicheres Gespür und wagten es dann als erste,

---

15 Das Märchen *Das Heimelchen* wurde lange durch Steigs Fehler der Gisela von Arnim zugeschrieben. Die Schwester Armgart schrieb es für den Kaffeterkreis.

wenn auch ohne greifbare Beweise, der Tochter dieses Werk de facto zuzuschreiben (siehe weiterführende Literatur im Anhang). Daß Bettine an diesem Märchen irgendwie mitgewirkt hatte, blieb nach wie vor unzweifelhaft. Bisher war aber von Giselas konzeptionellem und kreativem Anteil noch viel zu wenig die Rede gewesen.

Auch wenn die ganze Autorschaftsfrage außer acht gelassen würde, bliebe immer noch das Rätsel, warum das Werk scheinbar unvollendet war. Der Urtext, der Mallon zur Verfügung gestanden hatte und den alle Herausgeber nach ihm veröffentlichten, hörte an der Schlüsselstelle auf, wo Gritta am Altar stehend dem Prinzen ihr Jawort zu geben im Begriffe schien. Wegen des Bruches an diesem entscheidenden Wendepunkt wurden interessante Theorien aufgestellt, wie: die letzten Seiten seien innerhalb des enormen Brüder-Grimm-Nachlasses verlegt worden; der Schriftsatz sei aus unbekannten Gründen abgebrochen worden oder gar, als Revolte gegen die abgeschlossene literarische Form, absichtlich unvollendet geblieben.

Gritta ist aber weder ein unvollendetes Werk, noch waren die Schlußseiten in dem Brüder-Grimm-Nachlaß verlorengegangen. Man hatte, besessen von der Idee einer Bettine-Hauptverfasserschaft, an den falschen Stellen gesucht und falsche Hoffnungen gehegt. Die fehlenden Puzzle-Teile befanden sich im literarischen Nachlaß von Gisela von Arnim, verehel. Grimm, der 1954 über die Grimm-Erben nach Marburg ins Hessische Staatsarchiv kam.[16] Er wäre also allen Herausgebern nach Mallon leicht zugänglich gewesen. Im Nachlaß befanden sich tatsächlich die »verlegten« Schlußseiten. Ferner war da noch eine unbekannte Druckbogen-Fassung. Und das Titelblatt zu *Gritta* mit Verfasser- und Datumsangaben. Dazu auch eine *Gritta*-Vorfassung, eindeutig und

16 Siehe Werner Moritz, »Der Nachlaßbestand Grimm im Hessischen

ausschließlich von Gisela selbst geschrieben. Zusammengenommen sind diese Entdeckungen schlagkräftige Beweise für Giselas umfangreichen Anteil an diesem Werk. Aber wie viele andere »Entdeckungen« zu *Gritta* geben sie, selbst wenn sie einige Fragen beantworten, noch weitere Rätsel auf.

Durch Schriftsatz-Dokumente aus dem Marburger Nachlaß haben wir zum ersten Mal eine vollständige Textvorlage für das Märchen vorliegen. Aufgrund des lückenhaften Berliner Fundus in den Grimm-Schränken war Mallon für seine Ausgabe gehalten, die Seiten 162 bis 208 des Bauerschen Schriftsatzes aus alten Korrekturbogen zu gewinnen. Er konnte 1925 nicht von dem Herman und Gisela-Grimm-Nachlaß wissen, in dem eine gebundene, fertig gedruckte aber auch unvollständige *Gritta*-Vorlage bis Seite 192 existiert[17]. Sie ist dennoch 32 Seiten stärker an satzfertigem Text als Mallons Grundlage. Die Seiten 193–218, die in dieser Marburger Vorlage fehlen, sind zwar auch im Hessischen Staatsarchiv, befinden sich jedoch – wie so viele Teile des Puzzles – in einem anderen Kasten. Der gebundene Marburger *Gritta*-Druck hört auf Seite 192 auf, der Seite, mit der die Korrekturbogen im Nachlaß für die Seiten 193–218 anfangen.[18] Die Fassung von den Seiten 193–208 ist eindeutig nach den Korrekturen in den Grimm-Schränken entstanden[19]; die Seiten 209–218 – bisher völlig unbekannt – beschreiben Hochzeit und denoument. Das Papier gleicht dem

Staatsarchiv Marburg« in *Erzählen – Sammeln – Deuten. Den Grimms zum Zweihundertsten* (= Hessische Blätter für Volks- und Kulturforschung, N. F., Bd. 18), Marburg: Jonas Verlag 1985, S. 171–186, für die Geschichte des Nachlasses und seine Übergabe nach Marburg.

17 Hessisches Staatsarchiv Marburg, 340 Grimm, L 114.
18 Hessisches Staatsarchiv Marburg, 340 Grimm, Dr 279.
19 Wenn der endgültige Schriftsatz nach den Korrekturen tatsächlich abgebrochen worden wäre, so wahrscheinlich erst an dieser Stelle, d. h. nach Seite 192.

der grau-gelblichen Korrekturbogen von Mallons Vorlage, und wie bei den Berliner Seiten sind Giselas Bleistiftverbesserungen (neben wenigen Notizen zu Schriftsatzfehlern von Bettines und einer weiteren, fremden Hand) klar zu erkennen, wobei Giselas Notizen überwiegen und Bettines Übertragungen in Tinte kaum noch auftreten. Die Vermutung liegt nahe, daß Bettine bloß Schreib- und Schriftsatzfehler notiert hatte, bevor Gisela mit der inhaltlichen Korrektur hätte anfangen sollen. Daß diese Seiten und diese Vorlage überhaupt in Herman und Gisela Grimms Nachlaß aufzufinden waren, mag als wichtiger Beweis für deren Anteil am *Gritta*-Märchen dienen.

Die Autorenfrage wird ferner durch das bisher unbekannte Titelblatt beantwortet (siehe Faksimile). Da erscheint Giselas erster Kaffetername und nom de plume, *Marilla Fitchersvogel,* unter dem sie auch *Mondkönigs Tochter* und *Aus den Papieren eines Spatzen* veröffentlichte. Das Titelblatt ist sonst in Schriftbild und Erscheinung ein direktes Pendant zum Titelblatt der Ausgabe von *Mondkönigs Tochter* aus dem Jahre 1844. Das Jahr des Schriftsatzes, 1845, fällt in die Zeit der Entstehung und Drucklegung der anderen Märchen.

Vielleicht der wichtigste Beweis im Marburger Nachlaß für Giselas Verfasserschaft besteht jedoch in einem Schreibheft von der Papierhandlung »Zum weißen Schwan« (Brandstatt): eine Vorfassung zu *Gritta,* die offensichtlich eine frühere Studie zum Stoff darstellt.[20] Die unvollständige Handschrift, 37 von Gisela beidseitig eng beschriebene Blätter, deckt sich im allgemeinen mit der Handlung der gedruckten Fassung und erzählt von dem Geschick der Mädchen nach ihrer Flucht aus dem Kloster und ihren Abenteuern auf der Insel.[21] Einige Seiten wurden fast wörtlich in den endgültigen Märchentext übernommen, andere unterscheiden sich und repräsentieren

20 Hessisches Staatsarchiv Marburg, 340 Grimm, Ms 186.
21 Die Vorfassung fängt an wie auf Seite 95 dieser Ausgabe.

im allgemeinen eine Verschiebung des Erzähltons. Viel eher der Robinsonade als der Märchenform verpflichtet, ruht die Betonung weniger auf märchenhaften Elementen und stärker auf dem Kampf um die nackte Existenz. Hier gibt es noch keinen König Anserrex[22], keinen Pecavus/Pecavi, keinen Prinz Bonus, keine Ratten, sondern eine ganze Schar höchst gefährlicher Menschenfresser und einen Negerprinzen namens »Naho«. Keine Rettung wird durch eine Elfenfürstin herbeige-führt, obgleich sie bereits, ohne eine tragende Rolle zu verkörpern, eingeführt wird. Die Mädchen sind völlig auf sich selbst angewiesen, wobei die Beschreibungen der Gefahren eines weiblichen Alleinseins stärker ausgeprägt sind. Hatte man also auf Steigs Notiz hin angenommen, daß Bettine die zweite Hälfte von *Gritta* verfaßt habe, müßte diese Vorfassung von Gisela solche Annahmen endgültig widerlegen. Die Handlung ist trotz einzelner Verschiedenheiten schon die nämliche: Nach dem Schiffbruch richten sich die Mädchen in der Höhle ein, Gritta trifft sich wieder mit ihrer Familie, die Mädchen bauen ihr Kloster (nota bene) »Zu den 12 Lielien« und die Geschichte gipfelt in der Hochzeit – zwischen Gritta und dem Negerprinzen. Dabei handelte es sich nach zeitgenös-sischen bürgerlichen Standards gewiß um eine signifikante Mesalliance, deren Verschwinden in der tatsächlich später gedruckten Schlußfassung eine Rückwendung Giselas zu tra-dierten Märchennormen bedeuten mag. Möglicherweise hat Gisela originelle Elemente der Urfassung, so die abschließende Heirat mit einem Negerfürsten, aufgegeben, um vermeintli-chen Lesegewohnheiten des Publikums und der Zeit hinsicht-lich der Gattung Märchen zu entsprechen.

---

22 Der Name ›Anserrex‹ erscheint unerklärlicherweise in der Ecke einer Seite, ohne daß eine Anserrex-ähnliche Figur in der Vorfassung auftaucht.

Dieser und ein anderer Text von Gisela zeigen ihre Absicht, dem *Gritta*-Stoff eine gefällige Form zu verleihen. Im Goethe-Schiller-Archiv, Weimar, befindet sich eine undatierte Roman-Handschrift, von Gisela nur als »Jugendroman« bezeichnet.[23] In über 200 Seiten handelt er von der »geistreich ungezogen« auftretenden Gritta, der Tochter eines reichen Mannes, die als Lockvogel benutzt werden sollte. Aufgewachsen mit ihrer Mutter (und darin autobiographischer als *Gritta*), war sie jedoch »zu selbständig erzogen«, als daß sie dies ertragen hätte. Allein der Vater vertritt das alte Prinzip, »wo die Tochter gar nicht davon weiß, daß man einen eigenen Willen haben könne«. Als Knabe verkleidet macht sich Gritta nun auf und davon, erlebt wie die Hochgräfin Abenteuer und trifft sich auch mit dem Mädchen Margarete, der Hochgräfin Freundin. Ein einsiedlerischer Mönch, der früher unter dem (nota bene) »guten Pater Pecavi« gedient hatte, laboriert in diesem unvollendeten Roman als Heilpraktiker und Kräutersammler und evoziert Nach- oder Vorklänge an die Wildebeere. Es gibt also deutliche Parallelen zum *Gritta*-Märchen, die in ihrer Fülle darauf hindeuten, daß Gisela sich lang und intensiv mit der Entwicklung des Stoffes beschäftigt hatte.

Unzusammenhängend und noch weit von einer Verbindung mit dem Gesamtwerk entfernt stauben andere Teile aus anderen Kisten in anderen Archiven vor sich hin. Manuskriptseiten im Freien Deutschen Hochstift/Frankfurter Goethe-Museum, die anfänglich nur als ein kleines Mosaiksteinchen erschienen, sind aber von größerem Belang als zunächst anzunehmen war, denn sie geben Aufschlüsse über die Autorschaft und Datierung des Werks. Diese unzusammenhängenden Entwürfe von Giselas Hand stellen Vorstudien zu einigen Szenen aus dem *Gritta*-Märchen dar, Grittas Kindheit und

23 Weimar, Goethe-Schiller-Archiv, Arnim Nachlaß, 900,1.

Erlebnisse auf der Insel, die vor dem Druck noch überarbeitet wurden.[24] Sie ermöglichen die Feststellung des ungefähren Entstehungsdatums: auf einer Seite wird *Mondkönigs Tochter* als »von der Verfasserin des Lebens [...] der Hochgräfin Gritta von Rattenzuhausbeiuns« erwähnt. Da Gisela *Mondkönigs Tochter* schon 1844 veröffentlichte, müßte *Gritta* demzufolge vorher entstanden sein. Dies würde allerdings heißen, daß Gisela das *Gritta*-Märchen schon im Alter von sechzehn Jahren oder noch etwas früher verfaßt haben müßte.

Trotz aller Beweise für Giselas Anteil am Werk gibt es bislang keine wirklich eindeutigen für ihre alleinige Verfasserschaft. Zwar kann man wohl ausschließen, daß *Gritta* grundsätzlich das »geistige Eigentum der Mutter« wäre, wie manche behauptet haben. Die Marburger Vorfassung und der *Jugendroman* von Gisela beweisen das. Es ist aber gut vorstellbar, daß Bettine an der Überarbeitung der Robinsonade, der Vorfassung zum *Gritta*-Märchen, mitgewirkt hat. Dies würde sogar eine neue Auslegung von Auguste Grimms Aussage über die Verfasserschaft ermöglichen.

Warum das Werk trotz der fertigen Korrekturen und des fast fertigen Schriftsatzes nie veröffentlicht wurde, bleibt ein schwer zu lösendes Rätsel. Darüber schweigen sich die Zeitgenossen Giselas und Bettines ebenso aus, wie die beiden selbst in Briefen und Tagebüchern auch.

Daß eine Veröffentlichung tatsächlich geplant war, beweisen die Druckmaterialien zu *Gritta* im Marburger Nachlaß. Da befindet sich eine bislang völlig unbekannte Auflage von *Mondkönigs Tochter*, die mit der *Gritta*-Druckfassung in Leder gebunden ist.[25] Wann und warum sie zusammengebunden

---

24 Siehe Renate Moerings Beitrag zum *Gritta*-Märchen im Ausstellungs-Katalog »Herzhaft in die Dornen der Zeit greifen...« *Bettine von Arnim, 1785–1859*, Frankfurt: Freies Deutsches Hochstift/Frankfurter Goethe-Museum, 1985, S. 94.

25 Siehe oben. Hessisches Staatsarchiv Marburg, 340 Grimm, L 114.

wurden, läßt sich derzeit nicht ermitteln. Die Existenz dieser Auflage von *Mondkönigs Tochter* mit dem geprägten Datumvermerk »1845« auf dem Titelblatt (dem gleichen Titelblatt wie dem der 44er Erstauflage, nur mit verändertem Datum) deutet wohl auf eine geplante Doppelausgabe mit *Gritta* zusammen hin.[26] Daß weder das eine noch das andere 1845 erschien, bekräftigt die Annahme eines abgebrochenen Schriftsatzes.

Eine sozialpolitisch-historisch orientierte Theorie könnte umreißen, wie die Veröffentlichung dieses und anderer Werke im Bauerschen Verlag durch die Polizei- und Zensurinstanzen aus Gründen damaliger Medienpolitik verhindert wurde. Egbert Bauer, der Verleger anderer Werke Bettines sowie auch *Grittas*, galt als oppositionell und war schon 1844 wegen einer Schrift von Bettine in Schwierigkeiten geraten.[27] Giselas *Mondkönigs Tochter* ist 1844 im Bauerschen Verlag erschienen; nicht mehr allerdings die 1845er Ausgabe, die zusammen mit *Gritta*[28] hätte erscheinen sollen. Vielleicht waren die satirisch-politischen Tendenzen und Bezüge des Werkes (z. B. König *Anserrex* zu latein. *anser* = Gans und Gouverneur *Pecavus* zu *peccatus* = Fehler, Vergehen) der Zensur suspekt. Es ist weiter nicht ganz auszuschließen, daß spürbare, aber kaum substantiell festlegbare Tendenzen in diesem Werk der damaligen Zensur nicht gerade geheuer gewesen sein mögen. Kritiker des zwanzigsten Jahrhunderts empfinden *Gritta* als »eine späte Wiederaufnahme hochromantischer Tendenzen«[29] oder als ein

26 *Mondkönigs Tochter* erschien 1849 bei der Expedition des v. Arnimschen Verlags (Reuter und Stargardt) in der zweiten Auflage.

27 Für diese Einsichten in die Verleger-Problematik und andere Fragen zu *Gritta* gilt Herrn Dr. Heinz Härtl, Nationale Forschungs- und Gedenkstätte Weimar, unser besonderer Dank.

28 Spätere Ausgaben von Giselas Werken erschienen in anderen Verlagen, wohl aber vom gleichen Herausgeber, J. F. Klein.

29 Siehe dazu Heinz Röllekes Aufsatz »Bettines Märchen« im Hochstift-Katalog, a.a.O.

epigonenhaftes Erzeugnis des »Dichterkinds« Gisela, also eine harmlose Nachahmung romantischer Kunstmärchen wie Brentanos *Gockel und Hinkel*. Die Leserschaft in den 40er Jahren des vorigen Jahrhunderts war jedoch durch die Lektüre sowohl der romantischen und Grimmschen Märchen als auch der auslaufenden populären Robinsonaden anders sensibilisiert. Sie hätte *Gritta* demzufolge ganz anders lesen können: als eine potentielle Verkehrung affirmativer literarischer und sozialer Formen in ihr kritisches Gegenstück. *Gritta* ist dem Märchen und auch der Robinsonade verbunden. Beide Traditionen wirken hier in ihrer symbiotischen Form nach, gewinnen in der scheinbar oberflächlichen Nachahmung eine Neubelebung als autarke Kunstform für ein Sonderpublikum, weibliche Schriftsteller, spezielle Leserinnen und Leser.

Gritta als Märchen unterscheidet sich vor allem, indem es neue Möglichkeiten, Wirkungssphären und Einflußbereiche für weibliche Figuren schafft, die bei den Grimms und einigen Romantikern nicht denkbar oder wünschenswert gewesen wären: eine *Elfenfürstin* fungiert als Heilspenderin, die über das Geschick und die Existenz eines Königreichs verfügen kann; Frauen, wie die Gräfin Nesselkrautia und Fräulein Bärwalde, suchen sich bewußt und gegen den Willen ihrer Vormünder ihre Partner aus; eine Gruppe Mädchen kommt – ohne das männliche Zutun – allein in einer feindseligen Welt zurecht und verbreitet schließlich *ihren* »Segen über das Land«, und ein kampfbereites Mädchen erlöst nicht nur einen von königlichem Ennui gefährdeten Prinzen, sondern auch den Vater, die Stiefmutter, den Stiefbruder, ja das ganze Volk, die alle auf ihre Taten und Handlungen gewartet haben. In dieser Welt ist es Adams verbotener Apfelbiß, der Gottes Zorn erregt (Seite 175), und es ist eine Frau, die wieder Ordnung im Paradies schafft.

Als Robinsonade wurde das Werk der Vorfassung nach ursprünglich konzipiert, aber *Gritta* bricht auch mit dieser

Tradition. In den sechzehn vorliegenden weiblichen Robinsonaden, die zwischen 1720 und 1800 im deutschen Sprachraum erschienen, ist das Ziel nicht, wie in der männlichen Form, die kolonisierende Eroberung anderer Kulturen und Völker zu etablieren, sondern die Herstellung eines frauenorientierten Paradieses.[30] Die Betonung liegt in diesen Werken auf der weiblichen Gemeinschaft und neuen, klassenlosen Lebensformen, die in dieser Gemeinschaft erst praktikabel werden. Ihre sogenannte »Rettung« wird durch rollen- und herrschaftsbewußte Männer herbeigeführt, und die Frauen werden wieder in die alte patriarchalische Kultur integriert.

Demgegenüber ist es in *Gritta* die neue Gesellschaft der Frauen, die bestehenbleibt. In sie hinein fügen sich die anderen Figuren. Erst unter Grittas Regentschaft wird das Volk weise.

Im politisch nervösen Vormärz konnten solche aufrührerischen Gedanken nicht sehr willkommen sein und kollidierten sicherlich mit der Zensur, selbst wenn sie im harmlosen Kleide des sonst eindimensionalen Märchens und der bis dahin wirkungsgeschichtlich affirmativen Robinsonade auftraten.

Shawn Jarvis
Roland Specht Jarvis

30 Siehe Jeannine Blackwell, »An Island of Her Own: Heroines of the German Robinsonades from 1720–1800«, *German Quarterly*, Winter 1985, S. 5–26. Blackwell meint, daß ausgerechnet Bettine von Arnim diese Geschichten kannte.

ZUR TEXTGESTALTUNG

Diesem Text liegen die Mallonsche Ausgabe (Berlin: S. Martin Fraenkel, 1926) und der Bauersche Schriftsatz des Urtextes aus dem Jahre 1845 (Hessisches Staatsarchiv Marburg) zugrunde. Im Text vorkommende Unstimmigkeiten der Schreibkonvention rühren sowohl von Mallons inkonsequenter Behandlung der Modernisierung als auch von Giselas uneinheitlicher Schreibweise her. Einige wenige Veränderungen der Interpunktion wurden jedoch vorgenommen, wo die Herausgeberin aufgrund des Marburger Urtexts mit Mallons Eingriffen nicht einverstanden war. Ab Seite 163 der Marburger Vorlage (hier Seite 147) treten einige inhaltliche Verschiedenheiten zur Mallonschen Ausgabe auf, verursacht dadurch, daß die Druckbogen-Vorlage im Hessischen Staatsarchiv eine spätere und vollständigere Version als die entsprechende Fassung in der Staatsbibliothek Preußischer Kulturbesitz, Berlin, darstellt. Die zehn Schlußseiten des Urtexts (hier Seiten 190–201) wurden nach Mallons Konventionen behutsam modernisiert.

ZU DEN ZEICHNUNGEN

Die Zeichnungen in diesem Band stammen aus verschiedenen Quellen und aus zwei Federn: Gisela von Arnims und Herman Grimms. Schon seit ihrer Kindheit arbeiteten die beiden späteren Lebensgefährten kongenial zusammen, da sie sich seit ihrem dreizehnten Lebensjahr kannten, und das bewährte sich vor allem in ihren gemeinsam illustrierten Märchentexten für den Kaffeterkreis.

Art und Umfang von Grimms Zubringerdiensten, eine bisher nicht bekannte oder vermutete Mitwirkung am *Gritta*-Märchen, könnte sich auf redaktionelle und graphische Beiträge beschränkt haben, doch läßt sich dies bei der momentanen Forschungslage nicht völlig sicher ermitteln. Einige Notizen von Herman an Gisela im gemeinsam geführten Tagebuch aus dem Jahre 1845, dem Jahr des *Gritta*-Schriftsatzes bei Egbert Bauer, deuten jedoch schon an, daß der Freund in der Regel an der Schlußredaktion der Arnim-Texte und deren Zeichnungen beteiligt war und möglicherweise, wenn auch nur in begrenztem Umfang, zum Inhalt beigesteuert hatte. Giselas Bitte entsprechend, »sei so gut und koregiere mir wenn du auf ein falsches Wort trifst aber mit Bleistift [...]«[31] dürfte er zur Genüge entsprochen haben. Vielleicht in diesem Zusammenhang hat er sie am 29. April 1845 unkommentiert und nachdrücklich gebeten: »Schicke mir die Bogen von Rattenzuhausbeiuns auf jeden Fall!!« Eventuell sind dies die abhandengekommenen Seiten, die dann erst im Herman-und-Gisela-Grimm-Nachlaß wiedergefunden wurden. Es ist aber auch nicht auszuschließen, daß er sie als Anregung für seine Zeich-

---

31 Betrifft die Vorstudie zu *Aus den Papieren eines Spatzen*.

nungen zu *Gritta* erbeten hat oder daß er an der Redaktion beteiligt war. Definitiv läßt sich die richtige Antwort wegen der noch mangelhaften Archivkenntnisse nicht geben. Jedenfalls sind diese Bemerkung und Hermans Beschriftung auf der in ein Album eingeklebten Zeichnung »Das Märchen von Rattenzuhausbeiuns« (hier S. 25) die einzigen belegten Erwähnungen des Titels im Marburger Grimm-Nachlaß. Aber sie sind gewiß Indiz genug zur Annahme einer engen Kooperation zwischen Herman und Gisela.

Die Zeichnungen, fast sämtlich Bleistiftstudien, werden, ebenso wie der restliche, verstreute Arnim-Nachlaß auch, an verschiedenen Orten aufbewahrt. Die Illustrationen, die im Freien Deutschen Hochstift/Frankfurter Goethe-Museum gefunden wurden, befanden sich in einem gemeinsamen Tagebuch von Herman und Gisela aus den Jahren 1846–47. Die einzige Bemerkung dazu – ohne das Werk selbst zu erwähnen, und kurz und lakonisch wie so häufig, wenn es um *Gritta* geht – stammt von Giselas Hand: sie habe die Bilder »so sorgfältig eingeklebt weil so viel Seiten im Buch lehr sind«. Die Bilder sind nicht datiert, und es ist nicht mehr festzustellen, ob sie vor, während oder nach dem Schriftsatz entstanden sind.[32] Die anderen Illustrationen befinden sich zusammen mit den Zeichnungen des Herman-und-Gisela-Grimm-Nachlasses als Bestand der »Verwaltung der Staatlichen Schlösser und Gärten Hessens« im Schloß Bad Homburg. Teils lose, teils eingeklebt in Alben zeigen sie verschiedene Entstehungsstadien, einige sind schemenhafte Skizzen, andere fast fertiggestellt. Einige sind sogar schon als Lithographien vorhanden und werfen die

32 Gisela hat auch in anderen Fällen nach dem Schriftsatz und der Erscheinung ihrer Werke oft weiter daran gefeilt und modelliert. Die 1853er Ausgabe der *Drei Märchen* (siehe oben) enthält z. B. signierte Zeichnungen sowohl von Gisela als auch Maxe von Arnim und Herman Grimm.

interessante Frage auf, ob womöglich schon damals eine Ausgabe der *Gritta* mit Zeichnungen geplant war.

Dem Duktus nach stammen die Illustrationen von verschiedenen Personen. Giselas Zeichnungen sind in der Linienführung eher großzügig, Hermans eher mäßig. Da lediglich eine einzige Zeichnung mit ›H‹ signiert ist, während die restlichen ununterzeichnet blieben, bleibt es den Lesern und Leserinnen überlassen, ein weiteres Rätsel zu *Gritta* zu lösen.

STANDORTE DER ZEICHNUNGEN

BH = Bad Homburg, Verwaltung der Staatlichen Schlösser und Gärten, Hessen
FDH = Freies Deutsches Hochstift/Frankfurter Goethe-Museum

Seite 9 BH, Gritta am Spinnrad mit Müffert;
als Lithographie vorhanden
Seite 25 BH, Gräfin und Graf am Fenster
Seite 31 BH, Gräfin Bärwalde am Fenster
Seite 41 FDH, Gritta im Bett
Seite 59 BH, Klosterpforte
Seite 67 BH, Glockeläutende Nonne
Seite 77 FDH, Mädchen auf der Flucht;
6 Rötel-Pausen von Vorstudien in BH vorhanden
Seite 81 FDH, Pater Pecavi, Mädchen im Gebüsch
Seite 87 FDH, Bretzelladen (signiert ›H‹)
Seite 129 FDH, Mädchen an Waldesquelle
Seite 135 FDH, Gritta und Prinz vor der Höhle
Seite 155 BH, Geflügelte Wesen mit Mädchen
Seite 169 FDH, Königgestalt, Gritta
Seite 173 BH, König mit Mädchen;
3mal vorhanden als Lithographie

Das Frontispiz zeigt Gisela von Arnim um 1846/47.

Die Zeichnungen wurden uns freundlicherweise vom Freien Deutschen Hochstift, Frankfurt am Main und der Verwaltung der Staatlichen Schlösser und Gärten, Hessen, Bad Homburg, zur Verfügung gestellt.
Die Reproduktionen wurden von Ursula Edelmann angefertigt.

WEITERFÜHRENDE LITERATUR

Ausgaben von Gritta

Bettine und Gisela von Arnim: *Das Leben der Hochgräfin Gritta von Rattenzuhausbeiuns.* Zum ersten Mal herausgegeben von Otto Mallon. Berlin: S. Martin Fraenkel, 1926. 2 Ausgaben: eine wissenschaftliche mit ausführlichem »Nachwort« des Herausgebers und Faksimile-Beilage (270 S.) und eine allgemeine bloße Textausgabe (234 S.)

Das Leben der Hochgräfin Gritta von Rattenzuhausbeiuns, in: *Bettine von Arnim, Werke und Briefe,* IV (*Märchen*) Hrsg. Gustav Konrad. Frechen: Bartmann Verlag, 1963.

Märchen der Bettine, Armgart und Gisela von Arnim: Kleinere Märchen [von Bettine], *Das Leben der Hochgräfin Gritta von Rattenzuhausbeiuns; Das Heimelchen* [von Armgart]; *Aus den Papieren eines Spatzen, Mondkönigs Tochter, Das Pfefferkuchenhaus* [von Gisela]. Hrsg. Gustav Konrad. Frechen: Bartmann Verlag, 1965.

Das Leben der Hochgräfin Gritta von Rattenzuhausbeiuns (Nach der Erstveröffentlichung bearbeitet und leicht gekürzt von Anne Gabrisch). Berlin (DDR): Kinderbuchverlag, 1968.

Das Leben der Hochgräfin Gritta von Rattenzuhausbeiuns. Ein Märchenroman. Walter Literarium. Bd. 1, Hrsg. Bernd Jentzsch. Olten und Freiburg im Breisgau: Walter Verlag, 1980.

Rezensionen und Besprechungen von Gritta

Max Koch: »Rezension von Bettine und Gisela von Arnim, Das Leben der Hochgräfin Gritta von Rattenzuhausbeiuns.

Zum ersten Male herausgegeben von Otto Mallon«, in: *Litera-rische Wochenschrift*, Nr. 26, 12. Juni 1926, S. 698–699.

Gustav Konrad: »Nachwort« in: *Märchen der Bettine, Arm-gart und Gisela von Arnim*, a.a.O.

Josef Körner: »Rezension von Bettine und Gisela von Arnim, Das Leben der Hochgräfin Gritta von Rattenzuhaus-beiuns. Zum ersten Male herausgegeben von Otto Mallon«, in: *Literaturblatt für germanische und romanische Philologie*, 3–4 (1927), S. 99–100.

Otto Mallon: »Bibliographische Bemerkungen zu Bettine von Arnims Sämtlichen Werken«, in: *Zeitschrift für deutsche Philologie*, 56 (1931), S. 456–457.

Derselbe: »Nachwort« in der wissenschaftlichen Ausgabe zu *Gritta*, und Sonderdruck des *Nachworts* Berlin: S. Martin Fraenkel Verlag, 1926.

Zu Gisela von Arnim und ihrer Zeit

[Eine Biographie über Gisela von Arnim steht noch aus. Statt dessen werden hier einige (teils zeitgenössische) Texte angege-ben, die u. a. von ihr berichten.]

Wilhelmine Bardua: *Die Schwestern Bardua. Bilder aus dem Gesellschafts-, Kunst- und Geistesleben der Biedermeierzeit.* Hrsg. Johannes Werner. Leipzig: Hase & Koehler, ³1929.

Ingeborg Drewitz: *Berliner Salons: Gesellschaft und Literatur zwischen Aufklärung und Industriezeitalter.* Berlinische Reminis-zenzen 7. Berlin: Haude & Spenersche Verlagsbuchhandlung, ³1984.

Freies Deutsches Hochstift/Frankfurter Goethe-Museum: »Herzhaft in die Dornen der Zeit greifen…« *Bettine von Arnim, 1785–1859:* Frankfurt, Freies Deutsches Hochstift/ Frankfurter Goethe-Museum, 1985.

M. von Graevenitz: »Josef Joachim und Gisela von Arnim«, in: *Deutsche Rundschau* 188 (1921), S. 93–98.

Ruth-Ellen Boetcher Joeres, »Gisela von Arnim«, in: *Töchter berühmter Männer. Acht biographische Porträts*. Hrsg. Luise Pusch. Frankfurt/Main: Insel Verlag, 1987.

Gertrud Meyer-Hepner: »Gisela von Arnim über Meusebach«, in: *Marginalien* (Berlin, DDR), H. 14 (1963), S. 30 bis 40.

Margarete von Olfers: »Briefe Herman Grimms und Hedwig von Olfers: Zum 100. Geburtstage Herman Grimms (6. Januar)«, in: *Velhagen & Klasings Monatshefte* 42 (1927–28), S. 530–535.

Marie von Olfers: *Briefe und Tagebücher*. 2 Bände (1826 bis 1869, 1870–1924). Hrsg. Margarete von Olfers. Berlin: E. S. Mittler & Sohn, 1928.

Werner, Johannes: *Maxe von Arnim. Tochter Bettinas/Gräfin von Oriola 1818–1894. Ein Lebens- und Zeitbild aus alten Quellen geschöpft* von Prof. Dr. Johannes Werner. Leipzig: Koehler & Amelang, 1937.

Zeitgenössische Rezensionen von Gisela von Arnims Werken

Herman Grimm: »An die Freunde« (Nachruf auf Gisela von Arnim). »Vorwort« zu *Alt Schottland. Drama von Gisela von Arnim*. Berlin: Verlag von Wilhelm Hertz, ²1890.

Gustav Kühne: »Die Mährchendichtung von heute: Vier neue Mährchenbücher«, in: *Europa: Chronik der gebildeten Welt*, 22. September 1863, S. 617–620.

L. Seeger: Rezension von »*Dramatische Werke* von Gisela von Arnim. Zwei Bände. Bonn, 1857«, in: *Morgenblatt für gebildete Stände* 52, Nr. 39 (26. September 1858), S. 929–933.